Editora
Charme

AMANTE BRITÂNICO

Autoras Bestseller do New York Times

PENELOPE WARD
VI KEELAND

1ª Impressão 2020

Produção Editorial - Editora Charme
Modelo da capa - Philip Van den Hoogenband – Chadwick Models Melbourne
Fotógrafo - Brian Jamie
Designer da capa - Letitia Hasser, RBA Designs
Adaptação da capa e Produção Gráfica - Verônica Góes
Tradução - Alline Salles
Preparação e Revisão - Equipe Editora Charme

Published by arrangement with Brower Literary & Management.

FICHA CATALOGRÁFICA ELABORADA POR
Bibliotecária: Priscila Gomes Cruz CRB-8/8207

W256a	Ward, Penelope
	Amante Britânico/ Penelope Ward, Vi Keeland; Tradutor: Alline Salles; Adaptação da capa e Produção Gráfica: Verônica Góes – Campinas, SP: Editora Charme, 2020.
	292 p. il.
	Título Original: British Bedmate
	ISBN: 978-65-5056-019-5
	1. Ficção norte-americana, 2. Romance Estrangeiro - I. Ward, Penelope. II. Keeland, Vi. III. Salles, Alline. IV Góes, Verônica. V. Título.
	CDD - 813

Editora Charme

Editora
Charme

Tradução: Alline Salles

AMANTE
BRITÂNICO

Autoras Bestseller do *New York Times*

PENELOPE WARD
VI KEELAND

CAPÍTULO 1

Bridget

Terça-feira. Era isso que dizia minha calcinha, embora fosse sexta-feira. Bem na minha bunda, com letras grandes e em negrito.

Há alguns meses, a companhia aérea perdeu minha bagagem durante uma viagem para a Flórida, quando fui visitar minha mãe, então eu tinha comprado um pacote de calcinhas baratas na Target. Claro que eu não fazia ideia de que havia algo escrito nelas na época. E não ia jogar fora sete calcinhas em perfeito estado quando percebi. Além disso, há quanto tempo ninguém via minha calcinha? Dois anos?

A enfermeira voltou ao consultório para registrar meu histórico.

— Por que não se senta, srta. Valentine?

— Hummm. Não consigo.

— Oh, desculpe. — Ela sorriu. — É verdade.

— Você lembra quando foi a última vez que tomou vacina antitetânica?

— Sou enfermeira no Memorial, então a tomo regularmente. No ano passado, talvez.

— Ok. Que bom. E quanto à gravidez? Alguma chance de estar grávida?

— Nem uma mínima chance.

Até a enfermeira de 60 anos olhou para mim com pena.

— Na seca, huh?

— Pode-se dizer que sim.

— Bem, então está com sorte. O dr. Hogue está trabalhando hoje.

— Dr. Hogue?

— É nosso residente. Um jovem gostosão. — Ela deu uma piscadinha.

Ótimo. Que ótimo. Não ia apenas ser humilhada na frente do primeiro homem a ver minha bunda em anos, ainda tinha que ser um médico bonito e jovem.

— Por acaso tem mais alguém trabalhando? Talvez uma médica ou um médico mais velho?

A enfermeira se levantou e fechou meu prontuário.

— Não se preocupe, querida. Você está em boas mãos. Tenho certeza de que o dr. Hogue já viu muitas bundas.

Quero morrer agora.

Alguns minutos mais tarde, eu estava tentando ignorar a dor e me distrair no celular enquanto esperava o residente de plantão, quando a porta se abriu.

Eu me virei e congelei.

Sério? Não podia ser o médico. Definitivamente não tínhamos médicos com essa aparência no Memorial.

— Então... fiquei sabendo que você quer me mostrar seu bumbum, e nem vou precisar te levar para jantar primeiro?

Meu bumbum? Claro que o médico jovem e gostoso também tinha um sotaque sensual. Ele era... *britânico*? Fechei mais a camisola que estava usando.

— Por favor, me fale que isto é uma piada. Você *não* é o médico. Quantos anos tem? Vinte e dois?

Ele não pareceu nada ofendido com meu comentário. Apoiou-se na mesa e cruzou os braços à frente do peito.

— Vinte e nove. Quer ver minha carteira de motorista?

Então... ele sorriu. *Oh, Deus.* Dentes perfeitos e brancos. *Claro.* O homem era maravilhoso. Alto, alto mesmo — provavelmente, no mínimo, 1,87m, de ombros largos, braços musculosos, olhos azuis, maxilar definido e cabelo loiro bagunçado de um jeito que parecia que ele tinha acabado de transar. Nossa... o médico tinha um cabelo sexy. Não poderia mostrar para ele minha bunda.

— Preciso de outro médico.

Ele olhou meu prontuário.

— Não dá, srta. V. São três horas. Você chegou bem na troca de plantões, então sou eu ou o zelador com um alicate velho e enferrujado... Talvez ele consiga te ajudar. Vamos. Não seja tímida. Vamos dar uma olhada, ok?

Aff. Ou era o dr. Sonho de Consumo ou o pronto-socorro em que eu trabalhava, do outro lado da cidade. Eu seria lembrada desse episódio pelo resto da minha vida se fosse até o Memorial. Revirei os olhos e bufei.

— Certo.

Só querendo acabar logo com a humilhação e sumir dali, virei e me inclinei sobre a maca. Então prossegui me esticando para trás e puxando a camisola para o lado a fim de expor minha nádega esquerda. Já tinha enfiado aquele lado da minha calcinha na bunda para impedi-la de se enroscar no anzol.

O dr. Gostosão ficou em silêncio por um longo tempo, mas, quando falou, ouvi a risada em sua voz.

— Está usando isso há três dias?

— O quê? — Me virei para olhar para o médico lindo.

Sua mão direita estava coçando a barba por fazer no queixo, enquanto a esquerda segurava o cotovelo.

— Sua calcinha. Hoje é sexta. Está escrito terça. Fiquei pensando se a está usando há três dias ou se, simplesmente, confundiu os dias da semana.

Realmente preferiria continuar com o anzol na bunda.

— Comprei-a quando a companhia aérea perdeu minha bagagem em uma viagem. Não sabia que tinha coisa escrita. Sabe de uma coisa? Vou ficar com o anzol. — Baixei a camisola e me levantei.

Dr. Hogue ergueu as mãos, rendendo-se. Primeiro, pareceu sincero.

— Desculpe. Não deveria ter feito esse comentário. Foi inapropriado.

— Tem razão. Foi mesmo.

— Já é ruim o suficiente você... — Ele sorriu. — ... ter que mostrar. Não precisa que eu cutuque mais.

— Você é um bundão, sabe disso?

— Prefiro *ser* um do que ter um anzol na bunda.

— Bem maduro. Falou que tinha nove ou vinte e nove anos?

Ficamos nos encarando um pouco e, então, a hilaridade da situação me fez dar risada. O dr. Sonho de Consumo me acompanhou e, quando terminamos, o clima tinha mudado.

— Por que não se vira e me deixa dar uma olhada melhor desta vez? Ficarei sério. — Ele ergueu três dedos. — Palavra de escoteiro. Que tipo de anzol é este? Curto? Longo? Comum?

— Não faço ideia. — Me virei para encarar a maca, assumi a posição aterrorizante de novo e ergui a camisola. — Realmente não sei muita coisa sobre pesca.

— Não me diga...

— O tipo de anzol importa? Provavelmente consigo descobrir, se precisar.

Ouvi o barulho do látex quando o dr. Hogue colocou as luvas e, então, sua mão grande estava na minha bunda.

— Entrou bastante, na verdade. Não sei se o tipo de anzol realmente importa. Parece que vou ter que fazer um corte para tirar, independente de como for. Como essa coisa entrou tão fundo?

— Eu estava em um barquinho a remo em Narragansett. Estava tentando ensinar meu filho a lançar a isca.

Dr. Hogue apertou a área onde o anzol estava enfiado.

— Aiii.

— Desculpe. Você sabe que, supostamente, professores precisam conhecer o assunto para ensinar.

— Só tire o anzol.

— Vou precisar dar uma anestesia primeiro para cortar.

— Não pode só arrancar o anzol?

— Não. Tem mais do que a ponta na sua bunda, e parece que a haste é longa.

Deus, meu corpo estivera congelado por dois anos — sequer uma onda de calor nem mesmo quando eu fazia com minhas próprias mãos. E resolveu voltar à vida *naquele instante*. Eu estava debruçada sobre uma maca conversando sobre a ponta de uma haste longa com um homem que poderia ter sido modelo em vez de médico sabichão. *Hora perfeita, Bridget.* De repente, fiquei grata por estar naquela posição, pois o médico não poderia ver o rubor no meu rosto. Senti-o se afastar e, então, o calor do seu corpo voltou.

— Será só uma picadinha.

— Ai! — Tão rápido quanto falei, a dor sumiu.

— Ok, isso deve adormecer a área para podemos extrair o anzol sem muita dor.

Ele ficou em silêncio por um minuto, mais ou menos, então senti suas mãos na minha bunda de novo.

Ohhh.

Sua voz pareceu ficar mais baixa, mais grave.

— Só relaxe, Bridget. Inspire e expire. Vai dar tudo certo.

Ele soou quase... sedutor. Os músculos entre minhas pernas se contraíram. Deus, eu realmente estava me excitando com um anzol de pesca sendo removido da minha bunda? A resposta era sim. Estava, sim.

— Vai sentir só um pouco de pressão.

Não consegui impedir minha mente. Imaginei como seria se ele viesse por trás de mim com uma surpresa especial, concedendo muito mais *pressão* em mim do que eu tinha pedido.

Tire sua mente daí, Bridget!

— Aqui vamos nós — ele anunciou.

Senti a pele da minha bunda sendo esticada com um puxão.

— Saiu — ele disse, enfim. — Só vou fazer um curativo. Fique parada.

Na verdade, não doeu como eu esperara.

— Bom, srta. V., parece que está oficialmente livre. Se é que me entende.

Quando me virei, ele estava com o anzol na mão.

— Este é um anzol duplo, aliás — ele esclareceu.

— Bom saber.

— Quer guardar por algum motivo? Uma lembrancinha?

— Não, obrigada.

— Muito bem, então. — Dr. Hogue colocou o anzol na bandeja e retirou as luvas, descartando-as no lixo de risco biológico.

Ele pegou algo do bolso e começou a escrever em um papel.

— O que é isso?

— Não se preocupe. Não é meu número, só uma receita de antibiótico em creme, caso precise. Vou deixar aqui na mesa. Pode se vestir, e está pronta para ir embora.

Ele se demorou por alguns segundos, então disse:

— Tome cuidado agora. Cuidado com as costas, Bridget. Ou melhor, com a parte de baixo.

— Espere — soltei.

Ele parou e se virou.

— Sim?

Uma mecha do seu cabelo loiro tinha caído nos olhos. Ele era tão lindo.

Pigarreei.

— Desculpe se eu fui...

— Um pé na bunda?

Ruborizei.

— É.

— Não se preocupe. — Ele deu uma piscadinha.

E, simplesmente assim, o dr. Sonho de Consumo desapareceu do consultório. Infelizmente para mim, minha bunda dolorida tinha sido substituída por uma vagina latejante.

CAPÍTULO 2

Bridget

Três meses depois

O telefone tocou enquanto eu me aprontava para trabalhar no primeiro plantão de três consecutivos de doze horas.

— Alô?

— Bridge?

— Ei, Calliope.

— Só queria te avisar que dei a chave do seu flat para Simon. Tudo bem?

— Com certeza. Está vazio e pronto para a mudança. Essa chave é para a entrada separada da casa principal. A única coisa é que não tem cozinha. Então ele vai ter que dividir conosco. Falou isso para ele, certo?

— Sim. Ele está animado por não precisar se comprometer com um aluguel. Então vai aceitar qualquer flexibilidade que consiga. Disse que vai começar a levar as coisas gradativamente, se não se importa.

— Nem um pouco. Obrigada por avisar.

— Tudo bem, te vejo na aula na semana que vem, Bridge.

Calliope era minha professora de yoga, que tinha se tornado uma amiga. Fora do estúdio, às vezes, nos encontrávamos para um café no Starbucks da cidade. Ela tinha se mudado para cá, para Rhode Island, do Reino Unido há muitos anos quando seu marido arranjou um emprego em uma filial americana do banco para o qual trabalhava.

Quando ela me contara que seu melhor amigo precisava de um lugar que não tivesse um contrato de um ano, ofereci um apartamento na minha casa.

Aparentemente, ele estava no último ano da residência e foi transferido para o meu hospital há menos de um ano de mudar do estado. Então, não queria assinar um novo contrato de aluguel e precisava de um local relativamente perto do trabalho. O subúrbio onde eu morava era pertinho da rodovia e a dez minutos de Providence.

Meu marido, Ben, morreu inesperadamente dois anos atrás, deixando nosso filho de seis anos, Brendan, e eu para nos virarmos. Apesar de ter um salário decente de enfermeira, ultimamente ficara mais difícil pagar o financiamento da nossa casa grande. O seguro de vida dele precisou ser guardado para a educação do meu filho. Nunca conseguiria poupar para isso; até pagar as contas mensais era um desafio. Mas eu me recusava a me mudar, querendo que Brendan continuasse morando na única casa que conhecia.

Estivera pensando em alugar o apartamento vago da casa por um tempo. Então, quando Calliope mencionou que seu amigo, que ela disse que era como um irmão para ela, precisava de um lugar para ficar, pensei que seria uma boa renda extra alugar o espaço para ele. E, pelo menos, eu sabia que ele não era um psicopata.

No fim da semana, fui começando a notar caixas aparecendo devagar quando ia até o apartamento. Simon devia estar indo durante o dia e deixando as coisas, mas nunca nos cruzamos.

Certa noite, Brendan ia dormir na casa da mãe de Ben a cerca de meia hora em North Kingstown, e resolvi preparar um banho quente para mim, já que poderia relaxar sem interrupção. O banheiro, normalmente, ficava quente demais com a porta fechada, então a deixei aberta, pensando em me aproveitar do fato de o meu filho não estar em casa.

Eu costumava me sentir tonta quando ficava imersa na água quente por muito tempo, então, com relutância, me obriguei a sair da espuma calmante depois de trinta minutos e me enrolei em uma toalha macia. Claro que a onda de náusea que normalmente sentia logo antes de desmaiar chegou. Me disseram que, para impedir um desmaio, deveria colocar a cabeça entre os joelhos. Mas era tarde demais. A última coisa de que me lembro foi da minha toalha caindo no chão.

Um tempo indeterminado depois, meus olhos se abriram. Eu estava deitada ao lado da banheira, nua, grata por estar bem. Não era minha primeira vez; desmaiar era algo com que eu estava acostumada.

Quando desmaiei uma vez na aula de hot yoga, lembrei de Calliope me dizendo para fazer a posição da criança antes de me levantar. Então, desta vez, fiquei abaixada com as mãos e os joelhos no chão, separando meus joelhos enquanto meus dedos do pé se tocavam. Minha bunda descansava nos calcanhares.

Inspirando e expirando, tentei relaxar.

— Bridget?

A voz de um homem me fez pular tão rápido que bati a cabeça na banheira.

— Ai! — Me virei, olhei para ele e arfei.

Puta merda. Como assim?!

Pisquei.

O que o dr. Sonho de Consumo está fazendo aqui? Estou sonhando? Talvez não tenha realmente acordado.

Cobrindo meus seios, eu disse:

— Ah, meu Deus. Como assim? O que está fazendo aqui?

Ele pegou minha toalha e a enrolou em mim, depois se ajoelhou imediatamente para verificar minha cabeça e conferir se tinha algum ferimento. Ele entrara no modo médico.

— Onde está doendo?

Apontando para uma área na frente da cabeça, respondi:

— Aqui.

Meus mamilos enrijeceram com a proximidade do seu corpo. Ele esfregou o dedo na região.

— Não parece ter feito galo. Acho que você vai sobreviver.

Nós dois nos sentamos no chão, encostados na banheira.

— O que está fazendo aqui? — repeti.

— Moro aqui, aparentemente.

Então a ficha caiu.

— É você? *Você é* Simon? O amigo da Calliope?

— Sou. E acredite quando digo que não fazia ideia de que estava me mudando para a *sua* casa. Ela te chama de *Bridge*, não Bridget, e nunca me disse seu sobrenome, então não juntei as peças. É uma surpresa para mim tanto quanto é para você.

— Então como me reconheceu tão rápido? Nem estava te olhando.

— Você estava abaixada no chão com a bunda no ar. Reconheceria essa bunda em qualquer lugar.

Um constrangimento extremo me consumiu.

— Oh, verdade...

— Sua parte de trás te identifica, amor. — Ele deu risada. — Enfim, a porta do banheiro estava aberta. Eu tinha vindo me apresentar e fazer um chá. O que estava fazendo no chão?

— Costumo desmaiar, principalmente quando passo muito tempo na água quente. Fiquei inconsciente por alguns minutos, talvez. Quando voltei, estava fazendo uma pose de yoga que Calliope me ensinou para ajudar a me equilibrar antes de levantar. — Uma imagem do que devo ter parecido de costas me veio à mente. Provavelmente ele viu meu ânus também. — Ah, meu Deus. Estou constrangida.

— Você sabe que já vi sua parte de trás antes, né?

— É, mas o que *mais* você viu? Tudo aconteceu muito rápido quando me virei.

— Bridget, relaxe. Esqueceu que vejo corpos nus o dia todo?

— É, bem, não o *meu*... nunca mais.

— Precisa aprender a trancar a porta do banheiro. Apesar de que, com sua tendência à síncope, talvez não seja uma ideia muito boa. — Ele balançou a cabeça, incrédulo. — Deus, você é um desastre ambulante, Bridget Valentine. — Simon ergueu a mão grande. — Vamos te levantar.

Depois de ele me ajudar, ajustei a toalha enrolada no corpo.

Ele apontou o polegar na direção da porta.

— Vou fazer chá. Quer?

— Hum... claro. Quero. Vou tomar um chá.

Antes de ele sair, seus olhos baixaram para uma pilha de roupa suja que eu deixara no chão antes do banho.

— Vejo que está nessa de novo.

— No quê?

— Sem trocar a calcinha todo dia. Hoje é sábado. A que você tirou era de quarta.

Aquelas malditas calcinhas tinham voltado para me assombrar.

— Não presto atenção quando pego da gaveta. Coloquei essa hoje de manhã. — Cruzando os braços, eu disse: — Sabe de uma coisa? Não deveria ter que explicar isso na minha própria casa!

— Relaxe, Bridget. Só estou brincando com você. Coloque uma calcinha limpa, de qualquer dia que quiser, e se junte a mim na cozinha para tomar chá.

Quando ele finalmente me deixou sozinha, comecei a entender.

O médico deuso, sexy e loiro por quem me masturbei por semanas depois do incidente do anzol... agora morava comigo.

Simon.

Simon... comece a surtar.

CAPÍTULO 3

Simon

— Não preciso me casar com você agora, preciso? — Coloquei duas canecas de chá na mesa da cozinha.

— Casar comigo? Por que precisaria casar comigo?

— Porra, sei lá. — Tirei o cabelo do rosto e me sentei. Estive querendo cortar o cabelo o mês inteiro, mas parecia que nunca tinha tempo. Bridget se sentou à minha frente. — Pensei que fosse uma tradição americana ou algo assim. As três últimas mulheres que vi nuas duas vezes pareceram pensar que iríamos nos casar.

— Ownn... coitadinho. Que problema terrível. As mulheres com quem fica pensam que foi um enviado por Deus e querem mais de você.

Dei um sorrisinho.

— Nunca pensei por esse lado. Achei que elas só fossem meio doidas. Mas tem razão. Provavelmente é porque sou tão abençoado... você sabe... na anatomia de baixo, que elas querem amarrar o burrinho delas.

A pele de Bridget corou. Eu gostava de brincar com ela. Seria divertido morar ali.

— Só estou te zoando, amor, relaxe. Gosto de ver suas bochechas mudarem de cor quando fica constrangida. — Dei uma piscadinha. — Ambas as bochechas.

Ela balançou a cabeça.

— Acho que precisamos estabelecer algumas regras.

Bebi meu chá.

— Certo. Gosto de regras. Sem elas, quebrá-las não é tão divertido.

— Estou falando sério.

— Ok, então. Pode falar. Quais são as regras do flat, srta. V.?

— Bom, primeiro, não pode falar assim.

— Assim? Estou treinando para perder o sotaque, mas acho que não vou conseguir falar perfeitamente como um americano.

Bridget deu risada.

— Não falei para perder o sotaque, quis dizer que não pode falar palavrão.

Franzi a testa.

— Que palavrão eu falei?

— Você disse "porra, sei lá" e também falou sobre sua anatomia de baixo e de ver minha bunda. Tudo isso é não-não.

— Não-não? — Arqueei uma sobrancelha. Ela era muito fofa.

— Desculpe. Tenho um filho de oito anos e trabalhei na enfermaria pediátrica por anos antes de ir para o pronto-socorro. Força do hábito.

Tinha me esquecido de que Calliope me contara que ela tinha um filho. Não parecia tão velha para ter um.

— Quantos anos você tem?

— Não é uma coisa apropriada para se perguntar a uma mulher, sabe.

Cruzei os braços à frente do peito.

— Se me lembro bem, você me perguntou quantos anos eu tinha trinta segundos depois que entrei no consultório há meses.

— Você tem uma memória muito boa, não é?

— É. Faz três meses, e eu poderia identificar sua bunda em uma fila de bundas.

Ela corou de novo, e vi que estava perturbada.

— De volta às regras. Não pode falar "bunda" também. Sem xingamentos, ou vai ter que colocar dinheiro no pote do palavrão.

— No quê?

Ela olhou para o balcão da cozinha. Havia dois potes de pedra no canto. Cada um tinha uma fita grudada com o que parecia ser a letra de uma criança. A que estava escrita *mãe* estava até a metade com moedas. A que estava escrita *Brendan* tinha um centavo solitário e brilhante. Bridget suspirou.

— Foi ideia do meu filho, Brendan. Ele tinha deixado a bicicleta na esquina de novo, apesar de eu ter falado para ele colocá-la para dentro pela milésima vez. Foi roubada, e me recusei a comprar uma nova. Pensei que ele fosse pedir uma de aniversário ou Natal e, então, talvez aprendesse a lição. Mas é um garoto esperto. Um ou dois dias depois, eu estava guardando a louça e não vi que um copo tinha quebrado até cortar meu dedo. Gritei "merda" e, depois que parou de sangrar, Brendan veio com a ideia do pote do palavrão. Recentemente, ele começara a usar a palavra "droga", e eu estava em cima dele. Se meu pote encher primeiro, tenho que comprar uma bicicleta nova para ele. Se o dele encher primeiro, ele precisa cortar o cabelo.

— Não gosta do cabelo dele?

— Ele está em uma fase de querer deixar o cabelo crescer. Acho que uma das meninas da escola disse que gosta assim, e agora ele não quer cortar nem as pontas.

Movimentei de brincadeira as sobrancelhas e passei os dedos pelo meu cabelo meio longo.

— É assim que tudo começa. Ele vai ter uma coleção de gel daqui a pouco.

Bridget balançou a cabeça para mim e bebeu seu chá.

— Ótimo.

— Não pense que não percebi que ainda não respondeu minha pergunta.

— Qual pergunta?

— Quantos anos você tem?

— Pensei que tivéssemos decidido que um cavalheiro não perguntaria a idade de uma mulher.

— Bem, este é seu primeiro problema. Não deveria ter presumido que sou um cavalheiro.

Ela deu risada.

— Tenho trinta e três.

— Não parece ter mais do que trinta e dois e meio.

— Credo, obrigada.

Olhei a hora no relógio. Estava curtindo minha conversa com Bridget, mas iria me atrasar para o trabalho se não saísse nos cinco minutos seguintes. Terminando meu chá, me levantei e coloquei a caneca na pia.

— Tenho que ir para o hospital. Quais são as outras regras?

— Oh. Vejamos... — Ela deu batidinhas com o dedo indicador no lábio. — De cabeça: limpar sua própria bagunça na cozinha. Não deixar louça na pia... lave ou coloque na máquina e, apesar de ter seu próprio banheiro, se usar o que tem ao lado da cozinha enquanto está aqui, abaixar a tampa.

— Entendi. É isso?

— É. Por enquanto. Embora me reserve o direito de adicionar outras depois.

Contive meu sorriso.

— Claro.

— Vai dar plantão de vinte e quatro horas?

Assenti.

— Quatro de vinte e quatro horas esta semana.

— Não sei como vocês aguentam.

— A gente se acostuma à falta de sono.

— Acho que sim. Provavelmente vamos nos ver bastante a partir de agora. Vou dar plantão de doze horas amanhã também.

— Você é sortuda. E não estou me referindo ao plantão de doze horas.

Bridget revirou os olhos.

— Tchau, Simon.

— Tenha uma boa noite. E tente não desmaiar mais. — Eu estava chegando na porta quando pensei uma coisa. Virando-me, perguntei: — É a temperatura corporal ou a temperatura externa que te faz desmaiar?

— Ambas, eu acho. Geralmente, a temperatura externa faz a temperatura do meu corpo subir e, então, passo mal.

— Então você já desmaiou copulando?

— O que disse?

Realmente pensei que ela não conhecesse o termo.

— Copulando... sabe... transando.

— Conheço o termo. E, apesar de não ser da sua conta, não, nunca desmaiei fazendo sexo.

Enfiei a mão no bolso e tirei uma nota. Erguendo-a, fui até o balcão onde ficava o pote do palavrão e pus um dólar em um.

— Por que isso?

— Considere um crédito. Você fica linda pra caralho quando sua pele fica rosada por eu falar *transando*, que vou, com certeza, falar de novo.

Por que não visitava mais minha melhor amiga? Durante o intervalo de almoço no dia seguinte, fui a pé até o estúdio de yoga de Calliope, a apenas algumas quadras do novo hospital em que trabalhava para minha última parte da residência. Tinha comprado um *smoothie* antes de ir e me sentei no fundo, observando a sala cheia de mulheres em calças de yoga se abaixarem. Ela sorriu e gesticulou que demoraria mais alguns minutos, mas eu estava bem satisfeito onde estava. Consegui me sentar, descansar e ter uma vista boa.

Mentalmente, estava dando notas para as fileiras de bundas enquanto sugava meu *smoothie* de morango com banana e uma dose dupla de energético. Era como nos Jogos Olímpicos, só que muito melhor do que nado sincronizado. Eu gostava de uma bunda grande. Pela direita, comecei a dar notas na fileira de trás. Havia uma magra sete com formato legal, seguida de uma rechonchuda oito com calça pink e uma cinco que, definitivamente, precisava comer um pouco mais de pizza. Quando cheguei à quarta bunda, dei um tempo para o meu cérebro sugando no canudo enquanto encarava — *essa é uma grande dez*. Droga. Eu estava na área errada de trabalho.

Calliope terminou a aula, bateu em um gongo idiota e foi até mim, secando a testa.

— Você é um nojento, sabia?

— O que foi? Vim visitar minha melhor amiga.

— Parecia que estava sendo jurado em uma competição de bunda do jeito que olhava.

Dei um sorrisinho.

— Número quatro, legging Nike roxa. Ela venceu. Vou dar a ela a medalha de ouro quando sair do vestiário.

Calliope me deu uma cotovelada na costela.

— Me ajude a arrumar aqui enquanto conversamos. Tenho outra aula em quinze minutos e preciso recolher todos os blocos de equilíbrio.

Peguei três blocos de espuma bobos e os usei para fazer malabares enquanto ela arrumava o resto.

— Então, a que devo o prazer?

— Me conte sobre essa mulher, Bridget, com quem estou morando.

Ela ergueu as mãos.

— Ah, não. Não pode fazer isso com a Bridget.

— Fazer o quê?

— Lembra do que aconteceu com Suzie McInerney, quando tínhamos quinze anos? Não tenho muitas amigas aqui nos Estados Unidos ainda. Bridget é uma boa amiga. Não pode transar com ela.

Suzie McInerney. Esse era um nome que eu não ouvia há muito, muito tempo. Ela tinha sido nossa amiga em comum antes do *incidente*. Suzie era um ano mais velha e tinha os peitos mais fantásticos que eu já vira. Certa noite, quando estávamos todos brincando no porão dos meus pais, Calliope dormiu cedo. Suzie me deixou tocá-la. Foi a primeira vez que segurei um peito.

Na semana seguinte, aconteceu a mesma coisa. Só que foi Hazel Larson que me deixou tocar no dela enquanto Calliope roncava. O dela não era tão bonito quanto o de Suzie, mas Hazel me deixou tocar *debaixo* da camiseta, diferente de Suzie. Então, quando Hazel me disse que, se eu a namorasse, ela poderia pensar em me deixar tocá-la em *outros* lugares, não pensei duas vezes para pedi-la em namoro. Mas, aparentemente, deveria ter pensado.

Porque Suzie presumiu que eu já fosse *seu* namorado só porque ela me deixou brincar com seus peitos por cima da camiseta por vinte segundos. Não preciso dizer que, quando Suzie descobriu que eu estava saindo com Hazel, nunca mais falou comigo ou com Calliope. Elas culparam Calliope, já que eu era o melhor amigo com quem ela sempre estava quando saía com suas amigas. *Mulheres.* Ainda não as entendia.

— Não estou planejando fazer isso. Bridget é bonita e tal, mas tem um filho...

você me conhece com criança. — Não estava planejando ter filhos, então sair com alguém com um pivete definitivamente não estava nos meus planos também.

Ela me olhou desconfiada.

— Isso é verdade... eu acho. O que queria saber sobre Bridget, afinal?

— Não sei. Para começar, o que aconteceu com o marido dela?

A tristeza tomou o rosto de Calliope.

— Ela ainda não tinha começado a fazer yoga, então não éramos amigas quando aconteceu. Mas ela me contou. Foi horrível. Estava na Flórida com o filho visitando a mãe quando recebeu uma ligação falando que ele sofreu um acidente terrível de carro. Morreu antes de ela voltar para Providence. — Calliope balançou a cabeça. — Ele só tinha trinta anos. Eram namorados de faculdade.

— Uau.

— É. Horrível.

Cocei o queixo.

— Estou pensando se foi nessa viagem que ela comprou as calcinhas.

— O quê?

— Nada.

— Além disso, não tem muito o que dizer. É dedicada ao filho, Brendan. Ele é um menininho fofo que é muito bom em beisebol. Trabalha no hospital e faz o máximo de hora extra que consegue, mas a grana está curta vivendo com apenas um salário. O seguro de vida do marido não era muito alto.

Quando os alunos da aula seguinte começaram a entrar, era hora de eu voltar para o hospital, de qualquer forma. Me abaixei e beijei a bochecha da minha amiga.

— Volto na próxima semana... mesma hora, mesma bunda. Digo, mesma aula.

CAPÍTULO 4

Bridget

O pronto-socorro estava mais cheio do que o normal para uma quarta-feira à tarde. Não tinha encontrado muito com Simon nas horas anteriores até ele aparecer atrás de mim.

— Ei, coleguinha de casa. Fiquei sabendo que você tem um prontuário para eu dar uma olhada.

Entregando a ele a prancheta, eu disse:

— Tenho, esta é Eileen McDonough, da sala 3. Suspeita de apendicite. E pode não falar isso muito alto?

Ele deu um sorrisinho.

— O quê... coleguinha de casa?

— É. Coleguinha de casa.

— Por quê?

— Porque não é nada profissional as pessoas saberem que moramos juntos. Precisa fingir que não moramos.

— Você fala como se fossem pensar que estamos copulando.

— Não fale isso — sussurrei.

Ele ergueu um pouco a voz.

— Desculpe... *transando.*

— Shh.

— Relaxe. Não tem ninguém por perto. — Simon deu risada. — Está certo, sério mesmo, não quer que eu fale nada. Tudo bem. Vou considerar isso outra regra sua.

— Obrigada.

Quando Simon se afastou, não consegui evitar de encarar a curvatura da sua bunda durinha. Sua calça azul e fina deixava pouco para a imaginação. Por mais que ele tivesse brincado com minha parte de trás, ele realmente tinha uma bunda linda.

Uma das enfermeiras, Julia, me flagrou no ato.

— Difícil se concentrar ultimamente, hein?

— Humm?

— Não sei você — ela disse. — Mas eu fico bem distraída quando o dr. Hogue está de plantão.

Não poderia concordar mais. Definitivamente era uma distração. O trabalho não era mais o mesmo desde sua transferência para o Memorial.

— Bem, ele com certeza é diferente dos outros médicos que estamos acostumadas — comentei.

— Parece que nunca demonstra fadiga também. Todos os pacientes o adoram. Sério, eu o vi colocar sorrisos no rosto de pessoas moribundas.

Concordei com relutância.

— Ele tem mesmo uma energia.

Julia se inclinou.

— Também não parece que é gay.

— Por que acharia que ele é gay?

— Alguém assim... um médico gostoso e solteiro? Só presumi que tinha que ser gay, do contrário, é quase bom demais para ser verdade, certo?

Apesar de eu saber muito bem que ele não era gay, perguntei:

— Como pode ter tanta certeza de que ele *não* é?

— Bom, ouvi Brianna falar que saiu com ele uma vez, e parece que vai sair de novo esta semana.

— Jura...?

Brianna era uma das mais novas enfermeiras. Era mais jovem do que a maioria de nós e recém-saída da faculdade. Era bonita, e não fiquei surpresa por ele sentir atração por ela. Realmente odiava que meu estômago estivesse revirado depois de ouvir essa novidade.

Julia cruzou os braços à frente do seu jaleco de borboletas.

— Sortuda, não é?

— Acho que sim. — Precisava sair dessa conversa. — Com licença. É hora de verificar os sinais vitais do sr. Maloney.

Conforme apertava o esfigmomanômetro que estava envolvido no braço do idoso, ouvia a conversa vizinha. Uma cortina fina me separava do espaço em que Simon estava com uma paciente idosa.

— Certo, querida. É o seguinte. O raio-X mostrou um pouco de fluido nos pulmões, então vamos precisar interná-la.

— Não posso ficar aqui — a mulher protestou.

Consegui ouvir a filha dizer:

— Mãe, não tem escolha. — Ela se dirigiu a Simon. — Ela tem horror a hospitais, fica convencida de que nunca vai voltar para casa, se a internarem. Não faz ideia de como foi difícil convencê-la a me deixar trazê-la para cá.

Pareceu que Simon se sentou em um banquinho antes de continuar.

— Precisamos que melhore, Mamie. Não podemos te mandar para casa assim. O que posso fazer para se sentir mais confortável aqui?

A idosa começou a falar uma lista de itens cosméticos que queria em seu quarto.

— Posso pegar tudo isso para você, Ma.

— Não, não pode me deixar aqui — Mamie insistiu.

Simon interrompeu a discussão delas.

— Olha só. Vou sair para almoçar logo. Que tal se eu comprar alguns itens de que você precisa na farmácia?

Dei risada com a ideia de Simon comprando o batom da Revlon "Stormy Pink" e o hidratante pós-banho "Jean Naté" que ela pediu.

— Faria isso por mim? — a idosa perguntou.

— Qualquer coisa por você, linda.

Sorrindo, revirei os olhos e balancei a cabeça ao soltar o velcro do braço do sr. Maloney.

Simon, você é charmoso pra caralho.

A última coisa que eu esperava quando abri a máquina de lavar louça era ver algo pular em mim. Rapidamente percebendo que era um rato, gritei a plenos pulmões.

Subi na mesa da cozinha ao ver o terroristazinho peludo correr pelo piso de madeira.

— Merda. Merda. Merda. Merda. Merda! — gritei.

Simon e Brendan apareceram quase ao mesmo tempo.

— O que está havendo, Bridget?

— Mamãe, o que aconteceu?

Gesticulando, eu disse:

— Fique para trás, Brendan. Tem um rato na cozinha.

Meu filho sorriu.

— Legal!

— Não, *não* é legal. Mamãe não vai conseguir dormir com um rato na casa. — Depois de vê-lo correndo por mim de novo, apontei e berrei. — Ah, meu Deus, ali está ele.

Olhei para Simon, que parecia estar se divertindo com minha reação.

— Preciso que pegue o rato e mate, Simon.

Ele coçou a barba no queixo.

— De acordo com seu pedido, era para eu *fingir* não morar aqui... então, talvez, agora seja uma boa hora de desaparecer?

— Nem pense nisso.

— Estou brincando. Vou pegar. Mas não vou matar. Vou resgatá-lo desta cozinha maluca e mandá-lo de volta para a selva.

Ele se abaixou.

— Se eu conseguir encontrá-lo.

Apontando, eu disse:

— Estava naquele canto há um minuto. — Olhei em volta. — Ah, não. Para onde ele foi? Temos que encontrá-lo.

Brendan apontou para debaixo da mesa onde eu estava em pé.

— Bem ali!

Fechei os olhos e me encolhi com o pensamento. Quando os abri, Simon estava no chão. Ele estava muito engraçado rastejando com os braços e pernas longos.

— Não esperava brincar de *Tom e Jerry* hoje.

Quando se levantou, seu cabelo estava desgrenhado. Ele segurava o rato pelo rabo conforme suas patinhas balançavam para todo lado.

— Peguei! Venha ver, Brendan.

Então, Simon segurou o roedor enquanto meu filho o acariciava. Estava me afligindo completamente e aquecendo um pouco meu coração ao mesmo tempo.

Brendan olhou para mim.

— Posso ficar com ele?

— Não!

— Brendan, acho que, para o bem da sua mãe, é melhor o soltarmos. Vá pegar seu casaco.

Observei, da janela, Simon levar Brendan para a área de madeira atrás da casa. Simon se ajoelhou, e consegui ver Brendan conversando com o rato e acenando para ele, despedindo-se. Simon bagunçou o cabelo do meu filho, depois se cumprimentaram com um toque.

Lutei contra as lágrimas se formando em meus olhos quando pensei que Brendan realmente sentia falta de uma influência masculina em sua vida. Ele só tinha seis anos quando Ben morreu. Já mal se lembrava do pai.

Ao voltarem voltaram à cozinha, Simon contou cinco notas de um, então as colocou no pote de palavrão com o rótulo *Mãe*.

— Por que isso?

— Cinco dólares doados para a causa de Brendan para seus palavrões recitados cinco vezes. — Ele se virou para Brendan. — Afinal, talvez você consiga ficar com esse cabelo.

Brendan olhou para mim e sorriu.

— Quero que meu cabelo cresça igual ao do Simon na frente.

Cruzei os braços.

— Ótimo.

Simon jogou a cabeça para trás, dando risada.

Depois de Brendan correr de volta para seu quarto, me virei para Simon.

— Obrigada por ajudar com isso. Eu realmente não me dou bem com roedores.

— Sério? — Ele colocou as mãos em meus ombros, em um aperto firme. — Está bem agora?

Meu coração acelerou com o breve contato.

— Estou bem, sim. E muito feliz por você estar em casa.

— Se precisar de qualquer coisa, não hesite em gritar.

Soltei a respiração.

— Faz dois anos, mas ainda não me adaptei totalmente a não ter um homem por perto para cuidar de certas coisas. Tento ao máximo, mas, claramente, falho por completo nesse quesito. Literalmente, acho que teria ficado acordada a noite toda.

— Acho que está cuidando muito bem das coisas... bem melhor do que eu estaria, trabalhando o tanto que trabalha, depois vindo para casa e sendo mãe. Seu filho é um bom garoto. Está fazendo um trabalho bom demais. Mas você consegue sair, arranjar um tempo para si mesma?

— Rá! — Dei risada. — Não mesmo.

— Não é muito saudável, Bridget.

— Eu sei. Mas é difícil. Pago uma babá para ficar com ele enquanto estou trabalhando, então odeio deixá-lo quando não é necessário. Pode ser que seja diferente quando ele for um pouco mais velho, mas, por enquanto, preciso fazer dele minha prioridade.

Ele se apoiou no balcão.

— Isso é louvável, mas também precisa pensar em si mesma e em sua sanidade. Merece um descanso de vez em quando.

— Está questionando minha sanidade?

— Talvez um pouco. — Ele deu uma piscadinha. — Mas, sério, quando foi a última vez que saiu para um encontro?

Não foi difícil de responder.

— Nunca saí. Quero dizer, só faz dois anos que Ben faleceu. Simplesmente não me senti pronta.

A expressão de Simon ficou sombria.

— Sinto muito por ter tido que passar por isso. Calliope... me contou, sabe, o que aconteceu.

— É, realmente não gosto de falar sobre isso.

— Não te culpo.

Simon pareceu me observar em silêncio por alguns segundos, e eu estava começando a me sentir quente.

Não sei o que me deu para perguntar:

— Quer tomar um chá comigo?

Ele olhou para o relógio.

— Merda. Adoraria, mas preciso encontrar uma pessoa em Providence em vinte minutos.

Tentando disfarçar minha decepção, eu disse:

— Você falou "merda". Dinheiro no pote de Brendan, por favor. Já que você e ele parecem estar fazendo complô contra mim quanto aos palavrões, é justo que eu ganhe comissão por seus xingamentos.

— Você me pegou — ele falou ao colocar uma nota no pote.

— Vai sair com Brianna?

— Como sabe disso?

— A enfermaria é, basicamente, um antro de fofocas, Simon. É melhor tomar cuidado. Você está no radar de todo mundo. Elas falam muito de você.

— É mesmo?

Eu estava me sentindo estranhamente protetora quanto a ele.

— Sério, só tome cuidado com o que faz. *Vai* se espalhar.

— Obrigado pelo alerta, Enfermeira Valentine.

— Aonde vai esta noite?

— WaterFire. Aparentemente, acabou de abrir para a temporada.

— Ah. Nunca fui lá. Sempre quis ir, mas nunca consegui. Como é?

— É incrível. Imagine centenas de fogueiras na superfície do rio no meio do centro da cidade. Há apresentações musicais. Você realmente deveria ir alguma hora.

— Leva todos os seus encontros lá?

— Não está sempre na época.

Sempre quis ir com Ben.

— Bom, é melhor ir ou vai se atrasar.

Ele se demorou na porta um pouco, depois disse:

— Tenha uma boa noite, Bridget.

— Você também.

Conforme eu olhava para fora pela cozinha para o sol se pondo no meu quintal, de novo senti que meus olhos lacrimejavam. Não conseguia identificar exatamente por que estava tão emotiva naquela noite. Será que era porque sentia falta de Ben? Ou porque o ciúme do encontro de Simon significava que finalmente eu estava seguindo em frente? Não sabia, mas, de alguma forma, me sentia feliz, esperançosa e terrivelmente triste ao mesmo tempo.

CAPÍTULO 5

Simon

Brianna e eu andávamos pela plataforma do rio rodeada pelas chamas de WaterFire. Era uma noite de maio com brisa em Providence, e seu cabelo longo e escuro estava esvoaçando no rosto. Em certo momento, parei para filmar as luzes piscando antes de continuarmos andando.

Enquanto ela falava sem parar, eu estava viajando. Não conseguia parar de pensar em Bridget, na tristeza em seus olhos mais cedo quando estávamos falando do seu marido. Não conseguia imaginar como era ter que passar por esse tipo de tragédia sendo tão jovem. Também não conseguia parar de pensar no fato de eu ter recusado sua proposta de tomar chá. Bem quando ela finalmente parecia estar se abrindo comigo, precisei sair.

Brianna só tinha vinte e três anos e, definitivamente, não procurava nada sério. Foi exatamente por isso que fui atrás dela. Transamos uma vez e, por mais que fosse bom, não conseguia parar de querer encontrar uma forma de não ir para seu apartamento naquela noite. Não estava a fim de ficar com ela no momento, e não conseguia descobrir por quê.

Não queria admitir que, talvez, tivesse algo a ver com uma certa viúva, porque isso seria perigoso. Por mais curioso que estivesse em relação a Bridget Valentine, não poderia fazer mais do que apenas gostar dela. Ela era mãe, pelo amor de Deus. Não se brinca com isso. Eu iria embora da cidade em questão de meses quando minha residência terminasse. Então, as únicas mulheres que era seguro fazer isso eram aquelas que eu tinha certeza de que não procuravam nada mais do que um lance casual.

Brianna se virou para mim.

— Dr. Hogue, ao menos ouviu o que falei?

— Ãh?

Ela gostava de me chamar de dr. Hogue, em vez de Simon. Pode ter sido fofo quando estávamos transando, mas estava começando a me irritar.

— Estava falando que deveríamos ir nesse bar novo que abriu na Wickenden. É bem na esquina do meu apartamento.

Eu sabia que ela presumia que eu fosse voltar para seu apartamento. Mas eu não queria, de verdade.

— Na verdade, tenho um compromisso cedo amanhã. Então, infelizmente, tenho que voltar para casa.

— Oh, você é um saco, dr. Hogue. — Ela deu uma risadinha. — Brincadeira... ainda te amo — ela zombou ao envolver os braços no meu pescoço e se esticar para me beijar.

Depois de deixar Brianna no bar onde ela planejava encontrar uns amigos, dirigi de volta para o subúrbio tranquilo.

Conforme passava pela igreja branca com sua alta torre perto do centro do bairro, fui lembrado de como era bom poder sair da cidade e ainda morar perto o suficiente para aproveitar quando quisesse. Morávamos em uma península, que era rodeada por água.

Quando cheguei, vi que a luz da sala de Bridget ainda estava acesa. Embora soubesse que ela gostava de sua privacidade, pensei se gostaria de um chá tardio. Poderia lhe mostrar os vídeos de WaterFire que gravara. Afinal, para ser sincero, filmei para ela, porque disse que nunca tivera a chance de ir.

Eu tinha um saco de frango que sobrou do jantar no banco do passageiro. Estava coberto com alumínio para manter a comida quente e tinha galos por todo o exterior da embalagem. O restaurante a que fomos era conhecido por servir cinquenta variedades diferentes de frango. A comida era deliciosa, mas eles tinham me dado demais. Talvez ela quisesse um pouco.

Apertar a campainha poderia acordar Brendan, então escolhi não fazê-lo.

Por mais que tivesse uma chave para a entrada do meu apartamento, não tinha da casa principal. Apesar de poder acessar a cozinha de Bridget por uma escada da minha casa, optei por bater em sua janela.

Ela estava lendo no sofá e pulou para me deixar entrar.

Quando abriu, ergui o saco de frango.

— Quer frango?

— Uau. O gosto está tão bom quanto parece? — Bridget se abaixou para o forno a fim de retirar a bandeja de comida que tinha inserido para esquentar. Estava usando um shortinho fino, e engoli em seco remoendo a questão de maneira inapropriada.

Pigarreei e me obriguei a parar de olhar para sua bunda.

— Melhor ainda, na verdade.

Ela retirou as luvas térmica e pegou dois pratos do armário.

— Vai comer comigo? Odeio comer sozinha.

Claro que eu já tinha comido mais cedo, mas sempre cabia um pouco mais.

— Lógico. — Fui até a geladeira. — O que quer beber?

— Na verdade, adoraria um vinho. Tem uma garrafa fechada na porta. Não bebo com frequência porque tenho uma regra de nunca beber sozinha. Depois... do acidente, houve alguns meses difíceis que comecei a fazer isso, e percebi que seria muito fácil tornar isso um hábito diário sem ninguém para me parar. Então fiz uma regra de apenas beber acompanhada.

— Acho uma boa regra. — Eu também não bebia com frequência, mas era mais por falta de tempo e de tolerância por me sentir horrível para trabalhar em um plantão de vinte e quatro horas.

Retirei o Sauvignon blanc da geladeira e procurei um abridor na gaveta. Abri com um *pop* alto que fez Bridget sorrir.

— Amo esse som — ela disse. — Não sei por quê.

Servi duas taças, e Bridget perguntou se eu me importaria de comer na mesa de centro da sala porque Brendan tinha sono leve e nos ouviria menos ali. Ela colocou os pratos na mesa, e eu levei nossas taças de vinho, além da garrafa.

Quando bati à janela e quase a matei de susto alguns minutos antes, ela estava lendo, então peguei seu livro.

— E o que está lendo aqui?

Bridget praticamente voou para tirar o livro da minha mão, o que só me deixou ainda mais curioso. Segurei-o acima da cabeça, fora do seu alcance.

— Parece que não quer que eu veja o que está lendo.

— Me dê meu livro.

Dei um sorrisinho.

— Pegue.

Bridget era pequena. Diria que trinta centímetros mais baixa do que eu. Não tinha como ela alcançar o livro, mesmo que pulasse.

Suas mãos foram para os quadris.

— Simon Hogue, me dê meu livro ou então...

— Ou então o quê?

— Ou então... Deus me ajude, porque vou escalar você como uma árvore e pegar esse livro.

Talvez devesse ter ido para casa com Brianna e me satisfeito... porque meio que gostei da ideia de Bridget me escalar como uma árvore.

— É bem-vinda para me escalar, amor, mas tome cuidado, algumas árvores têm galhos grossos e você pode se arranhar.

Seu rosto corou, e eu não sabia se era pelo meu comentário lascivo ou por estar brava. De qualquer forma, aparentemente, funcionou para mim, porque senti um movimento na calça. Com medo de ter uma reação incontrolável de um garoto de doze anos, pensei que era melhor ceder antes do que depois.

— Aqui está. Só estava brincando.

Bridget arrancou o livro das minhas mãos e o guardou na gaveta de uma mesinha.

— O que é tão particular que eu não posso ler? Está lendo pornô?

Seu rosto já rosado ficou vermelho. Eu tinha acertado na mosca.

— Não é pornô. É um romance.

— Com o qual você se masturba.

Seus olhos se arregalaram.

Dei de ombros.

— O que tem? Eu gosto de pornô. Tenho uma boa coleção, se um dia quiser emprestado. Talvez eu possa pegar seu livro emprestado, e você pode pegar meus

DVDs. Vou até limpá-los antes de dar para você.

Ela adicionou um nariz enrugado àqueles olhos já enormes.

— Por favor, me diga que está brincando.

— Sobre os DVDs? Sim.

Ela pareceu aliviada, então esclareci o que queria dizer.

— Estamos no novo milênio. Ninguém mais compra DVD pornô. Está tudo baixado no meu MacBook.

Bridget balançou a cabeça e se sentou no chão.

— Acho que necessito desse vinho agora.

Precisei empurrar um pouco a mesinha para caber entre o sofá e a mesa, mas, quando me sentei, foi bom esticar as pernas. Bridget tinha nos servido comida, e o frango estava ainda melhor da segunda vez.

— Humm. É muito bom — ela disse.

— Vou trazer a sobra do meu galo de hoje em diante.

Ela revirou os olhos.

— Precisa fazer isso? Sempre fazer um trocadilho sexual?

— É que é *muito difícil* não fazer quando você gosta tanto que eu fale assim.

Flagrei seu sorrisinho antes de ela encher a boca com meu frango. *Nossa, preciso parar de pensar nisso.*

Fingi estar ficando mais confortável, porém estava discretamente ajustando minha calça, que estava apertando na virilha.

Bridget bebeu seu vinho para engolir o frango.

— Então, por que chegou tão cedo? Pensei que fosse... sabe... ficar com Brianna por um tempo.

— Está dizendo que pensou que eu estaria transando agora mesmo? Presumiu que sou fácil e que iria ceder no segundo encontro?

Ela semicerrou os olhos.

— Você é um engraçadinho de merda.

Me inclinei com um sorriso bem bobo.

— Deve vinte e cinco centavos para o pote.

— Você é impossível.

— Talvez. — Dei de ombros. — Mas gosta de mim assim mesmo.

— Não respondeu minha pergunta.

— Por que cheguei tão cedo?

Ela assentiu.

Pensei na resposta, exatamente como fizera o caminho inteiro para casa. Coçando o queixo, disse:

— Deixe-me fazer uma pergunta primeiro. Se pudesse ser qualquer animal, qual escolheria?

Bridget me olhou de maneira engraçado.

— Não sei. De cabeça, acho que um cavalo.

— Por que um cavalo?

— Porque eles são fortes, selvagens e livres.

Assenti.

— Boa resposta.

— O que escolheria?

— Um leão. Porque é o rei da selva, claro. — Coloquei meu cabelo para trás, o qual ainda precisava de um corte, e dei uma piscadinha. — Além do mais, eles têm uma boa juba.

Bridget deu risada.

— Imaginei.

— Quer saber o que Brianna respondeu quando perguntei a ela?

— Com certeza.

— Ela disse Lulu da Pomerânia.

— O cachorrinho?

A taça de vinho de Bridget estava vazia, então a enchi de novo.

— É. E, antes que pergunte, a lógica dela foi *porque é muito fofo*.

— Certo, não é a resposta mais bem pensada, mas você encurtou seu encontro por causa disso?

— Só não estava no clima, acho. Então não parecia certo *continuar*. Se é que me entende.

— Você é bizarro, Simon Hogue, sabe disso?

— Fico feliz por ter falado cavalo, ou talvez precisaria me mudar.

Bridget e eu ficamos sentados na sala, comendo o frango e bebendo quase toda a garrafa de vinho — a maior parte consumida por ela. Percebi que estava começando a ficar tonta quando se soltou um pouco.

— Deixe-me te perguntar uma coisa. — Ela apontou a taça de vinho para mim e quase derramou. — Já marcou encontro pela internet?

— Tipo no Match.com?

— É.

— Não, nunca.

Ela suspirou.

— Provavelmente você não precisa. Você é... — Ela abanou a mão para cima e para baixo para mim. — Alto, gostoso e tal. E é médico.

— Acha que sou gostoso? — Dei um sorrisinho.

Ela revirou os olhos.

— Claro que não precisa usar Match para conseguir um encontro. No que eu estava pensando? Provavelmente é só estalar os dedos como Fonzie e as garotas vêm em bando.

— Quem?

— Sou tão mais velha que você? Esqueça. Não responda.

— Está certo. Mas realmente está pensando em se inscrever em um site de encontros?

— Estava pensando nisso.

— Não sei se é uma boa ideia.

— Acha que é rápido demais?

— Não. Não sei se encontros pela internet são seguros.

Bridget acenou para mim, ignorando meu comentário, depois recuperou o equilíbrio do vinho de sua taça.

— Foi uma ideia idiota, de qualquer jeito. Nem *sei mais* como ir a um encontro. Faz tanto tempo.

— Bom, não se preocupe com isso. É como andar de bicicleta, você lembra rápido.

— Também não monto em nada há muito tempo — murmurou.

É, Bridget estava definitivamente bêbada.

— O que acha de um arranjo?

— Fala tipo um encontro às cegas?

— É. É mais seguro do que conhecer um estranho.

— Acho que sim...

— Vou te falar uma coisa, Bridget, você me deixa arranjar alguém, e eu te deixo arranjar alguém. Podemos sair em um encontro duplo.

— Um encontro duplo?

— O que pode acontecer de pior? Se não gostar, no fim da noite, vai voltar para casa comigo.

Ela sorriu.

— Ok.

CAPÍTULO 6

Bridget

Deus, me sinto péssima.

Ao erguer a cabeça do travesseiro, meu primeiro pensamento foi que eu devia estar com gripe. Então me lembrei da garrafa de vinho que entornei na noite anterior com Simon. Resmunguei ao pegar meu celular no criado-mudo e semicerrar os olhos para ver a hora. Eram 8h45!

— *Merda!*

Pulei da cama. Brendan iria se atrasar para a escola. Correndo pelo corredor, abri a porta do quarto dele e encontrei-o todo escuro.

— Brendan! Levante, amigão! Vamos nos atrasar.

Acendi a luz e fiquei surpresa ao ver a cama vazia, então verifiquei o banheiro antes de seguir para a cozinha.

Simon estava sem camisa em pé diante do fogão. Com apenas um movimento do punho, ele virou uma panqueca na panela, depois olhou para trás para mim.

— Bom dia, dorminhoca.

Senhor, que corpo ele tinha. Pele macia e bronzeada, abdome trincado que parecia pertencer a uma capa de revista e um V profundo que fez chover dentro da minha boca seca de ressaca. *Jesus, não me lembro de homens serem assim.* Não na vida real, de qualquer forma. Tive que desviar o olhar. No entanto, observar o restante do cômodo só deixou tudo mais estranho. Estava tocando uma música no alto-falante do balcão da cozinha. Brendan estava batucando na mesa com uma mão e terminando o café da manhã com a outra. Simon apertou um botão em alguma engenhoca no balcão, e um som alto de zumbido tocou por um minuto. Então ele serviu o que quer que tivesse feito em um copo e se virou para mim.

— Suco?

— O que é essa coisa?

— É para fazer suco.

— De onde veio?

— Eu trouxe. Gosto de suco fresco de manhã. — Ele deu uma piscadinha. — Além disso, pensei que poderia precisar de mais vitamina C e potássio nesta manhã.

Peguei o copo da mão de Simon, enquanto ele falava com Brendan.

— Vá pegar sua mochila, garoto, ou vamos nos atrasar.

Brendan saiu correndo.

— Atrasar? — Eu estava muito confusa.

— Para a escola. — Simon colocou a panqueca no prato e o pôs na mesa. Depois, tirou um potinho de Motrin do bolso da calça e apontou para a cadeira. — Sente. Coma. Vou levar Brendan e volto para arrumar tudo antes de ir para o hospital.

Ainda estava sentada à mesa da cozinha quando Simon voltou de levar Brendan para a escola. Ele apoiou o quadril no balcão e cruzou os braços à frente do peito, que estava, infelizmente para mim, agora coberto com uma camisa.

— Muito obrigada por me ajudar esta manhã. Não acredito que dormi demais. Nem ouvi o alarme do celular tocar.

— Isso é porque não tocou.

— Não? Como sabe?

— Porque eu o desliguei ontem à noite antes de você dormir.

— Por que fez isso?

Simon deu de ombros.

— Para você dormir mais.

— Bom, obrigada. Fazia muito tempo que não fazia isso. E, Deus, também fazia muito tempo que não ficava de ressaca. Aquele vinho realmente me pegou ontem à noite. Espero que não tenha falado demais nem nada. Para ser sincera, está tudo meio enevoado.

Simon levou meu prato vazio para a pia.

— Nem um pouco. Tivemos uma boa conversa e depois você foi dormir.

Suspirei.

— Oh, que bom.

— Depois de ler seu livro para mim.

Congelei.

— O quê?

Simon deu risada e colocou as mãos nos meus ombros.

— Relaxe, amor. Estou brincando.

— Graças a Deus.

Ele voltou a colocar a louça na máquina. Eu não tinha energia nem para oferecer ajuda. Além disso, quando ele se inclinava, eu conseguia ver os músculos da sua bunda se flexionarem. Podia estar de ressaca, mas não estava cega.

Quando ele terminou, virou uma cadeira para trás e sentou-se.

— Então, me fale seu critério para um paquera.

— O quê?

— Nosso encontro duplo.

Droga. Tinha me esquecido completamente da conversa da noite anterior. Foi o vinho falando. E talvez um pouco de ciúme por ver Simon sair com alguém também.

— Ainda não estou pronta para isso, Simon.

Ele semicerrou os olhos.

— Não acredito em você. Acho que só está com medo de voltar para o jogo.

Para um cara que eu só conhecia há uma semana, ele tinha me interpretado bem rápido. Embora eu não fosse admitir.

— Não estou com medo.

— Que bom, então está combinado. — Ele puxou um pedaço de papel dobrado do bolso da calça. — E aqui está minha lista de desejos.

— Sua lista de desejos?

— Para arranjar meu encontro. Pensei que gostaria de umas dicas.

Desdobrei o papel. Ele tinha escrito um checklist de cinco frases.

— Elas não estão necessariamente na ordem.

Sua letra horrível mal dava para entender.

— Ensinam a escrever como uma criança de sete anos na faculdade de Medicina?

— Me dê aqui. Vou ler para você. — Ele se esticou para pegar o papel das minhas mãos, mas tirei do seu alcance.

— Sou enfermeira. Me dê só um segundo que decifro. Faz parte do meu trabalho, aparentemente. Vejamos. Número um: sem Lulu da Pomerânia.

— Melhor colocar "sem cachorrinhos" em geral. Quer um lápis para anotar?

Dei risada.

— Não, tudo bem. Acho que consigo me lembrar. Sem cachorros fofos como almas gêmeas animais. Entendi. O que mais? Vamos ver. Número dois: boina de maçã? — Uni as sobrancelhas.

Simon me corrigiu.

— É *bunda* de maçã. Gosto de uma parte de trás cheia. Ia escrever paranauê, mas não sabia direito como escrever.

— Quer que eu veja a bunda da mulher antes de te arranjar alguém?

— Oh, qual é? Vocês, mulheres, estão sempre medindo o tamanho da outra.

— Não estamos.

— Claro que não. Continue, leia o número três. Não tenho o dia todo. Preciso ir para o hospital salvar vidas como um super-herói.

— Número três: precisa gostar de sair ao ar livre. Bom, esse é um pedido razoável.

— Todos os meus pedidos são razoáveis.

Eu o ignorei para continuar com sua lista.

— Número quatro: não pode gostar de Celine Dion. — Olhei para ele. — O que tem de errado com Celine?

— Ela me irrita.

— A voz dela?

— Não. Só ela, em geral.

— Você é bizarro, Simon Hogue.

— Já me disse isso.

— Certo, qual é o último pedido? Vamos ver, número cinco. Sem estrela-do-mar. — Enruguei o nariz. — O que tem contra estrelas-do-mar? São tão lindas e inofensivas.

Simon deu risada.

— Não o equinoderma marinho. Uma estrela-do-mar. Você sabe... — Ele se inclinou para trás na cadeira, se equilibrou na bunda e abriu os braços e as pernas. — Uma mulher que abre braços e pernas durante a transa e não se envolve. Só fica deitada como uma estrela-do-mar. Geralmente também são silenciosas.

— Está brincando?

— Queria estar. — Ele apontou para o papel. — Coloque esse como o número um na lista, se estiver priorizando. Me irrita um pouco.

Simon se levantou e olhou o relógio.

— Preciso correr. Vai fazer uma lista sua ou tenho carta branca?

— Por mais divertida que ache sua lista, realmente ainda não estou pronta para um encontro.

Simon sorriu de orelha a orelha.

— Então é carta branca.

Eu ia mesmo fazer isso.

Expirando, acenei para Brendan depois de deixá-lo na minha sogra. Tinha demorado algumas semanas para encontrar uma noite que tanto Simon quanto eu estivéssemos de folga para esse encontro duplo.

Será que eu estava maluca por deixá-lo me arranjar alguém às cegas?

Eu tinha escolhido uma conhecida do estúdio de yoga para Simon. Seu nome era Leah, tinha mais ou menos a minha idade, e era a única pessoa solteira que eu conhecia na cidade. Seu trabalho como contadora a mantinha bem ocupada, e ela sempre colocava a carreira em primeiro lugar. No entanto, eu me lembrava de ela me contando que estava procurando entrar no jogo dos encontros, apesar de não querer nada sério. E eu sabia que era o que Simon queria também. Com toda sinceridade, não tinha me incomodado em verificar qualquer outro critério da lista de Simon. Tinha me sentido engraçada perguntando a ela quanto ao animal. E como era para eu perguntar se ela era uma "estrela-do-mar" na cama?

Até onde eu sabia, provavelmente, ela conhecia Simon, já que ele tinha ido visitar Calliope no estúdio. Tudo que falei para ela era que meu colega de casa era um médico gostoso e britânico, tinha quase trinta anos e eu estava querendo arranjar um encontro às cegas para ele. Ela aceitou sem nem questionar mais nada. Provavelmente eu teria feito a mesma coisa.

Cada um de nós chegaria separadamente ao restaurante na Federal Hill, uma região de Providence conhecida por sua comida italiana. Simon e Leah iriam direto do trabalho, e eu iria para lá depois de deixar Brendan.

Passei o caminho inteiro de North Kingstown para Providence obcecada quanto a saber se esse encontro era uma decisão apropriada ou não. Acho que era tarde demais para pensar nisso, de qualquer forma.

Meu colega de casa não tinha me dado detalhes sobre o meu encontro, então eu estava bem nervosa quando cheguei ao Il Forno Ristorante.

Lembrei de Simon dizendo que tinha feito uma reserva.

— Oi, sabe se alguém chamado Simon Hogue chegou? Alto, loiro, sotaque britânico...

A recepcionista sorriu e pegou um cardápio.

— Sim. Por aqui.

Ele tinha escolhido um lugar bem legal. As luzes eram baixas, e havia alguém tocando piano. Em uma mesa no canto, Simon e outro homem estavam acomodados. Quando olhei meu encontro, fiquei imediatamente menos animada. Nunca me considerei uma pessoa superficial, mas não houve simplesmente nenhuma atração pelo homem sentado à frente de Simon.

Ainda há tempo de dar meia-volta.

Ambos se levantaram quando me aproximei.

Tarde demais.

Dê uma chance a ele.

— Bridget, que bom que chegou na hora — Simon disse.

Assenti.

— Simon.

Para piorar, Simon estava absolutamente lindo em uma blusa justa canelada e jeans escuros conforme seu cheiro masculino flutuava pelo ar e ia direto para entre minhas pernas. Era difícil não comparar os dois homens.

— Gostaria que conhecesse meu amigo, dr. Alex Lard.

Estendi a mão.

— Oi, dr... Lard.

Lard? Como "banha" em inglês. Que nome!

— Por favor, me chame de Alex.

— Alex. — Sorri. — É bom te conhecer.

Ele tossiu uma única vez.

— O prazer é todo meu.

Tossiu de novo.

Simon gesticulou para a cadeira.

— Vamos sentar?

Alex Lard tossiu outra vez antes de se sentar.

Será que era um tique nervoso ou ele estava doente?

De qualquer forma, seria uma longa noite.

CAPÍTULO 7

Simon

Conclusão... O dr. Lard, o tossidor incessante nada atraente, provavelmente foi a escolha errada para Bridget.

Eu sabia disso. Agora, antes de você me julgar por arranjar para ela um encontro com ele, lembre-se de que não era fácil encontrar alguém que eu pudesse, realmente, acreditar que fosse um ser humano decente. Eu estava trabalhando com um tempo curto.

Tinha prometido encontrar alguém para ela, então ou era Lard ou alguém que eu não confiasse totalmente e, para ser sincero, era praticamente todo mundo. Pelo menos sabia que Alex não era mau-caráter. Na verdade, ele era um médico bem respeitado de Providence e professor na Brown University. Era muitas coisas — atraente sexualmente só não era uma delas.

A conversa inicial na mesa foi bem estranha.

Bebi meu vinho.

— Pegou trânsito?

Bridget olhou para trás do ombro, depois verificou seu relógio, parecendo incrivelmente tensa.

— Não, mas Leah deve ter pegado. Está quinze minutos atrasada.

Ergui a sobrancelha.

— Leah, huh?

Dr. Lard se virou para Bridget.

— Então, Simon estava me contando que você tem um filho de oito anos. *Tosse.* Ele deve te manter ocupada. *Tosse.*

— Tenho. É um ótimo garoto. Não sei se Simon também mencionou que meu marido morreu há alguns anos, então tem sido difícil para Brendan, mas ele está indo incrivelmente bem, considerando tudo.

Antes de ele poder responder, fomos interrompidos pela chegada do meu encontro, Leah. Semicerrei os olhos. Ela parecia familiar. Deu um sorriso ao olhar para mim.

— Oh, meu Deus. É você.

— Você me conhece?

— É amigo da Calliope.

— Sou.

— Te vejo quando visita nossa aula de hot yoga.

Isso mesmo. Era de lá que eu a conhecia. Imediatamente, também percebi que ela era uma das que tinham bunda ossuda na aula. Ótimo.

Leah se sentou, e nós quatro conversamos um pouco até nossa comida chegar. Para ser franco, de cara, já ficou bem claro que esse encontro duplo às cegas seria um fracasso. Eu sabia. Bridget sabia. Se fosse *realmente* honesto, era difícil me concentrar em qualquer coisa além de como Bridget estava maravilhosa naquela noite. Seus lábios carnudos estavam tingidos de um tom quente de pink. Ela tinha feito cachos no cabelo, o que eu nunca tinha visto nela. Estava solto, porém ela prendeu algumas das mechas castanho-claras para trás com uma presilha. Isso destacava seus olhos verdes. Normalmente, ficava admirado ao ver como ela era naturalmente linda sem maquiagem e de cabelo liso, mas precisava dizer que essa aparência também estava funcionando para mim.

Realmente funcionando para mim.

Sem contar que seus seios ficavam bons pra caramba apertados juntos com apenas um pouco do decote à mostra.

Ela merecia coisa melhor do que esse encontro chato com Alex Lard. Ele era um homem bom, mas não iria lhe dar o orgasmo estremecedor de que ela tanto precisava.

Porra. Não pense em como ela está faminta por sexo e como seria incrível fazê-la gemer pela primeira vez em anos.

Se não tivesse consequências... uma noite, transaria sem parar com Bridget, fazendo-a gritar repetidamente. Claro que essa situação nunca seria possível.

Para dissuadir meus pensamentos claramente inapropriados, resolvi fazer *a pergunta* para Leah.

— Então, Leah, tenho uma pergunta para você. Se pudesse ser qualquer animal, qual escolheria?

— Que pergunta estranha. — Ela deu risada. — Mas, certo, deixe-me pensar. — Ela coçou o queixo com suas unhas postiças compridas. — Teria que escolher um gatinho. Porque são muito fofos. E amo gatos, em geral.

Bridget olhou para mim e estava sorrindo. Ela sabia que "gatinho" provavelmente era a única resposta pior do que Lulu da Pomerânia. Pelo menos, Lulu era original.

— Que coincidência, porque Simon adora uma gatinha — Bridget brincou.

Sorri para ela com malícia.

— Gosto mesmo, Enfermeira Valentine.

O restante do encontro foi basicamente uma tortura, com exceção do flerte entre Bridget e mim. Ela não fizera nada para realmente conhecer Alex — ele não parava de tossir — e Leah havia me perdido quando falou "gatinho".

O jantar acabou cedo, e todos saímos em carros separados com promessas vazias de "manter contato" com nossos encontros.

No segundo em que voltei para casa, fui direto para a sala de Bridget.

Ela já estava lá parada esperando com os braços cruzados.

— Miau. — Ela deu risada.

Balancei a cabeça.

— Gatinho. Terrível. Sem contar que você arranjou a mulher com a bunda mais reta de todo o estúdio de yoga. Quem não preenche uma calça legging? Aquela mulher! Até a legging fica sobrando nela. Provavelmente uma bela estrela-do-mar também... apesar de que não pretendo descobrir.

— Não escolhi essas coisas de propósito, Simon. Não tenho muitas amigas solteiras. E você tem coragem de falar comigo sobre atração física? Sabia que eu não sentiria nada por Alex Lard. Então por que arranjar o encontro com ele?

— Olha, ele é um cara legal. Não consegui arranjar alguém que pudesse ter uma chance remota de se aproveitar de você.

— Bom, deu certo... porque o dr. Lard não tinha nenhuma chance de ter sorte comigo esta noite nem *nunca*. E o que era aquela tosse?

— Não sei. É coisa dele. Bizarro.

— Preferiria ir a encontros em que não tenha que usar máscara para me proteger de germes.

Explodi em gargalhada.

— Eu sei, Bridget. Estraguei tudo. Você falou que se inscreveria em um site de encontros, e isso me assustou um pouco. Há muitas pessoas más por aí.

— Encontros on-line são o único jeito quando você não tem tempo de sair toda noite. É bem comum agora. Alguém como você não precisa se submeter a isso porque as mulheres caem aos seus pés.

— Acredite em mim, se você se expuser de qualquer maneira, não terá problema para encontrar um homem. É extremamente atraente.

— Bom, obrigada, mas não precisa dizer isso.

— Não preciso, não, mas é a verdade. É naturalmente linda, mesmo quando não está toda arrumada como nesta noite. Tem lábios lindos, peitos grandes, um corpo malhado e uma bunda de maçã poderosa.

A franqueza das minhas palavras me surpreendeu. Ela pareceu um pouco pega de surpresa também e acenou com a mão.

— Oh, continue.

— Acha que estou brincando.

— Não, quis dizer para continuar falando. Continue. — Ela deu risada.

Só nos encaramos por um tempo. Ela pareceu constrangida, e eu queria poder beijá-la e fazer coisa pior.

Simon, que porra está fazendo, seu idiota?

— Provavelmente é melhor eu parar de falar, na verdade — confessei. — É melhor me ignorar. Estou sendo inapropriado, dado nosso acordo e sua situação de vida. Não deveria estar olhando para a bunda de maçã da mãe de Brendan.

— Viu, você acertou em cheio. Não é fácil, para uma mãe solteira, encontrar alguém disposto a enxergar além da minha "situação". Faz parte do motivo de eu não ter considerado sair até recentemente. Não apenas parecia muito próximo da morte de Ben, mas, na realidade, as chances de encontrar alguém fisicamente atraente, esperto, sincero e que também queira assumir essa responsabilidade enorme são basicamente nulas. Sinceramente, nem sei se eu iria querer lidar com a minha situação, se fosse homem. Então, é difícil. E solitário às vezes.

Essa mulher tinha sua vulnerabilidade à flor da pele. Mas eu adorava que ela fosse sincera.

Ela respirou fundo.

— Deus, estou falando demais para você. Não quis me abrir assim.

— São maçãs e laranjas.

— O que... é isso que você vai fazer de suco de manhã?

— Não. Você e a maioria das mulheres, garotas, na verdade, com quem saio. São como maçãs e laranjas. Você é uma *mulher* de verdade, Bridget, em todo sentido da palavra. Alguém como você sabe exatamente do que precisa. Tem a cabeça no lugar e suas prioridades. Gosta do que realmente importa na vida porque já passou pelo pior dela. Tem uma vida inteira de experiências sendo jovem. Você é incrível mesmo.

E é por isso que não posso transar com você.

Pareceu que ela não sabia como reagir ao elogio.

— Vai ficar e tomar um drinque comigo? Estou muito a fim de um, e você sabe minha regra de nunca beber sozinha.

Por mais que eu soubesse que deveria voltar para o meu apartamento, um lado meu estava gostando de verdade de estar com ela. Não poderia negar.

— Claro que posso.

Bridget desapareceu na cozinha para pegar vinho. Estava demorando um tempo incomumente longo para voltar, então resolvi verificar.

— Está tudo bem aí?

Vi que ela estava segurando um pedaço de papel. Estava congelada em pé, parecendo vazia.

— Encontrei isto no lixo. Brendan deve ter jogado fora quando voltou da escola.

Meu coração afundou quando peguei o panfleto alaranjado das mãos dela, em que estava escrito: *Dia de Campo entre Pai e Filho*.

Oh, merda.

Ela continuou.

— Só consigo imaginar como ele deve ter se sentido. Como o deixaram ir para casa com isso na mochila? Todos sabem da situação dele.

— Tenho certeza de que não quiseram magoá-lo de propósito, mas foi burrice.

Ela fechou os olhos para respirar fundo.

— Sabe, você vive sua vida o melhor que pode, tentando esquecer a dor e, então, algo assim aparece e simplesmente joga tudo na sua cara de novo.

Sem saber mais o que dizer, simplesmente coloquei a mão em seu antebraço.

— Sinto muito.

Ela suspirou.

— Deus, você deve achar esta casa tão deprimente às vezes, com lembretes constantes da morte.

— É, bem, também tem muita vida nesta casa. Antes de me mudar para cá, eu era só um sujeito vivendo sozinho que não fazia nada além de trabalhar, dormir e transar de vez em quando. É uma lição de vida ver pelo que você passa.

Ela pegou de volta o panfleto de mim.

— Nem sei o que fazer com isto.

— Infelizmente, você não pode consertar tudo.

— Gostaria de ficar com ele em casa nesse dia, mas isso também passa a mensagem errada. Não quero que ele seja tratado de maneira diferente porque não tem pai.

— Vai conversar com ele sobre isso? — perguntei.

— Não sei se deveria. Claramente, ele não queria que eu visse isto.

— Acha que, de alguma forma, ele estava tentando proteger seus sentimentos também?

— Sabe, é engraçado você dizer isso. Por mais jovem que ele seja, tem um instinto protetor nele. Há momentos em que fico despedaçada, e é ele que *me* conforta.

— Você tem um ótimo filho, bem sábio para a idade dele e respeitoso. Isso tudo foi você.

— Obrigada. Foi muito difícil engravidar dele, mas é uma criança fácil de lidar desde que nasceu. Sou bem sortuda.

Ela colocou o panfleto de volta no lixo e começou a massagear a tensão no pescoço com uma mão.

— Vire-se por um minuto.

Ela estava cética.

— O que vai fazer?

— Verificar a calcinha de qual dia da semana está usando. O que acha?

— O que vai fazer de verdade? — Ela deu risada.

Estalei os dedos.

— Vamos tirar alguns desses nós do seu pescoço e das costas.

Senti sua tensão aumentar assim que minhas mãos começaram a trabalhar. Massageando a parte de cima de suas costas, pressionei os polegares bem forte. Ela baixou a cabeça conforme relaxou o corpo, me dando total controle. Os sons que ela estava fazendo estavam me deixando meio louco. Essa mulher estava ferida e precisava de muito mais do que minhas mãos. Precisei de toda a minha força para não me inclinar e devorar seu pescoço. Meus dedos, definitivamente, estavam trabalhando no lugar do meu pau que, infelizmente, não poderia aparecer para receber o prêmio naquela noite.

Sua respiração ficou um pouco mais ofegante em certo ponto e ela se virou, interrompendo a massagem.

— Obrigada por isso. É melhor eu pegar aquele vinho agora.

— Deixe que eu ajudo.

— Não, eu pego.

Voltei para a sala e me sentei no sofá, percebendo algo debaixo de mim. Era o e-reader de Bridget. Abri na página inicial, que mostrava um romance com uma capa devassa. Clicando nele, nunca poderia ter imaginado as palavras que vi.

Puta merda.

O que é isso?

CAPÍTULO 8

Bridget

Oh, não.

Quando voltei para a sala com duas taças de Zinfandel, Simon estava com o Kindle lendo meu livro.

— Pare, Simon.

— Você estava escondendo isso de mim, Bridget. É *isso* que tem nos seus livros?

Sentindo o calor aumentar no rosto, eu disse:

— O que *pensou* que tivesse?

— Pensei que fosse alguma merda romântica, sabe, a mulher ruboriza, segue o cara para o quarto e ele faz amor com ela. Este cara está com o pau entre os peitos dela e acabou de gozar no rosto dela.

— É?

— Oh, verdade. Li além do seu marcador de página. Acho que ainda não tinha chegado nessa parte.

— Aparentemente, não.

— Deixe-me voltar e ler para você, então.

Minha expressão deve ter sido uma mistura de horror e diversão. Pelo menos, era como me sentia.

— Simon...

— Vamos. Juro que vou ficar sério. Podemos fazer a hora da história com Simon. Sente-se com seu vinho que vou ler para você.

Oh, meu Deus. Ele estava falando sério.

Mas eu precisava admitir que a ideia de ouvi-lo recitando as cenas de sexo para mim com aquele sotaque era atraente demais para deixar passar. Então, contra meu melhor julgamento, fiz o que ele falou, peguei minha taça de vinho, me sentei, apoiei a cabeça para trás e apenas ouvi.

— Vamos ver. Parece que seu marcador de página marca bem aqui. — Simon pigarreou dramaticamente. — *Aham*. — E começou... — *Seus dedos apertaram meus músculos tensos do ombro.*

Ah, meu Deus. Tinha me esquecido completamente de que parara de ler em um ponto em que o mocinho estava prestes a fazer uma massagem na mocinha. Exatamente como Simon tinha feito comigo há menos de dois minutos.

— Isto não é uma boa ideia.

Comecei a levantar do sofá, mas Simon me impediu. Ele enganchou um braço na minha cintura e me puxou para baixo de novo. Só que agora estávamos sentados muito mais próximos no sofá. Nossas coxas se tocavam, e o calor do seu corpo emanava para minha perna e ia até um lugar interessante.

— Nem vem. Você me arranjou uma bunda ossuda que quer ser gatinho. Agora vou ter um pouco de ação esta noite, mesmo que tenha que vir do seu e-reader.

Dei um sorrisinho.

— A bunda dela era meio ossuda, não era?

— Você nem perguntou se ela era uma estrela-do-mar?

Dei risada.

— Não.

— Está certo, então. Me deve uma. E, como pagamento, vou ler essa ceninha erótica e, quando terminarmos, vou voltar para o meu apartamento e bater uma, e você vai fazer o que quer que faça.

— Bater uma? — questionei.

— Masturbar. Sabe... — Simon formou um C com uma mão e a mexeu para a frente e para trás, simulando uma punheta. — Descabelar o palhaço. Afogar o ganso. Bater o bolo. Fazer justiça com as próprias mãos. Descascar o sabiá. Espancar o marreco. Encantar a cobra... como quer que vocês, americanos, chamem atualmente.

Se eu tivesse noção, provavelmente deveria ter ficado ofendida por meu inquilino estar sugerindo ler para mim as partes obscenas do meu livro e, depois, seguirmos nossos caminhos separados e nos masturbarmos. Mas... era bem atraente. Deus sabe que eu estava tensa. Simon deu um sorrisinho.

— Você topa. Posso ver na sua cara. Não vai me privar deste simples prazer depois da catástrofe do meu encontro.

— Certo — bufei, tentando soar como se fosse um sacrifício.

Simon começou a ler de novo. Não me incomodei em me mover da minha nova posição aconchegada nele.

Seus dedos apertaram meus músculos tensos do ombro.

— Está muito tensa. Por que não tira sua blusa para eu poder realmente colocar os dedos em você?

— Ok. — Abri os botõezinhos de pérola e deixei a blusa cair dos ombros.

— Cristo, você está sem sutiã por debaixo da blusa, Cheri.

— Sou bem livre para não precisar usar um.

— Livre, hein? Talvez eu devesse julgar isso.

Andrew se esticou para segurar meus seios e apertou forte um mamilo.

— Eles estão bem livres mesmo. O que acha de eu massageá-los por um tempo em vez de massagear seu pescoço?

Simon parou de ler.

— Espere. Então era uma opção? E eu só massageei seu pescoço?

Dei uma cotovelada em suas costelas, e ele riu ao falar.

— Deixe-me te perguntar, esta coisa tem um dicionário de busca?

— O e-reader? Tem, por quê?

— Já pesquisou apenas pau ou peitos e pulou direto para as partes boas?

— Não! Você acha que leio pelo sexo... mas preciso da história toda. Não consigo simplesmente pular para essas partes sem a construção de uma história. Seria como transar sem ser tocada primeiro... sem preliminares.

— Prefiro a ideia de transar sem realmente se tocar primeiro.

— É. Você é homem.

— O que isso quer dizer?

— Precisa de menos para... sabe... gozar. Basicamente, consegue enfiar em qualquer buraco e fazer o trabalho.

— Se isso fosse verdade, eu estaria em casa com a Srta. Gatinha agora mesmo, não estaria?

— Acho que sim...

— Homens precisam de preliminares tanto quanto mulheres. Só não precisa ser o ato real de tocar para mim.

— Como assim?

— A preliminar pode ser a aparência de uma mulher. — Os olhos de Simon desceram pelo meu corpo. — A maneira como sua boca se move. — Seu olhar foi para os meus lábios. — Com a mulher certa, eu sonharia com como seria ter seus lábios tingidos em mim o tempo todo em que compartilhamos uma refeição. Pode até ser em um restaurante lotado. Quando eu terminar de jantar, terei tido toda a preliminar que aguento e estarei pronto para ir direto ao ponto.

Engoli em seco.

— Mas e a mulher? Qual é a preliminar dela?

— Com a pessoa certa, a mesma. — Seu olhar voltou a encontrar o meu. — Se a química estiver lá, se houver uma atração mútua e ela estiver me vendo observá-la, só de saber o que estou pensando pode ser uma preliminar. Levo-a para casa. Nenhum de nós fala. A tensão se forma. Então nos pegamos logo contra a porta no minuto em que entramos porque não conseguimos mais nos controlar.

Deus, a casa estava quente. Eu queria me abanar.

— Acho que, talvez, você pudesse *escrever* um dos meus livros, Simon.

— Ah. Parece um desafio. Não fique surpresa se eu inserir umas cenas de sexo no meu bloquinho de receita e deslizá-lo por debaixo da porta do seu quarto. Pode me contar se o que eu prescrever funciona melhor do que seus livros.

— Você é tão louco que eu não duvidaria disso.

Simon ergueu o e-reader.

— Onde estávamos? Preciso trabalhar na minha escrita de cena de sexo.

— Acho que ele a estava massageando.

— Ah, sim. Apertando o mamilo. — Seus olhos percorreram a tela no Kindle, parando na metade. — Vamos lá.

Inclinei a cabeça para trás, oferecendo a Andrew minha boca conforme ele massageava meus seios doloridos. Sua língua tinha gosto do uísque que ele bebera no jantar. Uísque e Andrew era uma combinação que dava muito certo para mim. Ele interrompeu o beijo, deu a volta por trás e começou a abrir o cinto diante de mim. Sentada, meus olhos estavam no mesmo nível de sua ereção grossa.

— Sabe no que estive pensando a noite toda?

— No quê?

— Em como seria bom deslizar meu pau entre seus peitos livres. Aposto que está molhada agora. Vou colocar meu dedo dentro de você, cobrir minha mão com seu líquido e esfregá-lo entre seus peitos antes de colocar meu pau neles. O que acha, Bridget?

Bridget? Ele acabou de falar Bridget ou eu que estava ouvindo coisas?

Simon pigarreou de novo. Depois de uma longa pausa, começou a falar, só que sua voz estava mais grave e mais tensa.

— Isso, por favor, Andrew. Por favor.

Lambendo meus lábios, abri o zíper da sua calça. Eu estava tão excitada que não consegui desperdiçar tempo abaixando-a. Então, segurei o cós da boxer escura e enfiei a mão dentro. Simon estava duro como pedra quando envolvi os dedos em sua ereção.

Pensei que ele estivesse brincando comigo da segunda vez.

— Simon e Bridget. Muito engraçado, dr. Hogue. Quase me enganou. Pensei que tivesse imaginado da primeira vez.

Simon se virou para me encarar. Seu rosto não estava brincalhão como normalmente era.

— Ãh?

Semicerrei os olhos.

— Quando chamou a mocinha de Bridget em vez de Cheri e o mocinho de Simon em vez de Andrew.

Ele piscou algumas vezes.

— É. Ãh. Você me pegou. — Simon se levantou de repente. — Acho que chega de leitura por hoje.

Fiquei confusa com a reviravolta repentina de acontecimentos... até... olhar para a frente enquanto Simon estava de pé e perceber uma ereção considerável.

Nossa. Simon ficou duro lendo o meu livro.

CAPÍTULO 9

Simon

Eu precisava transar. *Muito.*

Na noite anterior, bati punheta duas vezes, mesmo assim não consegui pregar os olhos. Normalmente, depois de um bom alívio, eu conseguia dormir por dias. Ao terminar minha corrida matinal, me abaixei ofegante com as mãos nos joelhos. Doze quilômetros não fizeram nada para diminuir a sensação de frustração dentro de mim. Meu pescoço estava tenso, a mandíbula, cerrada e estava com vontade de lutar boxe com um saco de pancada.

Depois de recuperar o fôlego, tirei a camisa, usei-a para secar o suor do rosto e andei o último quarteirão de volta para casa. Tinha saído, propositalmente, enquanto Bridget estava no banho, para não ter que encontrar com ela, pensando que teria saído quando eu voltasse. Eu tinha uma certa parcela de culpa em visualizá-la enquanto batia punheta — mas obviamente não foi suficiente para me impedir de fazer isso. *Duas vezes.*

Fiquei surpreso ao ver o carro dela na garagem naquele horário. Embora tivesse planejado evitá-la, sabia que era mais tarde do que ela normalmente saía, então parei para me certificar de que tudo estivesse bem. Bridget estava pulando em uma perna só tentando colocar um sapato enquanto escovava os dentes ao mesmo tempo.

— Está tudo bem? — Olhei para o meu relógio. — Não tem que estar no hospital em cinco minutos?

— Tenho. Dormi demais — ela murmurou com a boca cheia de pasta de dente.

Não consegui me conter e sorri.

— Alta de oxitocina.

— O quê?

— Orgasmo causa um aumento na produção de oxitocina, que desencadeia a endorfina, que te deixa sonolenta.

Bridget quase caiu para trás colocando o sapato e, imediatamente, seguiu para o banheiro a fim de cuspir a pasta. Eu a segui, observando da porta enquanto ela enxaguava a boca. Secando-a na toalha de rosto, disse:

— Tem alguma coisa não relacionada a sexo com você, Simon? Dormi demais porque sou uma mãe solteira que trabalha.

— Claro.

Ela rosnou para mim. Foi fofo.

— Brendan ainda está em casa também?

— Está se trocando no quarto dele.

— Por que já não vai? Eu deixo o Pequeno B na escola para poupar seu tempo.

— Faria isso?

— Lógico. Te devo uma.

Ainda com pressa, ela passou correndo por mim e foi para a cozinha pegar seu crachá e as chaves.

— Seria ótimo. Mas por que você me deve uma?

— Vamos só dizer que me ajudou ontem à noite. Na verdade... talvez eu te deva duas.

Vi seu rubor enquanto ela saía correndo pela porta.

— Mande beijo para Brendan por mim!

— Simon, posso te pedir uma coisa?

— Claro, amigão. O que foi? — Brendan estava no banco de trás do meu carro enquanto eu dirigia para a escola dele.

— Você é meio que um tio, já que mora com a gente, certo?

Não sabia aonde ele queria chegar.

— Tio é o irmão de um dos pais, geralmente.

— Mas os pais de Mark Connolly são divorciados, e um cara acabou de se mudar para a casa da mãe dele e ele o chama de tio Sam.

— Hummm. Acho que é meio diferente de um tio de verdade. Às vezes, crianças chamam amigos próximos dos pais de tio ou tia.

— Então, *você* não poderia ser meu tio? Você e minha mãe são amigos, certo?

— Acho que sim. Nesse sentido da palavra, claro.

— Ótimo. Pode vir para o dia de campo nesta tarde, então? A srta. Santoro disse que, se o pai não pode ir, pode ser um tio ou um avô. — Ouvi o sorriso em sua voz.

— Desculpe, amigão. Tenho que trabalhar esta tarde. — Parei no semáforo e olhei no retrovisor. A expressão do garoto quase partiu meu coração. — Sabe de uma coisa? Deixe-me fazer umas ligações. Talvez possa conseguir alguém para cobrir meu plantão por algumas horas.

Seu rosto se iluminou.

— Sério?

— Pode apostar. — Dois minutos depois, parei na frente da escola e virei para trás. — Que horas o dia de campo começa?

— Às onze.

Assenti.

— Farei o possível para estar lá.

O garoto sorriu de orelha a orelha, colocou a mochila nas costas e se arrastou no banco para abrir a porta.

— Você vai ganhar de todos os pais no cabo de guerra. Nenhum deles é igual a você!

Dan Fogel era um desgraçado. Em troca de cobrir meu plantão, eu teria que cobrir *duas* noites de sábado e pegar para ele um monte de comida chinesa em uma noite de sua escolha. Inicialmente, ele tinha negado, mas o fato de eu implorar lhe disse para aumentar o custo.

Mas tudo valeu a pena quando entrei na sala de aula da srta. Santoro. Procurei Brendan. Já havia alguns pais enchendo a sala. Pequeno B estava no fundo com um grupo de meninos quando me viu. Apontando, ele disse:

— Viram? Falei para vocês que meu tio era *enorme*. Olhem os músculos dele. Vamos acabar com vocês no cabo de guerra.

Eu teria coberto vinte plantões pelo jeito que ele sorriu e correu para mim. Brendan me cumprimentou e me apresentou para todos os seus amigos. Eles formaram um círculo à minha volta, o que me fez sentir um pouco como Gulliver perto de todos os meninos do tamanho de um amendoim.

— Você é médico mesmo? — Um ruivinho sardento desconfiado semicerrou os olhos para mim por trás dos óculos.

Me ajoelhei.

— Sou. Está com algum incômodo?

— Um o quê?

— Um incômodo. Sabe... sua barriga ou alguma coisa dói?

— Não. Mas, às vezes, Brendan mente.

Meus olhos foram para Brendan e voltaram para o menininho.

— Duvido muito disso. Brendan é correto.

O ruivinho colocou as mãos na cintura.

— Você também pilota aviões?

Da visão periférica, vi os olhos de Brendan se arregalarem com a ideia de eu expô-lo.

— Só os pequenos. Pode vir um dia para dar um passeio. Contanto que não se importe de Brendan pegar o manche de vez em quando.

Os óculos do garoto quase ficaram quadrados com seus olhos esbugalhados.

— Você deixa Brendan pilotar o avião!

Olhei em volta e dei uma piscadinha.

— Shh... vamos deixar isso entre nós, meninos. Não quero que Brendan se meta em encrenca... por pilotar sendo menor de idade.

O grupo de crianças saiu correndo para brincar depois disso, e eu fui cumprimentado por uma moça bem bonita. Ela estendeu a mão.

— Você deve ser o dr. Hogue, tio de Brendan.

— Sou eu.

— Sou a *srta*. Santoro, professora de Brendan. Ele falou muito de você a manhã toda. Está superanimado por você estar aqui. Fico feliz por ter conseguido vir.

— Obrigado. Estou feliz que deu certo.

— Mora aqui na cidade? Fico na porta no horário de chegada e vi você deixando-o aqui algumas vezes.

— Sim. Moro com Bridget e Brendan. Estou terminando minha residência no Memorial e ficando com eles até acabar.

— Oh. Deve ser irmão da sra. Valentine, então?

— Humm. É. Bridget é minha irmã mais velha.

— Vocês dois foram criados na Inglaterra? Nunca reparei um sotaque nela... mas o seu é bem forte. É britânico, não é?

Merda. E uma mentira se transforma em duas. Que droga. Dei um dedo, e ela queria o braço inteiro. Então decidi me divertir com isso.

— Fui para a faculdade de Medicina do outro lado do oceano. Acho que peguei o sotaque ao longo dos anos. Harry, meu colega de quarto, tinha um sotaque real bem forte. Seu irmão, William, era ainda pior.

Ela sorriu.

— Bem, eu gosto.

Meu flerte saiu automaticamente.

— Então acho que vou manter.

Pequeno B e eu vencemos no basquete em dupla. Arrasamos no jogo do ovo na colher e a corrida em três pernas nem foi um desafio; basicamente andamos para a vitória. Brendan estava se divertindo como nunca quando paramos para almoçar. Os professores haviam arrumado uma mesa cheia de cobertores e sacos com almoço dentro. Peguei nossa parte, e fomos nos sentar debaixo de uma árvore alta.

Brendan sentou de indiozinho enquanto eu me estiquei no cobertor, apoiando-me nos cotovelos.

— Ah. É bom ser o rei, não é, amigão?

Ele sorriu.

— É incrível. Mark Connolly normalmente vence tudo. Acha que o pai é o mais legal porque trabalha com aviões. Mas ele é mecânico, nem é piloto.

Dei uma mordida no sanduíche e olhei para meu amiguinho.

— Ele não é piloto como eu, certo?

Brendan baixou a cabeça. Não quis fazê-lo se sentir mal. Só estava brincando; todos os meninos contam histórias nessa idade.

— Não vai contar pra minha mãe, vai?

— Claro que não. É nosso segredo. Estamos juntos. — Estendi o punho para cumprimentá-lo.

Ele pareceu aliviado.

— Não quis mentir... só não aguentava mais. Eles estão sempre falando de como os pais são ótimos. Esta manhã, Mark zombou de mim porque não sei lançar a bola em curva, e isso meio que saiu.

Bagunçei seu cabelo, tentando tornar a situação mais leve, embora sentisse uma sensação esmagadora dentro do peito.

— Eles só estão com ciúme porque você tem esse cabelo comprido e legal.

Após o almoço, fizemos mais algumas atividades e, então, todas as crianças foram brincar de estourar bexigas de água, e os pais ficaram conversando. A srta. Santoro me viu mexendo no celular.

— Se vencer em mais algum jogo, posso ter que amarrar um braço seu atrás das costas para deixar justo para as outras crianças.

Era um dia quente, e a srta. Santoro tinha trocado seu vestido e saltos por um shortinho bonito e uma camiseta para passar a tarde lá fora. Nenhuma das minhas professoras era assim quando eu era pequeno. Imaginei se o Pequeno B tinha uma queda por ela.

— Ah, é? Vai me amarrar?

Ela corou.

— Quando sai da sua boca, parece indecente.

Era porque minha boca *era* indecente. E, às vezes, eu agia como um cretino.

— Desculpe por isso. Não quis te ofender.

— Não ofendeu. — Ela olhou para cima por debaixo de seus cílios volumosos. — Foi meio sexy, na verdade.

Oh, merda. Eu estava estragando tudo. A última coisa de que precisava era que Brendan pensasse que eu estava dando em cima da sua professora. *Ou de Bridget.* Felizmente, o Pequeno B estava vindo na minha direção com duas bexigas.

— Pode jogar essas bexigas no tanque de água, tio Simon?

— Claro, amigão. — Assenti para a srta. Santoro. — Não se preocupe, vou usar apenas uma mão.

O dia de campo terminou às três, e todos os pais estavam levando as crianças para casa. Brendan, geralmente, ficava em um programa após a escola porque Bridget trabalhava, mas eu não queria que ele fosse a única criança lá naquele dia. Então, levei-o para tomar sorvete e, depois, para o hospital. Faltava menos de uma hora para acabar o plantão de Bridget, então pensei que ele poderia ficar lá na sala dos funcionários e atacar a máquina de salgadinhos enquanto fazia a lição de casa. Nós dois estávamos empolgados para surpreender a mãe dele.

Bridget estava na enfermaria, digitando algo no computador, quando chegamos, então não nos viu entrando no pronto-socorro.

Me abaixei e sussurrei para Brendan.

— Quer entrar de fininho e assustá-la ou eu faço isso?

Ele sorriu.

— Eu.

Bridget quase teve um ataque quando ele foi de fininho até ela e rosnou.

— Ah, meu Deus. O que está fazendo aqui, Brendan?

— Vim com Simon.

— Simon? Por que estava com Simon? — Ela se virou para mim. — Eu estava me perguntando por que você ainda não tinha chegado.

— Simon foi meu tio hoje. Ele foi ao dia de campo e venceu todos os outros pais.

— Venceu?

— É. E não é só isso. Quer saber o que mais aconteceu?

Presumi que ele fosse falar sobre nosso sorvete.

— Claro. O que mais aconteceu que eu não sei? Parece que estou no escuro em muita coisa incrível que aconteceu hoje — Bridget disse.

Brendan franziu o nariz.

— A srta. Santoro ficou de olhos esbugalhados para Simon. Acho que ela quer se casar com ele.

CAPÍTULO 10

Bridget

No caminho inteiro para casa do hospital, não consegui parar de pensar em Simon indo ao dia de campo e o que significou para Brendan.

Por um lado, achava ser a coisa mais carinhosa e doce que alguém já tinha feito por nós. Por outro, era meio irresponsável. Não queria que Brendan se apegasse a Simon e ficasse devastado quando ele, de repente, se mudasse. Simon estar lá para Brendan era como um curativo temporário para uma ferida que não iria se curar, e havia uma boa chance de o meu filho acabar ainda mais magoado. *Simon vai embora, e depois?*

No entanto, pelo espelho retrovisor, o sorriso no rosto de Brendan não podia ser ignorado. Ele parecia estar revendo mentalmente os acontecimentos do dia. Por isso meu estado conflituoso.

Aparentemente, Simon tinha trocado plantões com outro médico a fim de ir ao dia de campo, então ele não trabalharia naquela noite e já estava em casa quando Brendan e eu chegamos.

Entretanto, Simon não jantou conosco, como fez outras vezes. Presumi que ele devia estar exausto do papel como um saco de pancada humano para um monte de crianças. Então, não o incomodei, embora estivesse morrendo de vontade de falar com ele.

Lá pelas nove e meia, depois de Brendan ter ido dormir, ouvi Simon na cozinha.

Após baixar o volume da TV, me levantei do sofá e amarrei meu cardigã na cintura antes de ir até lá.

— Ei.

— Oi — ele disse. — Só vou fazer um chá. Quer?

— Claro.

O tom entre nós naquela noite parecia diferente, menos brincalhão. Havia, definitivamente, uma tensão bizarra no ar.

— Obrigada por ir com ele hoje.

Colocando os sachês de chá nas canecas, ele deu de ombros.

— Não foi nada. Foi ideia dele. Não poderia decepcioná-lo.

— Eu sei. Ele me contou que pediu para você ir.

Simon olhou para mim.

— Não queria que pensasse que passei do limite porque acabei vendo aquele panfleto. Se ele não tivesse inventado a ideia do tio... eu nunca teria...

— Não, entendo o que aconteceu. É muito difícil falar não para ele quando se empolga com alguma coisa. Entendo.

Aparentemente, ele sentiu que havia mais alguma coisa em minha mente.

— O que houve, Bridget?

— Só estou um pouco preocupada de que ele vá se apegar a você.

— Acha que é ruim ele estar se aproximando de mim...

— Não sei. — Balancei a cabeça. — Não sei qual é a resposta certa.

— Se ele me enxergar como um tio preferido, acho que não é prejudicial. Contanto que não seja como... — Ele pausou.

Terminei sua frase.

— Contanto que não te enxergue como pai.

— É. Acho que era isso que queria falar.

— O único problema é que conheço meu filho, e realmente não há limite para como ele ama ou se apega. Não sei se ele consegue, realmente, separar as coisas. Acho que, quanto mais você ficar, mais apegado ele ficará, independente do rótulo que ele coloque em você.

— Então o que está sugerindo? — ele perguntou.

— Não sei. Estou com dificuldade.

— Se acha que o melhor é manter distância dele, eu...

— Não falei isso, Simon. Só estou confusa.

Ele ergueu a mão.

— Entendo.

Simon pareceu um pouco chateado, então tentei mudar de assunto.

— Então, a srta. Santoro ficou afetada pelo tio Simon, é isso? Ela também é atraente.

— É, sim. E quer me amarrar.

— O quê?

— Só estou brincando. Mais ou menos.

Senti que meu ciúme estava saindo como fumaça pelos ouvidos.

— Então vai investir?

— Não.

Engolindo em seco, perguntei:

— Por quê?

— Não vou passar do limite com a professora do Brendan. Mas, mais do que isso, não quero irritar minha irmã.

— Sua irmã?

— Você. Falei para ela que você era minha irmã.

— Ah, Deus. Está brincando? Como explicou o sotaque?

— Passei um tempo na Inglaterra enquanto você ficou por aqui. — Ele deu um sorriso torto.

— Jesus. Está ensinando meu filho a mentir?

— Ele já é bem espertinho. Acredite em mim.

Revirando os olhos, eu disse:

— Nem quero saber.

Observei-o servir o chá, depois continuei falando sobre a srta. Santoro porque simplesmente não sabia como parar.

— Então não chamou mesmo a professora para sair?

— Mesmo que ela não fosse professora dele, ela me vê como o tipo que quer compromisso, sossegar.

Usei a oportunidade para perguntar:

— *Já* teve alguma namorada séria?

— Uma.

— O que aconteceu?

— Percebemos que éramos muito melhores como amigos. Então seguimos caminhos separados para faculdades diferentes.

— Ainda pensa nela?

— Só quando interrompo sua aula de yoga para olhar a variedade de bundas de maçã.

Demorei alguns segundos para a conclusão me atingir como uma tonelada de tijolos.

Espere.

Simon namorou Calliope?

— Ah, meu Deus. Calliope? Você... e Calliope?

Ele deu risada da minha reação.

— Ela é minha melhor amiga, mas foi minha namorada por um breve período. Gosto de pensar nisso como um pequeno lapso de sanidade.

— Uau. Ela nunca me contou.

— Foi há muito tempo, bem antes de ela conhecer Nigel.

— Nigel sabe?

— Sabe. Fazemos piada com isso. Ele é tranquilo.

Fiquei boquiaberta.

— Uau. Nem sei o que dizer.

— Não há nada para dizer. Foi há séculos.

Meu rosto estava quente de ciúme.

— Nenhuma outra namorada?

— Não.

Fomos para a mesa a fim de beber nosso chá e continuamos uma conversa casual sobre acontecimentos do hospital até eu resolver que queria saber um pouco mais.

— O que te fez decidir virar médico?

Ele continuou mergulhando o sachê no chá, encarando sua caneca, até olhar para mim e responder:

— Tenho uma necessidade incessante e não saudável de salvar pessoas, eu acho.

Foi uma resposta meio estranha.

— Queria ser um super-herói da vida real?

— É um pouco mais complicado do que isso — ele respondeu, quase sussurrando.

— Aconteceu alguma coisa?

Simon não falou nada e simplesmente olhou para seu relógio.

— Na verdade, esqueci que tenho uma reunião amanhã cedo com a administração do hospital antes do meu plantão. Tenho que acordar às cinco. Então vou dormir, ok?

— Ok — sussurrei, esperando não tê-lo chateado.

Ele me deixou sozinha na cozinha. Olhei para o relógio. Era tarde, mas resolvi mandar mensagem para Calliope, sabendo que, certa vez, ela me dissera que ficava acordada até tarde.

Bridget: Está acordada?

Calliope: Sim. Estou assistindo TV. O que houve?

Bridget: Posso te ligar?

Calliope: Claro.

Ela atendeu.

— E aí, Bridge?

Fui direto ao ponto.

— Nunca me contou que você e Simon namoraram.

Calliope suspirou.

— Foi há tanto tempo. Não pensei que fosse significante. Está brava?

— Não... não. Só... estou surpresa. Só isso.

— Sinceramente, começamos como amigos e permanecemos amigos. O relacionamento romântico foi um desvio estranho no meio que não deu certo. Sempre éramos para ser apenas o que somos: amigos. Ele é muito especial para mim, não é alguém que eu poderia ver desaparecendo da minha vida.

Até que eu conseguia me identificar com esse sentimento quanto a ele.

— Entendo.

— Nigel é o amor da minha vida. Tudo acabou acontecendo como deveria nesse quesito. — Ela pausou, depois disse: — Bridget...

— Humm?

— Está se apaixonando por Simon?

Hesitei.

— Não.

— Seja sincera.

Suspirei.

— Não sei o que estou sentindo. Mas sinto bastante atração por ele.

Era a primeira vez que eu admitia isso em voz alta para alguém.

— Passou tempo suficiente desde que Ben faleceu. Não tem problema sentir algo por outra pessoa, sabe. Principalmente alguém que é realmente uma ótima pessoa.

— Pensei que concordasse que ele era um galinha.

— Bem, ele é. — Ela deu risada. — Ou, pelo menos, *era*. Mas não necessariamente porque é uma pessoa ruim. Simon pensa que não quer filhos, não quer sossegar. Sempre falou isso. Mas não acredito nele de verdade, porque muitas de suas atitudes contradizem isso. Acho que ele só tem medo de magoar as pessoas ou ser magoado... um ou outro, talvez ambos.

— Por quê?

— Ele tem seus motivos. Não cabe a mim falar sobre isso.

O que isso significa?

Escolhi não insistir.

— Ok.

— Mas posso te garantir uma coisa — ela disse. — Lá no fundo, debaixo daquela personalidade toda musculosa e rebelde... tem um ser humano bem decente. Não sei exatamente se isso o torna um namorado bom ou não, mas Simon, com certeza, é alguém a quem eu confiaria minha vida.

CAPÍTULO 11

Simon

Eu continuava estragando tudo.

Primeiro... foi Aventuras do tio Simon. Bridget tinha razão. De jeito nenhum eu queria que Brendan se apegasse a mim só para ficar arrasado quando eu me mudasse.

A segunda coisa era a questão da minha atração por Bridget. Eu não batia uma para ninguém além dela há semanas, e isso estava me irritando. Toda vez que eu tentava, a mulher na minha cabeça se transformava nela. Que porra estava acontecendo comigo?

Terceiro, quase estraguei tudo e contei sobre Blake. Estávamos tomando chá, e ela tinha perguntado meus motivos para entrar na área médica. Me vi realmente querendo lhe contar, o que era estranho, porque, normalmente, eu evitava falar disso a todo custo. No entanto, Bridget tinha um jeito que fazia você querer se abrir. Ela emanava um ar de conforto maternal ou algo assim que me fazia querer simplesmente deitar a cabeça em seu colo e lhe contar todos os meus segredos e angústias. (E, sim, minha mente indecente pensava em algumas outras coisas que poderia fazer com a cabeça em seu colo.) Enfim, desconfiava que ela não me julgaria. Principalmente porque sabia um pouco sobre circunstâncias devastadoras da vida. Contudo, me impedi, especialmente porque não poderia arriscar me abrir para ela, ficar mais íntimo dela. Precisava pensar no que aconteceria quando minha residência acabasse e eu me mudasse de volta para o Reino Unido, o que sempre foi o plano.

Então, ultimamente, estava me distanciando um pouco, passando mais tempo fora da casa ou, pelo menos, quando estava em casa, ficando no meu apartamento. O problema era que eu estava me distanciando fisicamente, mas mentalmente ainda me concentrava nela. Sentia sua falta e, para ser sincero... de Brendan também.

Me sentindo frustrado, passei minha manhã de folga no estúdio de yoga, olhando bundas até Calliope terminar a aula. Indo até a área de *smoothie*, cortei frutas, vegetais e fiz uma vitamina quando ela puxou um banquinho para se juntar a mim.

Falei por cima do barulho do liquidificador.

— Quer uma vitamina de abacaxi com banana, espinafre, linhaça e Nutella?

— Não, obrigada. — Ela foi direto ao ponto. — Então contou para Bridget que namorávamos...

De repente, parei o liquidificador.

— Ela mencionou para você?

— Sim. Me ligou outra noite, queria saber por que eu nunca tinha revelado essa informação.

— O que falou para ela?

— Só reiterei que fazia muito tempo, mas acho que ela pode ter ficado meio... ciumenta. Pude sentir.

— O que mais ela falou?

— Nada, na verdade.

— Vamos. Não esconda de mim, Calliope. Não esqueça que sei quando está mentindo.

— Vou para o inferno por isso, mas ela falou que sente bastante atração por você.

Porra.

Não que eu não já tivesse percebido, mas ter essa confirmação era uma coisa totalmente diferente.

Engoli em seco.

— Falou?

— Sim.

— Disse mais alguma coisa?

— Não muito. Acho que está confusa sobre você... E, para ser sincera, com exceção de garantir a ela que você é uma boa pessoa, não sabia realmente o que dizer porque não sei o que está fazendo, Simon. Vou te dizer uma coisa: essa mulher não é alguém para você ter um lance. Acho que ela não consegue fazer isso.

— Já falou isso, e não está me dizendo algo que eu já não saiba.

— Sente alguma coisa por ela?

— Era para ser apenas um acordo simples de moradia. Não era para eu ter *sentimentos*.

Ela cruzou os braços.

— Isso não é uma resposta de verdade, mas agora tirei minhas próprias conclusões, obrigada.

A frustração sexual pode ficar feia às vezes.

Bridget e eu não tínhamos nos visto muito além dos plantões que fazíamos juntos, o que era inevitável. Durante um desses dias, tínhamos nos envolvido em uma discussão acalorada quanto à minha decisão de prescrever um antibiótico específico para um paciente.

Bridget me seguiu para fora da sala de exames.

— Está prescrevendo muita coisa. Ela vai ficar resistente. Para mim, está claro que ela não precisa de outra dose. Não faria isso, se fosse você.

Me virei rápido, assustando-a.

— Bom, acontece que você *não* sou eu, não é? Da última vez que verifiquei, eu sou o médico nesta situação.

Ela olhou à nossa volta para ver se tinha alguém observando e sussurrou:

— Não necessariamente significa que saiba o que está fazendo.

Continuei andando e olhando para o prontuário.

— Acho que quase oito anos de Medicina e residência *comprovam* que sei o que estou fazendo. Então, não preciso mesmo que a Enfermeira Sabe-Tudo duvide de cada ação minha.

— Não me chame assim.

— Então não seja um pé no saco.

— É? Acho que deve haver um remédio que possa prescrever para minha atitude, já que você adora drogas, dr. Hogue.

— Você é um remédio, Enfermeira Valentine. E, sim, vou prescrever algo para você agora mesmo.

Usando a calça bordô que abraçava sua bunda, ela colocou as mãos na cintura.

— Ah, é?

Cerrando os dentes, deslizei a caneta por meu bloco de receitas e escrevi com movimentos rápidos e nervosos.

Bater forte três vezes contra a parede duas vezes todos os dias. Repetir por sete dias até parar de ser um pé no saco.

Entreguei a ela e a observei ler conforme seu rosto ficou tão vermelho quanto o uniforme.

Dando um sorrisinho, continuei andando.

Alguns dias depois, Bridget estava do lado de fora trabalhando no jardim, então usei a oportunidade para ir à cozinha sem ter que me deparar com ela.

Resolvendo usar o banheiro da casa principal primeiro, parei rápido ao ver Brendan em pé em um banquinho, diante do espelho. Ele tinha creme de barbear por todo o rosto. Não dava para ver nada além de seus olhos. E ele estava prestes a passar a lâmina na bochecha.

Ergui as mãos.

— Ei, ei, ei... o que está fazendo, amigão? Vai se cortar.

— Barbeando.

Com cautela, peguei a lâmina de sua mão.

— Sua mãe sabe que está brincando com isto?

— Não. Ela acha que estou no meu quarto lendo enquanto trabalha no jardim.

— Por que está tentando se barbear? Não tem nenhum pelo no rosto.

— Mark Connolly me contou que, se eu começar a fazer a barba, pode crescer pelo. Disse que aconteceu com a avó dele. Ela começou a raspar o rosto e acabou com barba.

Contendo a risada, perguntei:

— Por que quer uma barba?

— Quero ficar mais velho.

— Vai fazer nove anos. Há tanta coisa que pode fazer, mas garanto que ter barba não te tornaria mais maduro.

— Quantos anos você tinha quando apareceu o primeiro pelo no rosto?

— Não lembro... provavelmente era adolescente. Olha, esta lâmina é afiada. É bem perigoso e não é algo com que deveria estar brincando.

Ele desceu do banquinho.

— Meu pai costumava se barbear bastante.

Me ajoelhei e suavizei meu tom.

— É?

— Não lembro muito, mas lembro dele se barbeando bem aqui. Vai contar para minha mãe?

— Não. Estamos juntos, lembra? Mas me prometa que não vai mais brincar com lâminas.

— Não vou.

— Aqui, vamos lavar seu rosto.

Ele subiu de novo no banquinho enquanto eu abria a torneira.

Coloquei água na mão e comecei a remover o creme do seu rosto ao dizer:

— Acredite em mim, você precisa aproveitar ser apenas criança. Vai crescer mais rápido do que imagina. São as experiências da vida que te fazem crescer, não pelo no rosto. Nunca paramos realmente de crescer, na verdade. Acho que eu mesmo ainda tenho muito para crescer.

— Você parece crescido, para mim.

— É mesmo? — Apontei para minha cabeça. — Bom, não estava me referindo ao que tem aqui. Às vezes, ainda me sinto uma criança. Enfim, algum dia, você vai olhar para trás, para isto, e rir porque vai abominar ter que se barbear o tempo todo só para não ficar parecido com o Papai Noel.

— Se você não se barbeasse, iria ficar parecido com ele?

Sorri.

— Acho que sim, parecido com um Papai Noel alto, loiro e musculoso, sim.

— Seria bem engraçado.

Peguei uma toalha.

— Vamos secar seu rosto.

— Está bravo comigo? — ele perguntou de repente.

— Por se barbear? Não, eu entendo.

— Não, quero dizer, você parou de tomar café com a gente e de me levar à escola às vezes. Fiz alguma coisa errada?

Puta merda. Parecia que meu coração iria se partir em dois. Acho que, secretamente, eu esperava que Brendan não estivesse pensando no que estava acontecendo comigo. Me ajoelhei e coloquei as mãos em suas bochechas.

— Não, rapazinho. Claro que não.

— Por que parou de brincar comigo, então?

Não queria mentir para ele e lhe dizer que estivera ocupado. Sinceramente, não sabia como responder. Com certeza, não poderia admitir que o estava evitando para ele não se apegar a mim. Simplesmente fiquei paralisado.

— Não tem nada a ver com estar bravo com você. — Quando ele ainda parecia meio triste, dei-lhe um abraço. — Venha aqui. — Me afastando para olhar para ele, eu disse: — Vou te falar uma coisa... amanhã à noite estarei de folga. Por que você e eu não jogamos futebol no parque depois da escola ou algo assim, talvez tomar um sorvete. Gostaria disso?

Ele saltitou.

— Sim!

Me sentindo em conflito, sorri.

— Ok.

A voz de Bridget veio de trás de mim.

— O que está havendo aqui?

Olhei para ela de cima a baixo, notando suas mechas castanho-claras bagunçadas pelo vento.

— Ãh… estávamos só tendo uma conversa de homem para homem.

— Oh, sério? — Ela pareceu cética. — O que a lâmina está fazendo aqui fora? E tem água por toda a pia.

— Está tudo bem, Bridget. Está tudo sob controle.

Ela olhou para o filho.

— Brendan, pensei que você estava fazendo sua lição de casa.

— Desculpe, mãe.

— Vá para seu quarto, por favor.

Depois que Brendan correu para seu quarto, segui Bridget para a cozinha.

— O que ele realmente estava fazendo lá? — ela perguntou.

— Falei para ele que não contaria para você.

Ela me olhou desafiadoramente.

— Me conte, Simon.

— Certo, não fale para ele que te contei, mas… ele estava tentando se barbear.

Ela ficou boquiaberta.

— O quê?

— É.

Ela riu um pouco.

— Ah, meu Deus.

— Está tudo bem. Falamos sobre isso. Alguém na escola disse para ele que cresceria pelo se ele se barbeasse.

— Vou te falar que não sei o que vou fazer com um menino… principalmente quanto mais velho ele fica.

— Vai se sair bem. Com certeza, se saiu bem até agora. Só leve um dia de cada vez.

— Fico feliz por ele não ter se cortado. Obrigada por intervir. Acho que sei que não posso confiar nele sozinho no quarto enquanto trabalho no jardim.

Pausei, sem saber se dizia ou não a outra coisa que me veio à mente.

— Ele disse que lembra do pai se barbeando. Acho que pode ter tido um pouco a ver para ele querer fazer isso.

Bridget suspirou e assentiu, pensando.

— Ele não se lembra com clareza de muitas coisas quanto a Ben, apenas uns detalhes. O pai trabalhava muito, então isso não ajudou. Claro que agora sou *eu* que estou trabalhando o tempo todo.

Me encostei no balcão, me aproximando mais dela.

— Meus pais também trabalhavam bastante. Porém, nunca os culpei por isso. Só me fez aproveitar mais o tempo quando estávamos juntos.

— O que seus pais faziam?

— Na verdade, meu pai é oftalmologista. Ele ainda trabalha em Leeds. Minha mãe é professora de Ensino Fundamental.

— Uau. Você teve uma boa infância?

— Tive. Foi ótima até certo ponto.

Ela continuou me olhando como para me encorajar a continuar.

Conte a ela.

— Não... Não gosto muito de falar sobre isso. É difícil para mim. — Olhando para fora pela janela, continuei: — Outra noite, você me perguntou por que quis me tornar médico, e te falei que era porque queria salvar pessoas...

— É... Pensei que tivesse mais alguma coisa envolvida.

— Sim. — Assenti, então respirei fundo. — Calliope e eu tínhamos um amigo em comum chamado Blake. Éramos como os Três Mosqueteiros, e Blake era como um irmão para mim. Estávamos de férias na casa do lago dos pais de Calliope na Escócia quando tínhamos dezesseis anos. Ela nos convidou. Tivemos a brilhante ideia de pegar o barquinho do seu pai no meio da noite. Havia apenas dois coletes salva-vidas. Concordamos que Calliope ficaria com um. Blake insistiu que nadava melhor e me disse para pegar o outro. Não sei por que concordei. Não deveria tê-lo deixado entrar no barco sem colete. Fomos bem longe, a água estava agitada... e viramos. Blake afundou, e tentei de tudo para encontrá-lo. Mas estava escuro e sombrio. — Parei para fechar os olhos por um instante. — Demoraram três dias para encontrá-lo. — Estava começando a sufocar, mas consegui controlar.

— E eu aqui pensando que você não sabia nada sobre perda — ela sussurrou.

— Não é exatamente a mesma situação sua, claro, mas com certeza moldou minha vida. Me tornar médico foi meu jeito de tentar compensar por não ter conseguido salvá-lo. Nem um dia se passa sem que eu não pense em como ele estaria agora, e nem um dia se passa sem que não me culpe por deixá-lo entrar no barco daquele jeito.

— Sinto muito.

Sem hesitar, ela esticou o braço para mim e me puxou em um abraço. Pude sentir seu coração batendo contra o meu. Seus seios amplos eram muito bons pressionados no meu peito. Na verdade, era melhor do que qualquer coisa que eu conseguia me lembrar. Minhas mãos desceram por suas costas e pararam em sua bunda — por mais que eu quisesse tocar nela. Senti minha ereção crescendo a cada segundo.

Ela olhou para cima. *Deus... o jeito que ela olhava para mim.*

Seus olhos estavam implorando por mais. Sem dar mais a mínima para qualquer consequência, me inclinei lentamente, preparando-me para provar seus lábios.

Os passos abafados vindos do corredor me fizeram parar. Rapidamente, me virei para a pia, fingindo lavar a louça conforme Brendan entrava no cômodo.

— Mãe, podemos comer bolinho de batata esta noite?

Bridget estava sem fôlego.

— Claro. Sim, querido. Aham. O que você quiser.

— Legal.

Brendan correu de volta pelo corredor.

Bridget parecia zonza, meio constrangida pelo que quase aconteceu entre nós. Minha ereção mal tinha diminuído. Não sabia o que fazer em seguida. Só sabia que a queria. Sabia que era errado, mas não sabia como mudar o que sentia.

Frustrado, voltei para o meu apartamento para ficar sozinho e passei uma boa parte da noite perdido em pensamentos. Pegando uma caneta, comecei a simplesmente escrever meus pensamentos — o que queria falar para ela, se tivesse coragem. Nunca planejei realmente lhe entregar a carta.

Só que, mais tarde, naquela noite, conforme minha inquietação aumentava, aproveitei e a deslizei, de forma impulsiva, por debaixo da porta do seu quarto.

CAPÍTULO 12

Bridget

Isso não era bom.

Simon quase me beijou.

Sua mão quase encostou na minha bunda.

Ele estava excitado.

Pude sentir sua ereção contra mim.

Não deveria ter acontecido e, ainda assim, eu não conseguia desligar meu corpo naquela noite, não conseguia parar de pensar nele, não conseguia parar de imaginar o que teria acontecido se Brendan não tivesse entrado na cozinha.

Eu nunca deixava nenhuma foto de Ben à mostra. Era simplesmente doloroso demais olhar para ele. No entanto, guardava uma foto do meu falecido marido na gaveta do criado-mudo. Às vezes, eu a pegava e a olhava quando sentia que precisava de sua ajuda para passar por um dia particularmente difícil. Naquela noite, peguei a foto por um motivo totalmente diferente. Foi por culpa, porque eu sabia, sem sombra de dúvida, que, pela primeira vez desde a morte de Ben, eu estava realmente sentindo algo por outra pessoa. Estava começando a seguir em frente.

O único problema era que eu *não podia* simplesmente seguir em frente com Simon. Seus planos eram voltar para o Reino Unido, e um futuro com ele não era uma opção. Embora ele e eu nunca tivéssemos conversado sobre isso, Calliope também me contou que ele não queria filhos. Por mais que fosse ótimo com Brendan, havia uma grande diferença entre desenvolver uma amizade com uma criança e assumir o papel de pai. Qualquer um com quem eu resolvesse me envolver teria que aceitar o papel de pai.

Havia simplesmente muitos motivos pelos quais não formávamos um bom par. Então, aquela atração teria que ser ignorada para o meu bem-estar geral.

Deitada na cama tentando fazer exatamente isso, a necessidade de me masturbar com a lembrança de Simon lendo para mim meu romance substituiu minhas boas intenções.

Me preparando para fazer isso, me levantei para apagar a luz quando vi uma folha de papel dobrada perto da minha porta.

Abaixando-me, peguei-a e comecei a ler. Era a última coisa que eu esperava.

Querida Bridget,

É altamente questionável o fato de que um dia eu vá ter coragem de falar isso pessoalmente. Não sinta como se tivesse que falar sobre este bilhete da próxima vez que nos virmos também. Na verdade, prefiro que não fale. Juro me fazer de bobo. Conheço você, e o que estou prestes a dizer seria estranho para falarmos cara a cara.

Então aqui vai.

Somos completamente errados um para o outro. Nós dois sabemos disso. Provavelmente, você é a última mulher na face da Terra que eu deveria querer e vice-versa. É a mãe solteira com uma boa cabeça, que sempre precisará colocar o filho em primeiro lugar. Entendo totalmente. Sou apenas o residente despreocupado e atrevido passando pela cidade e morando temporariamente em sua casa.

Mas o que acontece é o seguinte... o que dizem sobre querer o que não pode ter, aparentemente, é verdade. Por algum maldito motivo, não consigo parar de pensar em você de todas as formas bem inapropriadas.

Quero você.

Por mais errado que possa ser... mais especificamente, quero fazer você gozar. Forte. Quero que se perca em mim e quero ouvir você dizer meu nome repetidamente enquanto fodemos. Fico duro só de imaginar como seria, levando em conta que você não fica com um homem há tanto tempo.

E esses pensamentos estão me deixando louco. Parei de fantasiar com outras mulheres e não estou mais interessado em sair com ninguém.

O único motivo de eu estar admitindo tudo isso para você agora é porque não acredito que só eu esteja sentindo isso. Também percebo em seus olhos quando olha para mim. Provavelmente, acha que não consigo ver a necessidade escrita em todo o seu rosto tão claro como os dias da semana em sua calcinha... mas consigo. Talvez eu reconheça com tanta facilidade porque esteja me sentindo igual. E, por mais grosseiro que eu pareça quando estamos brincando sobre sexo, minha atração por você não é brincadeira.

Então, qual é o objetivo deste bilhete? Acho que é um lembrete de que somos adultos, de que sexo é saudável e natural e que pode me encontrar logo depois da porta da cozinha. Mais especificamente, para te avisar que vou deixar a porta entreaberta a partir de hoje no caso de querer me visitar no meio da noite. Eu adoraria te dar o melhor orgasmo da sua vida. Sem perguntas envolvidas. Apenas sexo desenfreado. Talvez, pelo jeito que falei, isso te convenceu de que acho que estaria lhe fazendo um favor, mas não se engane, o prazer seria todo meu.

Por fim, esta proposta está vindo de um desejo egoísta. E parece que não consigo ignorá-lo.

Pense nisso.

Ou não.

O que quer que escolha.

Duvido que vou acabar jogando isso por debaixo da sua porta, de qualquer forma.

Simon

Toda vez que pensava em sair do meu quarto, pegava a foto emoldurada de Ben e a olhava. O desejo de ir até Simon era bem forte; basicamente, não tinha largado o porta-retratos com a foto do meu falecido marido por uma hora. Estava deitada na cama, segurando uma foto de um homem morto enquanto fantasiava sobre o que estava bem vivo no outro quarto. *Com a porta entreaberta me esperando.*

Teve uma parte do bilhete de Simon que eu continuava lendo repetidamente.

Quero fazer você gozar. Forte. Quero que se perca em mim e quero ouvir você dizer meu nome repetidamente enquanto fodemos.

Enquanto fodemos.

Enquanto fodemos.

Eu tinha quase certeza de que Ben nunca havia usado a palavra foda assim antes. Será que nós *fodíamos*? Com certeza fazíamos amor. Nossa vida sexual era normal — pelo menos, acho que era normal. Não me entenda mal, a paixão não era a mesma de quando começamos a namorar. No entanto, após dez anos, nós dois trabalhando o dia todo e criando um filho, era normal ter um pouco do desejo diminuído, não era?

Enquanto fodemos.

Olhei para a foto do meu marido e suspirei. A gente não fodia. Nem no início. E me sentia culpada por isso agora. Talvez deveríamos ter fodido. Certamente, eu não fiz nada para seduzi-lo a me querer nos últimos anos. Era culpa minha nossa vida sexual ter ficado monótona? Apoiei a foto de Ben no meu coração e coloquei a mão por cima. Podia sentir meu coração batendo descontrolado sob meus dedos.

Fechando os olhos, tentei parar de pensar em Simon. Mas foi inútil. Visões do seu corpo musculoso e duro pairando em cima de mim se infiltraram no meu cérebro. Então, lá estava eu, uma mãe solteira de trinta e três anos, deitada na cama sozinha com uma foto do falecido marido no coração enquanto me visualizava fodendo com outro homem.

Fodendo.

Não fazendo amor.

Precisava fazer exames de cabeça.

Depois de duas horas sem chance de dormir, resolvi que o único jeito de conseguir descansar um pouco era se desabafasse. Acendendo a luz, com cuidado, coloquei o porta-retratos do meu amado Ben no criado-mudo e abri a gaveta para pegar uma caneta e um papel bonito. Escreveria meus pensamentos para clarear a mente. Não tinha intenção de realmente entregar para Simon, então não havia por que filtrar as palavras.

Querido Simon,

Em sua carta, disse que percebeu meu olhar e pensou que eu poderia sentir atração por você. Bom, nunca houve uma frase tão verdadeira. Desde a primeira vez que te vi no pronto-socorro, fiquei atraída por você. Enquanto estava ocupado tirando um anzol da minha bunda, eu estava apreciando a sensação da sua mão grande me tocando e imaginando como seria você...

Parei e suguei o topo da caneta, relendo o que tinha escrito. Sabia exatamente o que tinha imaginado naquele dia, mas, mesmo assim, era muito puritana para escrever as palavras. Como eu, uma mulher puritana demais para sequer *escrever* minhas fantasias sexuais, poderia *foder* com um homem como Simon? Me dei um tapa imaginário na cabeça e me obriguei a continuar. Se escrever aquela carta seria catártico e me permitiria descansar, eu precisava ser sincera, no mínimo. Então continuei.

Enquanto estava ocupado tirando um anzol da minha bunda, eu estava apreciando a sensação da sua mão grande me tocando e imaginando como seria você me fodendo por trás enquanto eu estava debruçada na maca. Também imaginei seu dedo na minha bunda. O que foi bem estranho para mim, já que nunca fiz nenhuma brincadeira anal. Mas, pronto, falei. Essa foi a primeira coisa que pensei de você. Basicamente, nos dez primeiros minutos ao te ver, estava imaginando seu pau dentro de mim e seu dedo na minha bunda.

Dei risada depois de escrever a última frase. Nunca, na vida, falei assim, mas com certeza era divertido escrever. Estava me libertando para falar essas coisas, mesmo que nunca fosse ter coragem de falar em voz alta ou entregar a carta para Simon. Pensei que ele também deveria saber disso.

Aliás, Sexy Simon, já que estou te contando meus pensamentos mais secretos que nunca terei coragem de realmente compartilhar com você — pensamento aleatório: percebeu que nunca e coragem têm relação? É bem interessante, já que a coragem leva a muitos nuncas. Mas, enfim, voltando a você, meu Sexy Simon. Após esse primeiro encontro na sala do pronto-socorro, voltei para casa e me masturbei pensando em você. Foi a primeira vez que usara meu vibrador em anos — desde que meu marido morreu. Você despertou algo dentro de mim que pensei que estivesse morto.

Então, sim, sinto atração por você. Na verdade, atração não é uma palavra forte o suficiente para descrever o que sinto quando estou perto de você. A única coisa que gostaria era ir até seu quarto neste momento. Mas há tantos motivos pelos quais não posso. E todos esses motivos levam a uma coisa: estou com medo. Medo de você não me querer quando vir meu corpo. Não tenho mais vinte e dois anos, Simon. Dei à luz. A gravidade começou a me mostrar quem manda. Não passo as horas que provavelmente deveria fazendo yoga ou na academia. Medo de eu não saber como foder. Sei que provavelmente isso soa ridículo. Mas é verdade. Fiz sexo e amor, mas foder é um jogo totalmente diferente. E se eu ficar nervosa e virar uma estrela-do-mar? Como vou conseguir olhar para você de novo?

Com medo de o meu filho chegar. Eu sei, há fechaduras nas portas.

Meus medos não são necessariamente racionais, Simon. Com medo de que estarei traindo. (Veja a frase anterior sobre racional.) Com medo de me apegar e você ir embora. Apesar de, lá no fundo do meu coração, eu saber que isso já começou a acontecer, temo que mudar as coisas para um relacionamento mais íntimo vá apenas dificultar mais quando você partir.

Então, está aí, esta é a minha verdade — a boa, a ruim e a feia. Nunca fiquei tão honrada ou me senti tão linda por você me querer. Mas temo que possa nunca acontecer.

Bridget

Uau, não esperava que isso fosse tão terapêutico. Reli minha carta duas vezes, depois peguei um envelope que combinasse na gaveta e inseri o papel dobrado. Para finalizar, até me levantei da cama e espirrei um pouco de perfume no envelope. Eu estava bem mais relaxada do que antes de escrever. Só que... tinha mais uma coisa para falar.

Me sentando, acendi a luz de novo e peguei minha caneta.

Obs.: Como não posso me juntar a você em seu quarto, gostaria muito que se filmasse se masturbando. É minha fantasia mais recente com a qual tenho prazer, e as coisas seriam bem mais rápidas se eu pudesse ter um vídeo seu fazendo isso em vez de imaginar como seria. Obrigada!

Fiquei rindo ao dobrar a carta, inserir de novo no envelope e selar. Então escrevi o nome de Simon na frente com um coração bem romântico como pingo do i. O sono veio mais fácil depois disso. Na verdade, eu tinha caído em um sono tão pesado que dormi demais. *De novo.*

CAPÍTULO 13

Bridget

— Mãe.

— Mãe.

— *Mãe!* — Brendan chacoalhou meu ombro para me acordar.

Eu estava com os olhos embaçados e confusos quando os abri.

— Que horas são?

— Oito e meia. Vou me atrasar para a escola. *De novo.*

— Merda! — Pulei da cama.

— Isso são vinte e cinco centavos para o pote — Brendan resmungou ao sair do meu quarto.

— Vá escovar os dentes! E se vestir! — gritei para ele ao correr para o banheiro.

Escovei os dentes enquanto fazia xixi. Cuspindo a pasta, coloquei um pouco de água na boca e usei para fazer gargarejo enquanto pegava a escova de cabelo e fazia um trabalho bem ruim amarrando-o em um rabo de cavalo.

— Está quase pronto? — gritei, colocando a roupa. Graças a Deus, eu usava uniforme.

— Estou com fome — Brendan choramingou do seu quarto do outro lado do corredor.

— Vou esquentar um salgado para você assim que terminar de me vestir. Pode ir comendo a caminho da escola.

Depois de me aprontar, corri em volta da cama, arrumando-a desajeitadamente. Na pressa, bati o joelho na gaveta aberta do criado-mudo, em um lugar que doeu tanto que tirou meu fôlego por um instante.

— Droga! — Fechei a gaveta, batendo-a, quando finalmente encontrei minha voz.

Tudo em cima balançou e, então, caiu uma caneta no chão. *Dane-se, pego depois.* Tinha quase ido até a porta do quarto quando me lembrei da noite anterior. A caneta deve ter me lembrado da carta. Onde eu a tinha colocado?

Devo ter dormido com ela nas mãos.

Procurando-a, arranquei os lençóis, nervosa. O pânico me tomou quando não consegui encontrá-la. Fiquei de joelhos, olhei debaixo da cama e, então, abri a gaveta do criado-mudo e joguei tudo para fora, procurando. Fui até mesmo para o outro criado-mudo, que certamente não abria em, no mínimo, um ano, e joguei o conteúdo todo para fora também.

Nada da carta. Uma sensação avassaladora atingiu meu estômago.

— Brendan? — Corri para o quarto do meu filho.

Ele estava colocando sua mochila.

— Você viu uma carta no meu quarto esta manhã?

— Está falando da carta para o Simon?

Meus olhos se arregalaram.

— É, a que estava escrito Simon no envelope.

— Estava no chão da primeira vez que entrei para te acordar. Você estava bem apagada.

— Onde você colocou?

Sem saber que tinha feito algo errado, Brendan deu de ombros.

— Dei para Simon por você.

Talvez ele não tenha lido.

O carro de Simon já não estava mais lá quando consegui respirar de novo para sair do meu quarto. Falei para Brendan que tinha esquecido uma coisa na casa e o mandei entrar no carro e colocar o cinto enquanto eu voltava para dentro e entrava escondido no quarto de Simon. Seu quarto estava bem-arrumado. Com uma rápida olhada, não encontrei o envelope — nem lido nem não lido —, então fui até sua escrivaninha no canto. Ele tinha um laptop, um bloco de notas — que estava com um pedaço de papel rasgado de onde ele tinha arrancado algumas folhas —, algumas canetas e uma pilha de livros médicos. *Nada da carta*. Pareceu que eu estava violando sua privacidade quando abri as gavetas, mas não era hora de me sentir culpada. Também não tinha *nada de carta*.

Olhando por cima do ombro para me certificar de que não tivesse ninguém vindo, fui à primeira mesinha ao lado da cama e a abri. Havia um pacote enorme de camisinhas. *GG*. Encarei a caixa. *Extra G?* Ah, meu Deus. Minha mente começou a fantasiar quando era para eu estar em uma missão de busca e resgate.

Balancei a cabeça.

— O que há de errado com você, Bridget? — resmunguei.

Erguendo a caixa de camisinha para verificar debaixo dela, não encontrei nenhuma carta — lubrificante, *Men's Health*, algumas chaves e um envelope grosso de documentos que vieram de um advogado —, mas nenhuma maldita carta. Tentei colocar tudo de volta do jeito que encontrei, mas estava ficando cada vez mais nervosa, e minhas mãos estavam tremendo.

O quarto era bem escasso de pertences pessoais, e não havia muitos lugares para se olhar, exceto o outro criado-mudo. Dando a volta na cama, respirei fundo e abri a gaveta, rezando para que estivesse lá. Quase gritei de alívio quando vi o envelope. Até o pegar e perceber que o envelope tinha sido aberto. E a carta que eu colocara dentro... *tinha sumido.*

O pronto-socorro estava uma loucura. *Graças a Deus*. Eu tinha conseguido evitar Simon quase o dia todo. Toda vez que o via andando na direção da enfermaria, eu corria para o outro lado. Quando ele entrou na cafeteria pela porta da frente enquanto eu estava pegando café, saí pela porta de trás — o que me fez acabar roubando o café. No dia seguinte, eu pagaria em dobro. No entanto, tinha conseguido não ficar cara a cara com ele nas seis primeiras horas do meu plantão. Até a sra. Piedmont chegar. Eu tinha verificado seus sinais vitais e ligado para a enfermaria da maternidade para o dr. Evans descer a fim de examiná-la. Em vez disso, foi o dr. Hogue que veio.

Ele sorriu para mim.

— Enfermeira Valentine. Estava começando a pensar que estava me evitando hoje.

Claro que Simon sabia o que eu estava fazendo. Para começar, ele era inteligente, e parecia ter um sexto sentido quando o objetivo era me interpretar.

— Só estive ocupada, dr. Hogue. Mas, na verdade, liguei para a Unidade de Obstetrícia para o dr. Evans descer e examinar a sra. Piedmont. Então, acho que não precisamos de você aqui. Obrigada, de qualquer forma.

Me ignorando, Simon abriu uma gaveta e pegou um par de luvas descartáveis. Quando olhei para a caixa de onde ele as tirara, senti o rubor aumentar no meu rosto. *Extra grande.* Aparentemente, ele usava o mesmo tamanho *em tudo.*

— O dr. Evans acabou de ser chamado para uma emergência, então me pediu para verificar a sra. Piedmont. Vai descer assim que puder. — Simon colocou as luvas e falou para a paciente. — Você está de seis meses e com dor nas costas, é isso?

— É. E vai e volta. Mas é na lombar.

— E há quanto tempo começou?

— Começou ontem à tarde. Está pior hoje, então pensei em vir e verificar, só para garantir. Meu médico está na Europa de férias, e sua esposa vai ter bebê.

— Ergueu algo pesado ultimamente?

A paciente sorriu.

— Tenho uma filha de um ano e meio. Ela é meio apegada e passa metade do dia no meu colo.

Simon colocou a mão no seu ombro.

— Bom, tenho certeza disso. Provavelmente, você está se esforçando um pouco demais para o início do terceiro trimestre. Mas vamos dar uma olhada para garantir. Gostaria de fazer um ultrassom para verificar o bebê, se não tiver problema.

— Sim. Claro.

— Vou pegar a máquina de ultrassom portátil — eu disse, grata por ter uma rápida pausa de Simon.

Enquanto eu ia em busca do equipamento, pensei em mandar outra enfermeira de volta para a sala de exame a fim de auxiliar. Mas teria que lidar muito mais com o dr. Hogue, considerando o fato de que ele morava na minha casa. Depois de me dar um bom sermão de como eu era profissional, arrastei a máquina para a sala de exame de cabeça erguida.

Simon, aparentemente, não era tão profissional assim.

— Já fez um ultrassom, Enfermeira Valentine?

— Não.

Ele olhou para a paciente.

— Este é um hospital-escola. Espero que não se importe de fazermos isso hoje.

Ela sorriu.

— Não me importo nem um pouco.

Claro que a mulher não tinha motivo para desconfiar de nada fora do normal. No entanto, em um hospital-escola, médicos ensinam alunos de Medicina e outros novos médicos — *não enfermeiras*. O que ele estava armando?

Eu estava atrás de Simon, então ele pôde se virar sem a paciente enxergar o jeito que ele estava me olhando. O que era uma coisa muito boa porque o brilho em seus olhos e aquele sorriso sexy e sinistro teriam dado bandeira para qualquer um de que ele não estava com boas intenções.

— Pode me passar o *lubrificante*, Enfermeira Valentine?

Ah, meu Deus. Ele é muito idiota!

— Claro.

Ele continuou me encarando enquanto dava instruções, com cautela, para parecer que estava realmente ensinando. Mas ambos sabíamos o que ele estava fazendo.

— Algumas pessoas gostam de aplicar apenas uma camada fina na barriga, mas eu também gosto de aplicar lubrificante na sonda para ela deslizar bem e com facilidade. — Ele pegou a sonda do ultrassom, esguichou a substância transparente e, então, olhou para mim enquanto passava na ponta. Sorrindo, disse: — Por que não vem aqui ao meu lado e eu deixo você controlar minha sonda?

O que eu queria fazer era correr da sala e falar para ele enfiar a sonda na bunda dele. Estava muito irritada por ele fazer joguinhos com uma paciente presente. Mas, em vez disso, abri um sorriso obviamente falso para ele.

— Claro.

Simon ligou a máquina e, depois, ficou diretamente atrás de mim enquanto eu colocava a sonda na barriga dela. A tela se iluminou e a atenção da paciente foi totalmente redirecionada para a batida do coração e a imagem do bebê. O bom dr. Hogue se aproveitou disso. Aproximou-se mais de mim, então pude sentir seu corpo contra o meu, e se inclinou para a frente, cobrindo minha mão com a dele. Sua respiração fazia cócegas no meu pescoço.

— Não se importa se eu te mostrar como guiar a sonda, não é?

Eu mal conseguia falar.

— Claro que não.

O ultrassom durou uns cinco minutos e, então, Simon voltou logo para o modo médico quando desligamos a máquina. Eu, por outro lado, estava tão inútil quanto a merda que ele esguichou do tubo e que a paciente estava limpando de sua barriga no momento.

Simon ouviu a respiração da paciente, aferiu sua pressão de novo e, então, sentiu seu abdome.

— Parece que está tudo bem. Provavelmente, é só uma tensão muscular. Mas vou pedir para o pessoal do laboratório descer e tirar sangue, por precaução. Não é uma emergência, então vou esperar o dr. Evans decidir se quer fazer um exame interno. Assim, não precisamos deixar você desconfortável duas vezes sem motivo.

A mulher pareceu aliviada.

— Ok. Obrigada.

Simon fez algumas anotações no prontuário dela e, então, pegou seu bloco de prescrição de receitas e escreveu mais. Arrancando a folha com um som alto de rasgo, ele sorriu carinhosamente para a paciente.

— Tem alguma pergunta?

— Não. Já me sinto melhor.

Ele assentiu.

— Provavelmente, o dr. Evans vai demorar uma hora, mais ou menos, para descer aqui. Então por que não tenta se deitar e relaxar?

— Ok.

Simon se virou e me entregou o prontuário. Depois me deu a prescrição que tinha escrito.

— Isto é para a paciente com a frequência cardíaca elevada.

Franzi as sobrancelhas.

— Frequência cardíaca elevada?

— É. Isso deve ajudá-la a relaxar um pouco. — Simon deu uma piscadinha, abriu a porta e saiu.

Guardei a prescrição no bolso do meu jaleco e esperei até ficar sozinha para pegá-la de novo. O que foi muito bom, já que quase desmaiei lendo o que ele escrevera.

Onze da noite, em ponto. Por que assistir a um vídeo quando se pode ver ao vivo? Vou deixar minha porta aberta o suficiente para você conseguir assistir.

CAPÍTULO 14

Bridget

Eu tinha passado as últimas oito horas pensando no que iria fazer. Sabia, sem sombra de dúvida, que Simon não estava brincando quando escrevera aquela prescrição. Tinha lido minha carta e resolvera que, já que eu não me juntaria a ele, ele me daria o pedido que fiz na observação. Eram 10h55 — cinco minutos para a hora do show.

Não acreditava que estava sequer considerando assistir. Nunca tinha visto nem Ben se masturbar. Mas pensar em testemunhar Simon se dar prazer ao vivo, em carne e osso, era erótico demais para não pensar seriamente nisso. *Talvez eu possa ver só um pouquinho, e ele nem vai saber.*

Surpreendendo até a mim mesma, saí do meu quarto às 10h59 da noite. Pus o ouvido na porta de Brendan para me certificar de que ele estivesse dormindo, depois fui para a cozinha. Abrindo a geladeira, olhei em volta e fingi estar procurando uma garrafa de água. A quem eu estava tentando enganar? A porta que levava para a garagem convertida em apartamento estava aberta, e eu conseguia ver o facho de luz no fim do corredor, onde o quarto de Simon estava iluminado.

Meu coração estava martelando no meu peito conforme abri a porta e entrei no corredor. Provavelmente, eram uns três metros até o quarto de Simon. Em pânico, percebi que talvez fizesse uma sombra que ele conseguiria ver, então encostei na parede em uma movimentação furtiva para esconder que estava ali. O sangue corria em meus ouvidos com meu coração acelerado, dificultando escutar. Prendi a respiração para ouvir qualquer som de vida vindo do quarto de Simon e, então, me arrastei pela parede a fim de me aproximar.

O som de respirações profundas e pesadas me fez congelar.

Ah, meu Deus.

Simon está fazendo mesmo isso.

Só alguns metros me separavam de ver Simon se masturbar.

E ele queria que eu assistisse.

Tinha me convidado.

Sua respiração ofegante estava ficando cada vez mais alta e me fazendo perder a cabeça. O que explicava como tive a coragem de me aproximar — tinha quase enlouquecido, definitivamente.

Assim como Simon dissera em sua prescrição, a porta estava entreaberta o suficiente para eu olhar por ela. Então foi o que fiz. Desprezando todos os alertas que soavam na minha mente de isso não ser uma boa ideia, andei na ponta dos pés até sua porta e olhei para dentro.

Meus joelhos quase cederam com a visão. Simon estava totalmente nu, deitado de costas na cama. Sua mão direita envolvia seu pau ridiculamente grosso, e ele estava se massageando lentamente.

Nossa.

Pensei que gozaria antes dele. Ainda bem que o medo me fez congelar no lugar, ou eu teria feito algo ainda mais maluco, como entrar e montar nele. O desejo de fazer isso era mais forte do que qualquer desejo que já tivera em toda a minha vida. Queria montar nele mais do que queria respirar. E isso vindo de uma mulher que sempre preferira a posição tradicional.

A velocidade de sua massagem aumentou, e pensei se ele sabia que eu estava assistindo. Eu não conseguia realmente saber, porque estava totalmente incapaz de tirar os olhos de sua mão. Conforme a intensidade de suas carícias aumentou, ele pareceu apertar mais seu comprimento longo. Sua respiração se tornou mais alta e ele soltou alguns gemidos, o que forçou meus olhos a saírem de sua mão e, finalmente, irem para o rosto de Simon. *Nossa, como ele é lindo.* Seus olhos estavam fechados, e seus lábios estavam separados inspirando e expirando enquanto seu peito subia e descia em uníssono. Então ele falou. Suas palavras eram arfadas roucas de ar, mas ouvi cada uma delas.

— *Bridget. Caralho. Bridget.*

A mão que não estava massageando furiosamente seu pau se esticou para baixo e segurou suas bolas. Pareceu que o mundo todo desapareceu enquanto eu via a coisa mais incrivelmente erótica que já testemunhara na vida. Meus olhos iam e voltavam entre seu rosto e suas mãos. Senti a umidade entre minhas próprias pernas e, por um segundo, pensei que conseguiria gozar sem nem me tocar.

O som de sua respiração se tornou ainda mais irregular conforme ele se massageava cada vez mais rápido. Eu estava cativada quando jatos de gozo saíram do seu pau e ele murmurava meu nome repetidamente. Foi a coisa mais espetacular e eu estava, literalmente, à beira do meu próprio orgasmo. Sabia que, se simplesmente esticasse a mão e tocasse meu clitóris, gozaria. Meu corpo estava literalmente vibrando — o equivalente humano de zumbido.

Não fazia ideia de há quanto tempo estava lá assistindo. O mundo em volta parou de existir. Eu estava, literalmente, em uma neblina. Só quando ouvi a voz grave de Simon foi que finalmente caí em mim.

— *Olá, amor.*

CAPÍTULO 15

Simon

Já ouviu o termo *"Você me conquistou com seu olá?"*. Bem, eu a *perdi* no olá. Eu estava descobrindo que o que acontece no meu quarto, definitivamente, fica no meu quarto. Bridget estava deixando isso bem claro ao tentar viver a semana seguinte fingindo que nosso showzinho nunca tinha acontecido. Toda vez que eu refletia sobre aquela noite, ficava absolutamente indignado. Só uma pequena parte de mim realmente esperava que ela aceitasse mesmo a proposta de me observar masturbar.

Não pensei que ela fosse aceitar, mas pode apostar que deixei a porta aberta, de qualquer forma. E, aparentemente, foi uma boa.

Assim que a ouvira na porta, sabia que era minha deixa, independente se eu estivesse preparado ou não. Apenas comecei a me massagear, tentando parecer calmo e tranquilo quando a verdade era que eu nunca tinha batido uma diante de uma mulher.

Simon Hogue fizera muitas coisas, mas isso, nunca. Foi mais fácil do que imaginei, porque, assim que percebi o quanto ela estava entretida, foi toda a motivação de que precisava para continuar.

Conforme gozei chamando o nome dela, provavelmente foi um dos orgasmos mais intensos que já tive na vida. Ela havia assistido a cada detalhe enquanto eu gozava. E então falei "olá" e ela surtou. Simples assim, como se meu pau fosse virar abóbora na batida da meia-noite, Bridget desapareceu.

Eu não ia segui-la até seu quarto, porque, se ela quisesse se juntar a mim, o teria feito. Eu sabia que precisava ser cuidadoso com ela e, para ser sincero, tinha certeza de que seu receio em ficar comigo tinha fundamento.

Mas a carta me pegara de surpresa. Quando vi o que estava escrito, pensei que não tinha como ela ter a intenção de que eu lesse. Era verdadeira demais. E suas palavras continuaram a me assombrar todos os dias. Quando Brendan me entregou o envelope — felizmente, ainda estava selado —, eu perguntara onde ele tinha pegado. Ele me contou que encontrou no chão ao lado da cama de Bridget.

Depois que ele saiu do meu quarto, li a coisa toda com o queixo caído e o pau dolorosamente duro. Bridget tinha uma cabecinha suja, e saber seus desejos mais secretos piorou dez vezes meu dilema.

Agora que eu tinha passado um pouco do limite, realmente não sabia para onde ir em seguida. Bridget parecia estar mergulhando os dedos do pé na água, mas eu não achava mesmo que ela iria mergulhar totalmente. Ela admitiu para si mesma que estava com muito medo.

Então agora... estava me evitando de novo.

No entanto, o hospital era o único lugar em que ela não podia fingir que eu não existia.

E, sendo o babaca que sou, realmente não conseguia deixar de provocar Bridget no trabalho. Se eu não conseguia lhe satisfazer de outras maneiras, com certeza estava fazendo-a corar. Até que gostava disso. Era a única atenção que ela me dava, e eu aceitava o que conseguia ter.

Em certa tarde, tinha dado entrada um menininho autista com suspeita de garganta inflamada. Estava aterrorizado por eu simplesmente encostar nele, que dirá examinar sua garganta para poder colher amostra para o diagnóstico.

Conforme segurava o longo cotonete, ele ficava se contorcendo, recusando-se a ficar parado. Até que me chutou bem forte no saco.

Me virei para a mãe dele.

— Ele coopera quando tem recompensa?

— Às vezes. Mas, neste caso, ele pensa que você vai machucá-lo, então será difícil tentar convencê-lo. Ele não entende.

— Realmente não há outro jeito de colher a amostra. Estou pensando se há uma forma de podermos mostrar a ele que não vai doer nada.

Sabendo que Bridget estava do lado de fora da sala de exame, tive uma brilhante ideia.

Coloquei a cabeça para fora da cortina.

— Enfermeira Valentine, preciso do seu auxílio.

— Sim, dr. Hogue?

Adorava quando Bridget me chamava de *doutor*, porque seu tom exageradamente submisso sempre contradizia com o olhar de *vá se foder* em seus olhos.

Minha boca se curvou em um sorriso.

— Está disponível?

— Sim. Do que precisa?

Me aproximei um pouco mais dela e falei baixo.

— Preciso que abra bem enquanto colocou um negócio na sua garganta.

Seus olhos se arregalaram.

— O que disse?

Dei um sorrisinho.

— Preciso que conduza um exame para um menininho que não me deixa chegar perto dele. Gostaria de demonstrar em você primeiro para ele saber que não tem por que temer.

Bridget assentiu, compreendendo.

— Ok... Acho que não há mal nisso.

Erguendo minha sobrancelha, eu disse:

— Vou tentar não fazer você engasgar.

Oh, sim. Ver Bridget Valentine ficar vermelha talvez fosse meu passatempo preferido.

— Me encontre lá — eu disse. — Tenho que pegar uma coisa.

Fui até a gaveta da escrivaninha onde guardava minha coleção de acessórios especiais para pacientes jovens particularmente resistentes.

Voltando à sala, vi que Bridget estava tentando acalmar o menino.

A mãe dele parecia cética quando ergui o cotonete.

— Ele não vai deixar você se aproximar dele com essa coisa — a mãe disse.

Bridget mordeu o lábio. Talvez ela se identificasse com essa cena em um sentido diferente.

— Ok, Chaz... Vi que já conheceu minha amiga Bridget. Vou te mostrar como isto funciona. Ela vai abrir a boca e falar "ah" e, depois, vai ganhar um pirulito grande e colorido para chupar. Também tenho um para você.

Contendo minha risada, virei para ela.

— Ok, Bridget... abra bem e fale "ah".

Ela fez como instruí, colocando a língua para fora.

— Ahhh.

Enfiei o cotonete fundo em sua boca, sem realmente colher uma amostra de sua garganta, embora, por uma fração de segundo, tenha ficado tentado a pegá-la de surpresa e fazer exatamente isso só para ver se ela engasgaria.

Virando-me para Chaz, falei:

— Viu? Não é tão ruim. Agora, Bridget vai ganhar o pirulito. — Tirei o plástico e entreguei a ela.

Bridget deu uma lambida exagerada.

— Humm.

Meu pau latejou.

Porra. Rápido. Pense na vovó.

Abrindo um novo cotonete, me virei para o garoto.

— Certo, Chaz, sua vez de ganhar um pirulito.

Com lágrimas nos olhos e relutância, ele abriu a boca e permitiu que eu colhesse a amostra. Dei a ele o pirulito junto com um tapinha na cabeça.

Sua mãe ficou maravilhada por ele ter cooperado.

— Uau. Parabéns, doutor.

— Bem, não teria conseguido sem a Enfermeira Valentine. — Dei uma piscadinha para Bridget.

— Sem problemas, dr. Hogue.

Tradução: "Vá se foder, dr. Hogue".

— Uma pessoa vai voltar com os resultados em uns quinze minutos. Aguentem firme — disse antes de sair da sala.

Bridget me seguiu.

Me virei e andei de costas, sorrindo.

— Te aviso se encontrarmos alguma bactéria em sua amostra.

Alguns dias depois, era o início da noite na casa de Bridget. Eu estava fazendo minhas coisas quando ouvi um grito vindo da cozinha. Logo após, os detectores de fumaça foram acionados.

Que porra é essa?

Bridget estava correndo nervosa em volta do fogão enquanto chamas subiam da panela em que ela estivera fritando algo.

— Corra lá para fora, Brendan! — ela gritou.

Precisando pensar rápido, estiquei o braço além das chamas e desliguei o fogo, o que ela não tinha feito.

— Você tem bicarbonato de sódio? — gritei através do caos.

Ela apontou para a geladeira em pânico.

Encontrei-o, no fundo da primeira prateleira. Jogando a caixa inteira em cima das chamas, consegui apagá-las.

Bridget estava tremendo descontroladamente.

Por instinto, segurei-a e a abracei, acariciando seu cabelo e tentando acalmá-la.

— Está tudo bem. Deu tudo certo. Você está bem. Apagou.

Lágrimas escorriam por suas bochechas conforme ela olhava para mim.

— Ah, meu Deus. Não sabia o que fazer. Parecia que eu lembrava que não era para usar água, mas simplesmente... fiquei paralisada.

— Está tudo bem, Bridget. Era um foguinho.

— E se você não estivesse aqui?

— Então você teria corrido e ligado para o bombeiro.

— Enquanto minha casa queimava? Era só o que me faltava.

— Está tudo bem. Isso não aconteceu.

Fomos para fora a fim de verificar Brendan, que estava esperando pacientemente no gramado da frente com a vizinha.

— Você está bem, mãe?

— Obrigada por me obedecer e correr para fora — ela disse.

— Corri para a casa da sra. Savage. Ela ligou para os bombeiros.

— Obrigada, garotão. Você fez a coisa certa, mas tudo está sob controle agora porque Simon agiu bem rápido.

As sirenes tocaram ao longe.

Me virei para Bridget.

— Por que não tira Brendan daqui por um tempo? Eu falo com os bombeiros. Depois vou abrir e limpar tudo lá dentro.

— Não deveria ter que fazer isso.

— Está tudo bem. Não é bom ele respirar a fumaça. Nem você. Te mando mensagem quando puder voltar.

Mesmo com todas as janelas abertas, a casa ainda cheirava a fumaça.

Bridget e Brendan acabaram não voltando para casa naquela noite. Reservei um quarto de hotel para eles no Hampton Inn, já que a casa não estava boa para eles voltarem.

Foi uma noite mais longa do que eu poderia imaginar.

Para um foguinho, com certeza fez bastante estrago. Tudo na cozinha estava coberto de fuligem.

Fui correndo para a loja de limpeza na cidade logo antes de eles fecharem para comprar luvas de borracha, produtos químicos e outros suprimentos para consertar esse tipo de situação, como li na internet.

Usando uma mistura de fosfato trissódico e água, limpei todas as superfícies. Precisei esvaziar os armários por completo. Depois de limpar totalmente as prateleiras, inspecionei tudo para ver se encontrava algum dano na cozinha. Não acabou aí.

Após remover toda a fuligem, usei um produto de limpeza cítrico para passar em tudo de novo.

Também lera na internet que deixar tigelas abertas com vinagre pela casa ajudaria a absorver o cheiro, junto com um pouco de jatos de bicarbonato de sódio nos tapetes no cômodo ao lado antes de passar aspirador.

Apesar de estar meio frio, mantive abertas todas as janelas da casa. Seria uma noite longa.

Quando Bridget voltou na tarde seguinte, eu tinha acabado de deixar o lugar apresentável de novo. Provavelmente, ela teria que repintar algumas áreas, mas pelo menos foi eliminada boa parte do estrago que o fogo causou.

Brendan estava animado por voltar para seu quarto depois de dormir fora.

Bridget olhou em volta, maravilhada.

— Não acredito. Está quase normal aqui dentro. Você sequer dormiu?

Meu cabelo estava desgrenhado, e eu devia estar parecendo um zumbi.

— Dormi umas duas horas.

Ela ficou pasma.

— Simon, não sei o que dizer. Isto está além do que eu esperaria...

— Tudo bem. Tinha que ser feito.

— É, mas eu poderia ter contratado alguém.

— Você estava nervosa. Não queria que precisasse esperar e se preocupar com isso.

Ela estava começando a ficar com lágrimas nos olhos quando se aproximou de mim e fez algo que nunca tinha feito. Bridget raramente encostava em mim; evitava isso a todo custo. No entanto, colocou meu cabelo gentilmente para o lado com os dedos.

Foi bom pra caralho.

— Jesus, você comeu alguma coisa? — ela perguntou.

— Preciso mais de sono do que de comida no momento. Vou comer alguma coisa depois que acordar antes do plantão desta noite.

— Depois de todo esse trabalho... você tem plantão hoje? Simon, não sei como te agradecer.

— Qualquer coisa por você, amor.

— Já ouvi você falar isso para uma idosa, mas, sinceramente, acredito que fale sério. Você é um cara bom, Simon.

Se fosse um filme, ela poderia ter se inclinado e me beijado naquele instante. Contudo, quando Bridget Valentine era a estrela do show, as coisas nunca eram tão simples.

CAPÍTULO 16

Bridget

Eu tinha resolvido fazer uma coisa que estivera adiando por um bom tempo.

A dra. Laura Englender foi altamente recomendada. Era minha terceira sessão, e eu a tinha informado de praticamente tudo que aconteceu comigo desde a morte de Ben.

Seu consultório era convenientemente localizado em Providence. Havia uma vista bonita do rio em sua janela, então eu gostava de olhar para a água ao abrir minha alma para ela.

Tínhamos passado um bom tempo das duas primeiras consultas falando sobre problemas contínuos que tinham a ver com meu falecido marido. No entanto, a mais recente foi exclusivamente focada em minha situação com Simon. Não foi fácil, mas me abri com ela sobre as coisas sexuais que estavam acontecendo sem tantos detalhes.

— Então... entende por que estou tão confusa — eu disse.

A dra. Englender se endireitou na poltrona.

— Claro, quero dizer, um médico gostoso, de bom coração, que é ótimo com seu filho vai morar com você, quer te dar orgasmos intensos enquanto fala obscenidades com sotaque britânico... é realmente uma decisão difícil.

Meu queixo caiu.

— Está zombando de mim?

— Até terapeutas podem brincar um pouco, não é?

— Oh, acho que sim. Ok.

Ela rascunhou algo no caderno — provavelmente *"não aguenta uma piada"* — e olhou para mim.

— Então, deixe-me te perguntar uma coisa, Bridget... qual é a pior coisa que poderia acontecer se você cedesse à sua atração física por ele?

Respirando fundo, realmente tentei pensar nisso.

— O pior é que eu poderia ficar mais apegada a ele do que já estou.

Ela bateu sua caneta.

— Escute o que está dizendo... *mais apegada do que já está.* Em uma escala de um a dez, qual é sua nota de obsessão atual com esse homem? Com que frequência pensa nele no dia a dia, sendo dez o máximo.

— Nove.

Ela ajustou os óculos.

— Nove...

— É.

— Então, basicamente, se dormir com ele, sua obsessão pode subir para dez.

Ela está zombando de mim de novo? Acho que sim.

— É. Quase certeza.

— Então está se privando de algo que quer muito em vários níveis, quando, realmente, eu diria que seu pior medo praticamente já aconteceu. Já concluiu que ele vai embora... ainda assim, está apegada a ele de qualquer forma, pensando nele o tempo todo. Saber que ele vai embora não a impediu de focar nele.

Aonde ela quer chegar?

— Acha que eu deveria ceder aos meus desejos apesar das consequências?

Ela balançou a cabeça.

— Não sou eu que vou tomar essa decisão. No entanto, acho que provavelmente você deveria perceber que o apego que teme já aconteceu.

O suor estava cobrindo minha testa.

— Isso não é exatamente o que eu queria ouvir.

— Você discorda?

— Não sei.

— Olhe, Bridget, há um certo risco em tudo. Nós arriscamos todos os dias. A única coisa que podemos controlar é o que acontece hoje. Como uma mulher adulta, não deveria se privar de algo que claramente quer. Admitiu que o quer e que está sendo difícil resistir.

— Ok, mas isso é egoísmo, não é? E Brendan?

— O que *tem* Brendan? Seu filho já parece gostar de Simon. Sua escolha de um relacionamento físico com esse homem não vai fazer diferença, na perspectiva de Brendan, contanto que escolha manter as coisas discretas.

Parecia que, independente do que eu dissesse, minha terapeuta estava preparando o terreno para eu me jogar em Simon, e isso estava me deixando bem agitada. Precisava de alguém para me convencer a sair dessa situação, não a me *envolver*.

Eu estava na defensiva.

— Não concordo com você... em nada. Realmente sinto que ceder causaria um desastre emocional.

— Ultimamente, você precisa fazer o que te deixa confortável. Meu trabalho é só te ajudar a identificar seus sentimentos. Pode ainda escolher tomar as decisões que acha certas por algum tribunal de justiça interno da sua cabeça. Nenhuma decisão é, necessariamente, a errada.

Quando fiquei perdida em pensamentos, ela continuou.

— Você esteve pensando com a cabeça por muito tempo. Por mais que isso valha para uma existência bem segura, às vezes, sem percebermos, inibimos nossa felicidade verdadeira ao fazer isso. Escolhas da vida não deveriam sempre ser pensando no resultado. As pessoas não percebem que as pequenas aventuras no meio, às vezes, são mais importantes. Quando for velha, vai refletir sobre a sua vida e tudo será apenas uma grande bola de lembranças, de qualquer forma. Por que não ter algo que valha a pena se lembrar?

Detestava que aquela vadia tivesse razão.

Simon apareceu na enfermaria.

— Então, quando ia me contar que é seu aniversário?

Um calafrio percorreu minha espinha ao som da sua voz.

— Como soube disso?

— Brendan me contou.

— Bem, quando se chega a uma certa idade, não é exatamente algo para comemorar mais.

— Que tolice, Enfermeira Valentine.

— Tolice?

— É, besteira.

— Ah.

— Quais são seus planos para esta noite, aniversariante?

— Brendan e eu temos uma tradição no meu aniversário que começou no ano passado. Vamos a um restaurante chinês chique e esbanjamos.

— Tem lugar para mais um?

— Quer ir?

— Não, ia mandar Alex Lard para tossir em sua comida — ele zombou. — Claro que quero ir.

Detestava estar começando a me sentir zonza.

— Oh... sim, claro — eu disse indiferente, apesar de o meu coração estar acelerado.

— Ok. Saio um pouco mais tarde do que você. Posso encontrar vocês lá umas oito?

— Está ótimo. Te mando o endereço por mensagem.

Mais tarde, naquela noite, Brendan e eu conseguimos uma mesa de canto no Willie Chen's Asian Bistrô. O restaurante era famoso por seus incríveis moo shu, música ao vivo e bebidas exóticas. Claro que não haveria bebida para mim, já que ia dirigir para casa.

Brendan estava brincando com seus hashis enquanto esperávamos os aperitivos. Eu ficava olhando para trás em direção à porta, vendo se Simon chegava.

Só quando parei de olhar por cinco minutos foi que senti seu cheiro delicioso atrás de mim.

Ele estava lindo. Sua blusa azul-clara caía nele como uma luva. Usava uma camisa com colarinho por debaixo e um relógio enorme que eu nunca tinha percebido que enfatizava suas mãos grandes.

Seus olhos baixaram para os meus seios. Posso ter deixado um pouco mais de decote à mostra do que o normal naquela noite.

— A aniversariante está maravilhosa — ele elogiou, sentando-se ao lado de Brendan e à minha frente.

— Obrigada.

Olhou para baixo, para Brendan, e me preparei para a reação de Simon.

— Uau, amigão... seu cabelo. Está...

— Igual ao seu — admiti com relutância. — Agora que ele deixou crescer o suficiente, decidiu pentear para a frente para combinar com seu estilo único.

Me deixava um pouco desconfortável o fato de o meu filho ter feito isso, mas não tive coragem de fazê-lo mudar, porque era realmente adorável.

Simon pareceu bem feliz.

— Estou lisonjeado. Ficou ótimo em você.

Brendan sorriu.

— Obrigado.

O sorriso de Simon permaneceu em Brendan. Então, ele pegou o cardápio.

— Então, o que tem de bom aqui?

Apontei para uma certa seção.

— Nós adoramos a carne de porco moo shu, e pedimos o poo poo como aperitivo porque vem um pouco de tudo se gosta de coisas fritas, mas, sério, qualquer coisa do cardápio é uma boa aposta. Eles têm uma ótima comida.

Quando a garçonete veio, Simon pediu uma cerveja. Depois de eu recusar uma bebida, ele olhou para mim como se eu fosse louca.

— É seu aniversário. Beba alguma coisa!

— Não, não bebo quando estou dirigindo, principalmente com ele no carro.

— Eu dirijo para casa. Peça uma bebida e relaxe. Só tem um aniversário. Vamos pegar seu carro amanhã.

Isso soou realmente tentador.

— Ok, vou querer um mai tai.

Quando a garçonete acendeu a chama no meio do nosso prato poo poo, Simon brincou:

— Não chegue muito perto, Bridget, tive minha parcela de apagar fogo por um tempo.

Semicerrei os olhos para ele.

— Muito engraçado... mas verdade.

Compartilhamos um momento de silêncio, apenas nos encarando.

Nossa refeição chegou, e Simon viu que Brendan estava com dificuldade para usar os hashis.

Ele soltou os dele e pegou os de Brendan.

— Assim. — Simon passou os cinco minutos seguintes mostrando a ele como usá-los de forma adequada.

Meu coração estava, definitivamente, batendo ainda mais do que o normal naquela noite.

Em certo ponto, Simon se levantou para ir ao banheiro, e eu respirei fundo. Me fez perceber que tê-lo ali, na verdade, estava me deixando meio nervosa, não de uma maneira ruim, mas com um frio na barriga.

Quando ele voltou alguns minutos depois, uma garçonete veio até a mesa com um pedaço de bolo e uma vela.

Brendan pareceu muito animado.

A garçonete se dirigiu a ele:

— Seu pai me contou que era aniversário da sua mãe!

Ela colocou o bolo no meio da mesa junto com um segundo mai tai diante de mim.

Eu ia precisar dessa bebida depois que ouvi Brendan lhe dizer:

— Oh, Simon não é meu pai. Meu pai está morto.

Alguns segundos de silêncio bizarro se passaram.

A garçonete ficou horrorizada.

— Sinto muito. Só achei que...

Meu filho sorriu.

— Tudo bem. Ele é um bom amigo meu e, às vezes, tio.

Simon cumprimentou Brendan.

— Boa resposta.

Aliviada pelo momento de tristeza ter passado, dei um longo gole na bebida.

Simon me observou.

— É melhor beber, mamãe. Só vou tomar uma cerveja. Serei o motorista, então pode aproveitar. Aproveite-se de mim.

Deus, eu gostaria de me aproveitar de você hoje.

O resto da noite acabou sendo bem divertido.

O segundo mai tai com certeza ajudou nisso. Simon contou a Brendan várias histórias de sua infância na Inglaterra. Nesse meio-tempo, um terceiro mai tai apareceu magicamente, e eu sabia que Simon tinha falado para a garçonete simplesmente continuar trazendo-os para mim.

Brendan estava feliz da vida com a atenção total de Simon e, sinceramente, eu também estava feliz da vida observando-os interagir. Também estava totalmente tonta, o que parecia ter afogado todos os pensamentos negativos que normalmente arruinavam momentos preciosos como aquele.

No fim da noite, a garçonete trouxe três biscoitos da sorte, e todos pegamos um.

Brendan abriu o dele e me entregou.

Li em voz alta:

— *O pouso sempre está na mente de um pássaro voador.*

— O que diz o seu, mãe?

Abri o meu e li em voz alta.

— *A roda da sorte finalmente está virando na sua direção.* Bem, É bom saber — falei, dando uma mordida no biscoito.

— Não vai ler o seu, Simon? — Brendan perguntou.

— Na verdade, vou guardar. — Ele deu uma piscadinha.

Brendan praticamente dormiu o caminho inteiro para casa. Tinha ficado até tarde acordado.

Coloquei meu filho na cama assim que chegamos em casa.

Enquanto eu estava com Brendan, Simon abriu uma garrafa de vinho e estava bebendo na cozinha quando fui até ele.

Peguei a taça dele e dei um bom gole, depois lambi os lábios. Seu olhar se fixou em minha boca.

Nossos olhos se encontraram.

Eu o queria.

O álcool que tinha bebido estava piorando o desejo.

— Sua presença esta noite realmente foi muito importante para mim, Simon. E não deveria ter insistido em pagar o jantar.

Simon pegou o vinho de mim.

— Era o mínimo que eu poderia fazer. Não tive tempo de te comprar um presente, já que pareceu que *alguém* estava tentando esconder o aniversário de mim.

— Bom, não sou mais novinha. Não fico anunciando.

Ele deu um gole.

— Você tem trinta e quatro anos. Não é velha. Na verdade, acho as mulheres um pouco mais velhas excitantes pra caralho.

Da última vez que minha cozinha ficou tão quente, havia fogo de verdade.

Ele se aproximou mais de mim a ponto de eu poder sentir suas palavras enquanto ele falava e poder sentir o vinho em sua respiração.

— Em sua carta, você mencionou... entre outras coisas que não devem ser faladas... que tinha medo de eu não te querer quando visse seu corpo. Está se esquecendo que já *vi*, mais do que provavelmente tem ideia. Tive uma bela noção naquele primeiro dia em que peguei você no chão do banheiro. Todas as coisas que provavelmente pensa que são negativas, na verdade, são as coisas que acho mais excitantes: sua carne, sua bunda grande, a leve curva feminina de sua cintura e seus peitos macios e naturais. Além de tudo isso... seus olhos... eles acabam comigo. Apesar de tudo pelo que passou, eles ainda brilham com esperança e admiração, quer perceba isso ou não. Você é linda, Bridget. Linda pra caralho, e nunca acredite no contrário.

Não sabia se tinha ar sobrando no meu corpo. Parecia que ele tinha tirado tudo com aquelas palavras. Mas não tinha, porque todo o ar dentro de mim se esgotou apenas no momento em que ele olhou para o chão, depois para mim de novo e sussurrou:

— Eu não estava te esperando também, sabe.

Simon colocou sua taça de vinho no balcão e pegou algo do bolso de trás. Era sua sorte da noite.

Colocou o papel na pedra de granito e disse:

— Parabéns.

Fiquei lá parada, observando-o ir para seu quarto.

A pequena tira de papel estava me provocando. Peguei-a e li.

O maior risco é não correr risco.

CAPÍTULO 17

Simon

Eu tinha acabado de tirar minha camisa para me aprontar para dormir. Quando me virei, a visão de Bridget se apoiando na minha porta foi totalmente inesperada. Seus olhos estavam fixos no meu tronco nu, e percebi que ela tinha minha mensagem do biscoito da sorte nas mãos. Ela engoliu em seco antes de falar.

— Podia não querer que lesse minha carta, mas quis dizer tudo que escrevi.

Dei alguns passos cautelosos na direção dela.

— Tipo me querer?

Eu não precisava ouvi-la dizer as palavras para saber — tinha certeza de que ela me queria. Seus olhos e sua linguagem corporal haviam me dito isso desde a primeira vez que a vi. Ainda assim, queria ouvi-la dizê-las em voz alta, para aceitar que não tinha problema ela me querer.

Ela olhou para baixo, e um rubor cor-de-rosa tingiu sua pele linda quando ela olhou para cima.

— É. Quero você mais do que qualquer coisa que já quis na vida. Para ser sincera, me assusta o quanto sou atraída por você.

Eram exatamente aquelas palavras que eu queria ouvir, mesmo assim, sabia que viria um *mas*.

— Podemos parar por aí, e eu te digo que o sentimento é mútuo? Porque tenho a sensação de que, o que quer que vá dizer a partir de agora, eu não vou gostar muito.

Ela sorriu tristemente.

— O que acontece quando sua residência acabar, Simon? Para onde vai?

Assenti, sabendo aonde ela queria chegar.

— Volto para a Inglaterra. É minha casa, Bridget. Morar aqui sempre foi temporário para mim.

— E quer uma família algum dia?

Olhei para baixo e balancei a cabeça.

— Não. Não quero.

— É verdade que o maior risco talvez seja não correr risco. Mas um risco é dar a chance quando você tem o potencial de ganhar ou perder algo no futuro. Quando esse futuro é certo de que vai perder algo... então não é arriscar, Simon. É saltar de um avião sem paraquedas e esperar cair de pé de qualquer forma.

Claro que ela tinha razão. Por mais que eu não quisesse ouvir, lá no fundo, sabia que ela estava fazendo a coisa certa — por nós dois. Eu a queria tanto que não conseguia me concentrar, mas não seria apenas sexo conosco. Até eu sabia disso.

— Entendo.

Bridget hesitou na porta por um tempo, parecendo arrasada. Finalmente, perguntou:

— Posso só deitar um pouco com você? Não estou pronta para ficar sozinha, e faz muito tempo que ninguém me abraça.

Ela entendeu a demora em minha resposta como um não.

Virando-se antes de eu falar, ela balançou a cabeça e começou a sair do quarto.

— Desculpe. Não deveria ter pedido isso. Não é apropriado nem justo.

— Bridget, espere!

Ela congelou de costas para mim. Fui até ela e fiquei tão perto que senti seu corpo tremendo.

— Quero deitar com você. Não há outra coisa que eu gostaria neste momento. É só que... — Não acreditava que estava constrangido para falar qualquer coisa para ela depois do show que eu fizera na semana anterior. Mas estava. — ... é só que já estou duro só de estar perto de você, e não tem jeito de isso mudar se você for para a minha cama. Se isso não te chatear... se não se importar, eu adoraria que se deitasse comigo. Talvez possa colocar um travesseiro entre nós, assim podemos fazer conchinha sem você ser cutucada.

Ela sorriu.

— Eu adoraria. Só um pouquinho.

Peguei a mão de Bridget e a levei para minha cama. Quando ela se deitou, me deitei atrás dela, coloquei um travesseiro na minha virilha e envolvi os braços em sua cintura. Puxei-a contra mim e a abracei como se minha vida dependesse disso. Minha ereção estava extremamente dolorosa, e eu estava com muita vontade de ir para trás e para a frente em sua bunda macia — com ou sem travesseiro. Provavelmente teria gozado só de fazer isso com ela totalmente vestida. Mas nem tentei me mexer. Fiquei tenso por um bom tempo, mas, em certo momento, tudo se tranquilizou, e pude sentir que seu corpo também relaxou.

Não tinha como eu conseguir dormir com ela pressionada em mim. Pelo menos não sem uma rápida ida ao banheiro para bater uma para meu pau esvaziar um pouco, talvez. No entanto, isso significava soltá-la, e eu não estava preparado para fazer isso porque, por mais que fosse bom, eu sabia que, provavelmente, essa seria a primeira e única vez que faríamos isso. Bridget começaria a se distanciar de novo pela manhã, e eu não iria perder um minuto do que ela estava me permitindo ter naquela noite.

Após, mais ou menos, quarenta minutos, sua respiração ficou ainda mais lenta e seus ombros, totalmente relaxados. Bridget tinha dormido em meus braços.

Horas depois, quando ela se agitou, eu ainda estava acordado, mas fingi não estar para seu próprio bem. Ela se virou para mim e, então, senti seus lábios macios na minha bochecha antes de ela sussurrar.

— Obrigada, Simon. — E então ela se foi.

Tive plantões longos nos dias seguintes. Já que Bridget estava de folga, eu não a vira desde que ela saiu da minha cama, e estava sentindo uma espécie de depressão. Durante um plantão noturno particularmente devagar, Brianna, a enfermeira com quem eu saíra algumas vezes, me propôs uma rapidinha na sala de suprimentos. Embora provavelmente teria sido a coisa mais inteligente a fazer — foder Bridget para fora da minha mente —, duvidava que conseguiria ficar duro por alguém mais àquele ponto.

Na minha pausa do almoço, decidi que precisava de ar fresco e fui para o estúdio de Calliope para uma dose de energia bem necessária. Minha amiga sempre esbanjava felicidade.

Como sempre, ela estava dando aula quando entrei. Então, assumi minha posição no fundo da sala para uma sessão de observação de bundas enquanto bebia meu shake de proteína. Nem isso causou algo em mim. Um monte de bundas magricelas e vazias de mulheres que vestiam roupas caras de yoga combinando com os tênis nem se comparavam à calça de moletom de Bridget se abaixando e esvaziando a máquina de lavar louça.

Nossa, estou fodido.

Preferiria estar em casa observando uma mãe que não ficaria comigo esvaziar a máquina do que ver uma fila de bundas de vinte e cinco anos. Essa merda é deprimente.

A aula terminou, e fui até a frente, feliz de verdade em ver minha amiga.

— Calli... sempre venho te ver no trabalho. Me sinto negligenciado por você não fazer, pelo menos, um esforço para quebrar um braço ou precisar de uns pontos.

— Alguém pode precisar de pontos no pronto-socorro, mas não será eu, babaca.

Franzi o cenho. O que houve? Onde estava a felicidade dela? Sorri mais.

— Alguém colocou duas doses de grosseria, sem querer, na tigela do mau humor esta manhã?

Calli colocou as mãos na cintura.

— Falei para não ferrar com minha amiga.

— Do que está falando?

— Não banque o inocente comigo, Simon Hogue. Sei que fez alguma coisa.

Cruzei os braços à frente do peito.

— Bom, então, se sabe, me conte, porque não faço a mínima ideia do que você está falando.

Calliope semicerrou os olhos para mim.

— O que fez com Bridget?

— Vejamos. Limpei a casa inteira dela depois de um incêndio e, então, a levei para jantar em seu aniversário. Oh, espere, não foi isso. Talvez seja porque fui um perfeito cavalheiro quando ela esfregou a bunda no meu pau por metade de uma noite?

— Se não fez nada, então por que ela vai embora?

Um pânico repentino me tomou.

— Embora? Do que está falando?

— Ela veio fazer uma aula esta manhã e parecia que tinha perdido sua melhor amiga. Quando perguntei o que havia de errado, ela não disse nada, depois me contou que tinha acabado de marcar uma viagem para a Flórida.

— Ok...

— Então sei que você fez alguma coisa.

— Não fiz nada.

— Então por que ela está tão triste e vai fugir para a Flórida de repente porque *precisa dar um tempo*?

Inspirei fundo e expirei alto.

— Não é o que você está pensando.

— Sério? Então, o que é?

— Bridget e eu... — Procurei as palavras para explicar o que estava acontecendo, mas, já que nem eu mesmo entendia, não era fácil. — ... é complicado, Calliope.

De repente, a expressão da minha amiga mudou. Sua raiva se transformou em uma surpresa de olhos arregalados.

— Você sente algo de verdade por ela?

— Eu gosto dela. Sim. Ela é uma boa pessoa.

— Claro que é. Não faço amizade com idiotas.

— Vou entender isso como um elogio.

— Está se apaixonando por ela.

— Não estou, não. — Tinha dito isso tão rápido que até me fez questionar se estava mentindo. *Será* que eu estava me apaixonando por Bridget? — Essa ideia parecia absurda. — Não posso estar me apaixonando por ela.

— Por que não?

— Porque isso não pode acontecer.

Um sorriso enorme se abriu no rosto de Calliope.

— Não querer se apaixonar não faz isso não acontecer, Simon.

Teria que pensar nisso depois. Havia coisas mais importantes para conversar.

— Quando ela vai para a Flórida?

— Amanhã de manhã. Brendan vai ficar de férias da escola na próxima semana, então ela comprou uma passagem de última hora. Vai fazê-lo faltar um dia e conseguiu tirar a semana de folga trocando plantões com outras enfermeiras.

Ela iria me contar?

— Tenho que ir. — Me abaixei, dei um beijo na bochecha da minha amiga e fui para a porta.

— Não a magoe, Simon! — ela gritou atrás de mim.

Estava começando a pensar que seu alerta deveria ser para outra pessoa.

CAPÍTULO 18

Bridget

— Vai a algum lugar?

Me assustei ao ouvir a voz de Simon às seis da manhã. Não era para ele estar de folga até horas depois que tivéssemos partido. Eu estivera tão perdida em pensamentos ao fazer as malas que nem o escutei entrar.

— O que está fazendo aqui?

Ele deu um sorrisinho.

— Moro aqui, lembra?

Simon entrou no meu quarto e se sentou na cama ao lado da minha mala aberta.

— Vai viajar para algum lugar?

Me ocupei dobrando umas camisetas, tentando parecer indiferente quanto à viagem. Como se tomasse decisões impulsivas todos os dias de voar para a Flórida.

— Brendan e eu vamos para a Flórida visitar minha mãe. Desculpe por ter esquecido de mencionar. Acho que nem pensei nisso.

Parecia que Simon não acreditava em uma palavra que eu dizia, apesar de não me repreender por isso.

— Por quanto tempo vai ficar fora?

— Uma semana.

Ele não falou nada, preferindo esperar até eu olhar para ele. Quando o fiz, ele falou para os meus olhos.

— Devo me mudar, Bridget? Isso vai facilitar as coisas para você?

Suspirei.

— Não sei, Simon. Minha cabeça está bem confusa no momento. Sei que não quero que vá embora. Gosto muito de você aqui. Mas facilitaria para mim a longo prazo? Talvez. Facilitaria para você se você se mudasse?

Diferente de mim, a resposta de Simon não ajudou.

— Não. Não facilitaria se eu morasse em outro lugar. Mas vou embora se é isso que quer.

— Não é o que quero.

— É disso que precisa?

Meus ombros caíram.

— Não sei a resposta para isso, Simon. Queria ter certeza das coisas que quero e que preciso como você parece ter. Mas não tenho. Então, para ser sincera, é por isso que vou viajar. A única coisa de que tenho certeza é que preciso de um tempo para pensar em tudo.

— Não deveria ter que sair da própria casa para fazer isso.

Forcei um sorriso, mas sabia que tinha saído triste.

— Tenho, sim, Simon. E, apesar da minha confusão com você ser uma grande parte da minha incerteza no momento, esta casa tem muitas lembranças das quais preciso me afastar para espairecer.

Ele pareceu triste.

— Entendo.

— Entende?

Simon assentiu.

— Um dos motivos pelos quais vim para os EUA foi por causa de Blake. Depois que ele morreu, fiquei sem sair do lugar por muito tempo. Bastante coisa me lembrava dele. Me sentia culpado quando me obrigava a não pensar em nossas lembranças, e me sentia triste quando me permitia pensar nelas. Nunca era uma situação boa. Me matriculei na faculdade aqui por um capricho. Nem tinha falado com meus pais sobre isso porque não queria que ninguém analisasse minha decisão pelo que era.

Me sentei do outro lado da mala.

— Acho que entende bem mais do que pensei que entenderia.

Olhamos um nos olhos do outro.

— Ia, pelo menos, me deixar um bilhete?

— Ia. Por isso levantei tão cedo. Tentei escrever ontem à noite umas seis vezes, mas não conseguia pensar no que dizer.

Simon me deu aquele sorriso sexy pela metade que eu tanto amava.

— Deveria ter feito o que quer que estivesse em sua mente. Da última vez que fez isso, foi bem memorável.

Demos risada juntos, e pareceu ter quebrado um pouco o gelo.

— Volto em uma semana.

Simon se levantou.

— Pense em tudo enquanto estiver fora. Se resolver que o melhor é que eu encontre outro lugar para morar... não ficarei triste.

— Ok.

— Divirta-se com Brendan. — Ele apontou para minha mala com o queixo. — E tire esse maiô que colocou no topo. Saia e compre um biquíni. Você arrasa, Bridget.

O clima de Fort Lauderdale era lindo nessa época do ano. Minha mãe tinha levado Brendan para o cais de pesca para pegar umas iscas, enquanto eu ia para o shopping comprar uma nova roupa de banho para ele. Fiquei surpresa quando ele não coube na que comprei no ano anterior. Obviamente, ele estava crescendo, mas acho que não percebi o quanto tinha espichado. Ver que o calção largo do ano passado que chegara aos seus joelhos ficou apertado realmente me abriu os olhos para o quanto ele estava grande.

Tommy Bahama geralmente era muito caro para mim, mas a frente da loja me chamou atenção com a faixa de promoção de cinquenta por cento, então entrei. Não havia uma seção de criança, mas consegui pegar um short para Brendan em estilo havaiano PP que parecia que iria caber. Ao ir para o caixa, passei por uma arara de biquínis coloridos, todos custando menos de vinte dólares. *O quê?* Lembrando do que Simon tinha dito, resolvei provar um só para me divertir. Fazia uns bons dez anos que minha barriga vira a luz do sol, mas não custava nada provar um.

Fiquei maravilhada de realmente ficar muito bom.

Eu não tinha mais dezoito anos nem era magricela, mas Simon tinha razão: eu podia arrasar de biquíni. Minhas curvas não ficavam nada mal no biquíni florido e colorido e combinava com o short de Brendan. Se ao menos eu tivesse a coragem de usá-lo em público... Como se estivesse programado, meu celular tocou dentro da bolsa. Antes de me trocar, peguei-o. Ao ver o nome de Simon na tela, meu coração martelou no peito.

Simon: *Compre um biquíni novo enquanto está fazendo compras.*

O quê? Como ele podia saber que eu estava passeando e comprando roupa de banho?

Bridget: Como sabe que estou fazendo compras?

Simon: *Brendan me mandou mensagem para mostrar as minhocas que ele estava comprando e falou que você tinha ido comprar roupa de banho porque a dele não cabe.*

Eu não sabia que Brendan sequer sabia o número de Simon.

Bridget: Ele te manda mensagem com frequência?

Simon: *A maioria são apenas fotos do que vocês estão fazendo.*

Uau. Não fazia ideia.

Bridget: Bom, então ainda bem que ele não está aqui agora para tirar foto.

Simon: *Por quê? O que está fazendo?*

Bridget: Estou no provador da Tommy Bahama. Meu plano era ir à Target e comprar uma roupa de banho para Brendan, mas, em vez de fazer isso, estou no Galleria Mall provando um biquíni. Minha barriga está mais branca do que leite.

Os pontos apareceram, depois pararam. E começaram de novo.

Simon: *Me mande uma foto.*

Até parece que eu ia mandar uma foto para ele. Minhas habilidades para selfie eram bem precárias e, por mais que eu não estivesse horrível, não estava à altura de Simon. Antes de eu responder, Simon escreveu de novo.

Simon: *Pare de pensar nisso, amor. Me mande uma foto. Não vou deixar ninguém mais ver.*

Contra meu melhor julgamento, tirei uma foto no espelho. Não ficou tão ruim. Chegou outra mensagem de Simon.

Simon: *Sei que acabou de tirar uma. Agora pare de analisá-la e me envie.*

Dei risada no provador. Percebi que era a primeira vez que dava risada desde que chegara na Flórida no dia anterior. Mas ainda não iria enviar a foto a ele. Apesar de que...

Enfiei a mão na parte de cima do biquíni e ergui os seios para ficarem empinados. Então ergui as laterais da parte de baixo para dar a aparência de pernas mais compridas. Sorrindo, coloquei uma mão na cintura e posei para uma selfie no espelho.

Até que ficou boa. Por isso todas as adolescentes faziam essa pose com a mão na cintura. Eu parecia uns cinco quilos mais magra. E o seio afofado que eu tinha feito fazia meus seios naturalmente grandes ficarem empinados pra caramba.

Simon mandou mensagem de novo.

Simon: *E se eu te mandar uma selfie primeiro? Vai ajudar?*

Roí minha unha.

Bridget: Talvez...

Menos de um minuto depois, meu celular apitou indicando que uma foto chegara. Claro que ele tinha enviado. Comecei a rir ao abrir a foto. Simon estava no trabalho, mas devia ter entrado na sala de suprimentos. Estava usando jaleco azul e abriu um sorriso bobo.

Bridget: Humm. Que fofo. Mas, se espera uma foto de biquíni, vai ter que mostrar mais pele do que isso, Hogue.

De novo, um minuto depois, meu celular apitou. Simon ainda estava na sala de suprimentos, porém ergueu a camisa para eu ver seu abdome e baixou o uniforme até os joelhos. Sua boxer justa exibia suas coxas grossas e o V em direção à coisa boa. Eu também sabia, em primeira mão, que a protuberância grande que ele mostrava não era resultado de um bom ângulo nem nada afofado.

Fiquei parada no provador por alguns minutos, pensando se enviava minha selfie para ele em resposta. Em certo momento, meu celular apitou de novo.

Simon: *Você me deve MUITO agora.*

Bridget: Por quê?

Simon: A Enfermeira Hamilton me pegou no flagra. Aparentemente, eu não tinha trancado a porta como pensei que tivesse. Acho que ela pensou que eu estava me masturbando.

Cobri a boca, rindo. A Enfermeira Hamilton tinha, provavelmente, quase setenta anos. Também era extremamente quieta. Acho que eu não podia deixá-lo sem nada depois dessa. Procurando a foto que tinha tirado do celular... deixei o dedo pairar sobre o botão por uns bons três minutos. Então prendi a respiração e apertei enviar.

Demorou alguns minutos para meu celular apitar de novo.

Mas aí...

Simon: A Enfermeira Hamilton pode não ter se enganado tanto, afinal. Porra, Bridget. Você está linda.

Nunca fui boa em aceitar elogios. Apesar de eu não pensar que estava linda, estranhamente, acreditava que Simon pensava que eu estava. Ele me via com outros olhos, por algum motivo desconhecido.

Bridget: Obrigada, Simon. Fez meu dia.

Meu celular ficou em silêncio depois disso. Coloquei minhas roupas de volta e passei alguns minutos tentando entender como colocar o biquíni no cabide do jeito bonito que estava quando eu o pegara. Saí do provador me sentindo bem. Embora não fosse, de jeito nenhum, realmente usar biquíni em público, foi divertido fingir.

Uma vendedora estava andando perto do provador em que me troquei.

— Há mais alguma coisa que posso pegar para você?

— Não, obrigada. Mas posso te dar isto? — Estendi o biquíni e o cabide. — Não consegui pendurar de novo como estava.

— Claro. Está pronta para ir ao caixa?

— Sim. Obrigada.

Levei a roupa de banho de Brendan para o caixa, seguindo a jovem que carregava o biquíni. Quando ela fez a conta, o total foi de $ 43,21.

— Pensei que a roupa de banho masculina estivesse na promoção por $ 19,99.

— Está. E esta também. — Ela ergueu o biquíni que eu provara.

— Ah. Não vou comprar essa hoje. Vou levar apenas a roupa de banho masculina.

A jovem sorriu.

— O cavalheiro disse que você falaria isso.

— O cavalheiro?

Ela continuou a embrulhar o biquíni, apesar de eu ter dito que não iria comprar.

— Um homem ligou enquanto você estava no provador. Ele comprou um cartão-presente de $ 200 pelo telefone e me falou para usar para pagar suas compras. Falou para incluir o biquíni com que saiu, independente se quisesse ou não.

Fiquei boquiaberta.

— Posso perguntar se ele tinha sotaque britânico?

A jovem colocou meus itens em uma sacola.

— Com certeza. Parece ser gostoso. É uma mulher de sorte. — Ela me entregou um cartão-presente junto com a sacola. — Você tem um crédito de $ 156,79 no cartão.

Saí da loja ainda balançando a cabeça. *Sou uma mulher de sorte, não sou?*

Quando entrei no carro, liguei-o e peguei meu celular da bolsa. Digitei e apaguei meia dúzia de mensagens para Simon antes de escrever uma simples.

Bridget: Não acredito que fez isso. Obrigada, Simon.

Simon: Comprou o biquíni?

Bridget: Como poderia não comprar quando você foi tão gentil?

Simon: Que bom. Aproveite e use. Tenha ótimas férias. Espero ver marcas de bronze quando você voltar para casa. Obs.: Meus pensamentos sobre você quando olho para aquela foto não têm nada de gentis.

No restante da tarde, fiz exatamente o que o médico mandou. Usei meu novo biquíni e aproveitei. Depois de uma tarde de mergulho com meu filho na água quente do mar, dei uma caminhada na praia com minha mãe e Brendan. O sol estava começando a se pôr e iluminar o céu em tons vívidos de roxo e laranja forte.

— Uau. Que lindo — eu disse para minha mãe.

— Não é?

Me peguei pensando que Simon provavelmente gostaria de um lindo pôr do sol. Então, tirei umas fotos com a intenção de lhe enviar mais tarde. Posso ter encorajado minha mãe a tirar uma foto minha e de Brendan no celular de Brendan com o pôr do sol de fundo quando estávamos na praia usando nossos trajes de banho combinando. Secretamente esperava que meu filho enviasse para um certo alguém.

Quando escureceu, voltamos para a casa da minha mãe. Tomei um banho rápido e, então, Brendan foi tomar banho. Minha mãe nos serviu uma taça de vinho na cozinha e sorriu carinhosamente para mim.

— Você parece melhor agora, Bridget.

— Melhor?

— Mais feliz. Da última vez que veio me visitar, fiquei bem preocupada quando foi embora. Você não era você mesma. Na verdade, fazia alguns anos que não via a Bridget verdadeira.

Bebi meu vinho.

— Bem, meu marido morreu, mãe.

Ela hesitou por um instante.

— Sim, claro. Mas quis dizer que fazia alguns anos, mesmo antes de Ben morrer, que não te via sorrindo como sorriu hoje.

— Como assim? Ben e eu éramos felizes.

— Não quis dizer que não eram. Você só... Não sei, querida. Acho que a melhor forma de descrever é que, às vezes, nós perdemos nosso brilho. Não significa que não estejamos felizes. Há simplesmente certas épocas da vida em que, por qualquer que seja o motivo, passamos pelas situações sem sentir entusiasmo pela vida. Sabe? Pense nisso, quando foi a última vez que admirou um pôr do sol como fez hoje? Você estava absolutamente radiante assistindo a ele esta tarde.

Eu detestava admitir, mas ela estava certa. Eu ia para lá todo ano nos últimos dez anos, e não conseguia me lembrar da última vez em que reparei em um lindo pôr do sol. Mas não significava que eu não era feliz com Ben, não é?

— Acho que não ficávamos na praia até tão tarde, mãe.

Ela sorriu.

— Permitimos enxergar o que estamos procurando.

Minhas sobrancelhas se uniram.

— Quantas taças de vinho você bebeu enquanto eu estava no banho? Está parecendo Maya Angelou.

Nós duas demos risada. Terminando meu vinho, olhei a hora no relógio da parede — eram quase oito.

— É melhor pedirmos algo para jantar. Brendan não come desde o almoço. Deve estar morrendo de fome.

— Tem um novo restaurante grego a um quarteirão daqui. O que acha?

— Claro. Parece perfeito. Tem o cardápio?

Minha mãe o retirou da gaveta de cardápios e me entregou.

— Vou tomar banho. Adicione quatro espetinhos de frango, humus e chips a qualquer coisa que você e Brendan quiserem. — Ela sorriu. — Esqueci de te contar que termos companhia daqui a pouco?

— Companhia? De quem?

— Meu novo vizinho, Jonathan. Ele é uns anos mais velho do que você e viúvo. Também é extremamente bonito. Contei a ele tudo sobre você, e está ansioso para te conhecer.

Ah, meu Deus. Eu sabia aonde isso iria dar.

— Está tentando me juntar com ele?

— Não falei isso. Só pensei que seria legal apresentar vocês dois.

— Ótimo.

Meia hora depois, Jonathan Leopold se juntou a nós para jantar na sala envidraçada. Apreciamos a comida mediterrânea enquanto uma brisa quente da noite soprava. Dava para ver a casa de Jonathan da de minha mãe; era a apenas uma rocha de distância. Fiquei feliz em saber que ele cuidava dela com frequência.

Parecia ser um ótimo cara. Todos demos boas risadas quando ele correu tentando ajudar Brendan a pegar um lagartinho que estava perambulando pelo cômodo.

Jonathan era corretor de imóveis e perdera sua esposa para a fibrose cística cinco anos antes. Nunca tiveram filhos. Era inteligente, carismático e sombriamente bonito — tudo que poderia querer em um homem, na verdade. O único problema era que Simon se infiltrava em todos os meus pensamentos. Então, não estava dando a Jonathan a atenção que ele provavelmente merecia.

O jantar foi agradável, mas acabou cedo. Resolvendo dar outra chance, aceitei o convite de Jonathan de almoçar no dia seguinte. Ele acabou levando Brendan e eu ao seu restaurante preferido na praia, e passamos a tarde brincando perto da água.

Ainda assim... não senti nada. Minha mente estava concentrada demais em Simon para realmente curtir a companhia de Jonathan. Praticamente descartei qualquer coisa que pudesse acontecer entre nós depois disso. Não que pudesse realmente ter dado certo de qualquer forma, já que eu morava em Rhode Island e Jonathan, na Flórida. Entretanto, acho que um caso não teria me machucado, sob circunstâncias diferentes. Simplesmente não conseguia me convencer a querer isso com ele. Apesar de eu saber que focar em Simon, naquele momento, não estava me ajudando, não conseguia impedir meus sentimentos. Infelizmente, até me masturbar pensando em Simon parecia mais atraente do que sexo real com Jonathan.

Naquela noite, enquanto colocava Brendan para dormir, resolvi verificar seu celular. Que criança de oito anos tem celular? Uma cuja mãe estava tentando compensar a falta do pai durante o Natal. Meu filho me jurou de que só faria ligações em uma emergência. Costumava brincar com seus apps e assistir YouTube. Não tinha nenhuma conta de rede social, claro, mas tirava fotos e as enviava para mim ou para a mãe de Ben. Brendan sempre usou áudio na mensagem para seus textos não terem erros de digitação.

Mas, ultimamente, ele estivera escrevendo para Simon. Bastante.

Na verdade, parecia que enviava para Simon um diário de fotos do nosso dia inteiro.

Merda.

Havia fotos de Jonathan e eu andando na praia, tiradas de costas. Ele tirou outra foto de mim rindo de algo que Jonathan estava falando.

Merda!

Simon: *Ei, amigão. Fotos interessantes. Quem é esse cara?*

Brendan: Vizinho da vovó. Jonathan. Ele nos levou para almoçar. Olha para mamãe como a srta. Santoro olha para você. Eca!

Simon: *Uau, então fique de olho na sua mãe por mim, ok?*

Brendan: Ok!

Merda. Merda. Merda.

Por que eu sequer me importava se Simon visse as fotos? Mas me importava.

Eu o conhecia bem para saber, pela rapidez e pelo tom de sua resposta, que Simon ficou chateado. Não me pergunte como eu sabia isso por uma simples frase, mas sabia. Podia apenas imaginar como seria se Brendan tivesse me enviado a mesma foto de Simon e uma mulher.

Tínhamos mais dois dias na Flórida. Eu não sentia que poderia esperar tanto para explicar para Simon. Sentia que precisávamos conversar sobre mais do que somente Jonathan. Não sabia o que iria dizer. Só precisava vê-lo, precisava esclarecer as coisas de uma vez por todas e também tomar uma decisão sobre nosso acordo de moradia.

Naquela noite, enquanto Brendan e minha mãe dormiam, liguei para a companhia aérea e mudei nossa passagem.

Voltaríamos para casa no dia seguinte.

142   AMANTE BRITÂNICO

CAPÍTULO 19

Simon

Esvaziei a gaveta de cuecas. Apenas o essencial por enquanto. Teria que voltar aos poucos para pegar o restante das minhas coisas.

Calliope me falou merda quando eu disse que precisava ficar com ela e Nigel por um tempo. Estava brava, principalmente, porque eu não estava sendo franco com ela quanto ao motivo exato de estar saindo da casa de Bridget. Garanti-lhe que seria apenas temporário até eu conseguir encontrar outro lugar. Já tinha dois horários marcados para ver apartamentos em Providence.

Ainda precisava resolver como falar sobre minha mudança para Bridget e principalmente Brendan, mas sabia que não podia passar mais uma noite ali. Não era justo com ela e, para ser bem sincero, dada minha reação ao ver as fotos que Brendan enviara, mudar também seria melhor para mim.

Eu enlouqueci, e não foi bonito. Estava no meio de um plantão caótico e mal consegui funcionar pelo resto do dia.

Quando ela chegara na Flórida, eu estava adorando flertar com ela por mensagem. E, apesar de saber que deveria aproveitar a separação de um jeito mais produtivo, me peguei contando os dias até seu retorno.

No entanto, quando Brendan me enviou aquelas fotos do dia deles na praia, fiquei despedaçado. Demorei muitos minutos para sequer responder para o pobre garoto.

Vê-la com aquele cara me deixou arrasado. Ele parecia mais velho, como alguém pronto para se aquietar. Era exatamente do que ela precisava. Ainda assim, não conseguia superar minha raiva egoísta, que era irresponsável e injusta. Tive vontade de pegar um avião e interromper o que quer que estivesse acontecendo.

Então, extremamente decepcionado comigo mesmo por sequer pensar nisso, cheguei à conclusão de que a única opção era me retirar fisicamente daquela situação de moradia. Se não conseguia mudar meus sentimentos, então podia, no mínimo, mudar o ambiente.

Era agora ou nunca. Quando ela voltasse, eu não teria coragem de fazer isso.

Fechando minha mala, ouvi uma porta de carro bater do lado de fora. Olhei pela janela, que estava coberta de gotas de chuva.

Era Bridget. Caralho. O que ela estava fazendo em casa?

A porta da frente abriu e, então, veio o som de seus passos se aproximando do meu quarto.

Meu corpo ficou rígido enquanto me preparei para sua chegada.

Ela apareceu na porta, bronzeada e linda pra caramba.

— Simon. Você está aqui. Precisamos conversar.

— O que está fazendo aqui, Bridget?

Ela inclinou a cabeça para olhar atrás de mim e viu a mala preta enorme.

— O que está havendo? Por que a mala?

— Pensei que seria mais fácil se...

— Se você se mudasse antes de eu voltar? Nem ia conversar isso comigo?

— Claro que ia te contar. — Olhei para baixo, para seu pescoço, e vi um pouco do bronzeado em seu ombro. — Merda, Bridget, não estava esperando que você voltasse hoje.

— Claramente.

— Cadê Brendan?

— Deixei-o na mãe de Ben para passar a noite antes de vir para casa. Queria a casa quieta para eu poder conversar com você. Mas, aparentemente, sua intenção era não estar aqui quando eu voltasse.

— Voltou um dia antes para conversar comigo?

— Sim.

— Por quê?

Seu rosto estava ficando vermelho de raiva.

— Burrice, aparentemente.

— Não. — Andei até ela, apesar do meu melhor julgamento, e exigi: — Me diga por quê.

— Vi que Brendan te enviou fotos que fizeram parecer que havia algo acontecendo com o vizinho da minha mãe, Jonathan. Não queria que entendesse errado. Sei que não deveria importar para mim, mas importa. Só aceitei a oferta dele de nos levar para almoçar na praia. Foi isso. Não tinha nenhuma química, Simon. Não tenho conseguido sentir nada por ninguém, além de você. Isso realmente me assusta.

Olhei para o teto e soltei a respiração.

Alívio do caralho.

Nada aconteceu entre eles.

O alívio me consumiu. E isso não era bom, porque não deveria ter importado tanto.

— Você estava na porra da praia no meu biquíni com ele. Só presumi que estivesse acontecendo alguma coisa.

Ela arregalou os olhos.

— *Seu* biquíni?

Naquele instante, foi como se minhas inibições simplesmente desaparecessem. Passando o polegar na pele levemente queimada abaixo do seu pescoço, falei exatamente o que estava pensando.

— É *meu* biquíni porque cada centímetro do seu corpo dentro dele pertence a mim, independente se quer que seja esse o caso ou não. Sei como é essa dificuldade porque não é diferente para mim. Por mais que eu desse qualquer coisa para querer outra pessoa agora, meu corpo só quer *você*. E, para ser bem franco, Bridget, ele não vai descansar até ter você. — Peguei sua mão e a coloquei no meu peito nu, deslizando-a para baixo por meu abdome. — Sinta isto. Isto é seu. É errado? Talvez. Mas é seu.

Ela se inclinou e me surpreendeu quando simplesmente começou a beijar suavemente meu peito. Quanto mais prosseguia, menos eu me importava com as consequências. Ela estava lambendo minha pele agora. Eu não dava a mínima.

Enfiei os dedos em seu cabelo, que estava úmido da chuva.

— Deixe eu te foder, Bridget. — Não estava muito orgulhoso por implorar.

— Por favor.

Meu peito estava ofegante e meu pau, dolorosamente duro.

Ela estava tremendo ao sussurrar no meu peito:

— Só uma vez.

CAPÍTULO 20

Bridget

Não muito tempo depois de as palavras saírem da minha boca, Simon soltou a respiração que estivera prendendo. Baixou a boca para meu pescoço e gemeu, devorando minha pele como um animal que encontrara sua presa. Só que eu era uma presa voluntária.

Sentir sua boca no meu corpo pela primeira vez foi puro êxtase. Tentei tirar minha jaqueta molhada o mais rápido possível. Simon puxou minha camiseta antes de tirar por cima da cabeça. Enterrou sua boca em meu decote, provando minha pele macia e chupando tão forte que eu sabia que haveria marcas no dia seguinte.

Ele parou por alguns segundos a fim de retirar meu sutiã, e essa pequena pausa em que seus lábios não estavam em mim foi uma tortura. Eu só queria sua boca de volta em mim. Seu olhar enevoado pairou em meus seios nus enquanto ele os observava, ofegante. Lambendo os lábios, ele baixou a cabeça e começou a provocar meu mamilo com a língua. A barba por fazer em seu queixo parecia pequenos alfinetes e só aumentavam a sensação. Os músculos entre minhas pernas ficaram tensos.

De repente, Simon começou a chupar mais forte meus mamilos. Doeu um pouco, mas era incrivelmente bom ao mesmo tempo. Nenhum homem nunca tinha sido tão bruto com meu corpo, e eu não percebi o nível de tesão que estava perdendo.

Seu cabelo grosso parecia seda conforme eu agarrava as mechas, puxando-o para mais fundo em minha pele.

Sua respiração, de repente, falhou quando ele se afastou antes de tirar o cinto rapidamente e o jeans. Exatamente quando estiquei o braço para o elástico da boxer, ele colocou a mão no meu punho, travando-o.

— Você toma pílula, certo? Vi uma vez no seu banheiro.

Assenti.

— Posso te garantir que sou limpo. Se esta for nossa única vez, gostaria de sentir você sem camisinha, se não tiver problema.

— Sim — arfei.

Ele soltou meu punho.

— Faça o que ia fazer.

Baixei o cós e tirei a boxer de Simon. Meu olhar se fixou em seu pau maravilhoso. Era exatamente tão grosso e duro como eu me lembrava. Envolvendo minha mão na pele quente e latejante, comecei a massageá-lo. Observei seus olhos se revirarem e gemidos baixos de prazer escaparem dele.

Ele me fez parar antes de me puxar para perto. Aproveitou para cheirar meu cabelo, então, de repente, me ergueu e me colocou em seu colo. Colocando minha mão de volta em seu pau, ele disse:

— Me massageie, depois me coloque dentro de você.

Com minhas pernas em volta da sua cintura, estiquei o braço para baixo e o massageei com a mão. Meu clitóris estava doendo de tesão. Quando não consegui mais resistir, parei de acariciá-lo e coloquei seu pau escorregadio na minha abertura. Ele estava olhando para baixo para ver o instante em que entrasse em mim.

A sensação de sua cabeça grossa esticando minha entrada causou uma sensação de prazer e ardência. Assim que ele começara a me penetrar, colocou-se inteiro dentro de mim rápido.

— Porraaaaa. Não consegui segurar. Desculpe — ele disse ao começar a me foder.

Meus quadris se moviam sobre ele.

— Oh, caralho, Bridget. Isso. Monte em mim — ele suspirou. — Você é gostosa pra caramba.

Sem mais conseguir formar palavras, me apertei em volta do seu pau. Com meus braços em volta do seu pescoço, montei forte conforme ele guiava meus movimentos com as mãos na minha bunda.

— Mais forte, Bridget. Mais forte. Olhe para você. Fica tão linda comigo dentro de você.

Eu nunca havia feito sexo desse ângulo. Movi meus quadris em um movimento circular, roçando minha bunda na base do seu pau enquanto ele estava inteiramente dentro de mim.

— Vá devagar — ele chiou. — Quase gozei. Você é gostosa demais.

Então, Simon me carregou para a cama. Saindo de mim, ele me colocou deitada de costas. Pairou sobre mim em quatro apoios, cutucando minhas pernas com o joelho para abrirem. Suspirando no meu ouvido, ele entrou de novo em mim e começou a me beijar apaixonadamente. O beijo, na verdade, fez meu coração partir porque abria um nível de intimidade que não estivera ali momentos antes. Era para ser um sexo selvagem, e eu estava tentando manter minhas emoções fora disso.

Apertei meus músculos, ficando tensa em volta dele.

Ele afastou a boca dos meus lábios.

— Faça isso de novo. Aperte sua boceta no meu pau. Coma ele.

Quando segui seu comando, ele enfiou em mim com mais força. Começou a beijar meu pescoço até chegar aos meus seios. Pegou um mamilo gentilmente entre os dentes e falou rouco na minha pele:

— Amo ver minhas marcas em você.

Toda vez que ele falava obscenidades, eu ficava ainda mais agitada.

— Me diga o que quer, Bridget.

— Quero que me foda mais forte.

— Envolva as pernas nas minhas costas.

Depois de eu fazer exatamente isso, pude senti-lo ainda mais fundo nesse ângulo. Adorava ver seu peito e abdome perfeitos enquanto entrava e saía de mim. Seu cabelo estava uma bagunça sexy, cobrindo um pouco seus olhos ardentes. Naquele instante, ele realmente nunca pareceu tão gostoso para mim.

Os sons escorregadios de nossa excitação e o encontro das nossas peles eram tudo que eu conseguia ouvir.

Ele falou entre as estocadas:

— Quero que pense em mim amanhã quando me sentir entre suas pernas.

Comecei a mover os quadris, encorajando-o a pegar ainda mais pesado comigo. Ele entendeu o sinal e acelerou suas investidas. Voltou a boca para os meus lábios, seu beijo sendo uma tentativa de amenizar o golpe de sua selvageria em mim.

Conforme eu saboreava o gosto viciante de sua língua, percebi que nunca poderia esquecer o que estava sentindo.

Ele parou de beijar e me olhou nos olhos. Quase queria que não tivesse feito isso. Conseguia lidar com foder com ele com os olhos abertos pela metade, mas a conexão era dolorosa demais.

Fechei os olhos.

— Abra os olhos, Bridget.

Abri de novo e vi meu reflexo em suas pupilas azuis.

— Olhe para mim até você gozar. Não feche de novo.

Finalmente, parei de segurar meu orgasmo. Minha boca se abriu em um grito silencioso conforme minha boceta estremeceu em volta dele. Simon manteve os olhos em mim enquanto os sons guturais do seu orgasmo ecoavam pelo quarto. O calor do seu gozo me preencheu. Ele continuou se movendo para dentro e para fora de mim, gradativamente diminuindo o ritmo dos movimentos enquanto me beijava suavemente.

— Você é incrível, Bridget. Incrível demais.

Uma tristeza enorme de repente substituiu a euforia do meu orgasmo. O sentimento de vazio que eu sabia que viria foi ainda mais forte do que imaginei — o medo mais forte do que imaginei. Era difícil admitir para mim mesma que, apesar de eu ter dito que seria apenas uma vez, somente sexo, queria que significasse mais.

Queria que ele ficasse. E queria que me amasse.

Simon e eu ficamos deitados em sua cama, ouvindo o som da chuva da tarde.

Então fiz uma coisa que quase nunca faço: tirei uma soneca nos braços dele. Lá para as seis da tarde, Simon ainda estava dormindo quando coloquei uma de suas camisetas, fui para a cozinha e enchi um copo de água para saciar minha garganta seca.

Alguns minutos depois, calafrios me percorreram quando o senti atrás de mim. Sabendo que estava ali, meu corpo voltou à vida. O desejo por ele estava dez vezes pior agora.

Ele não falou nada ao colocar meu cabelo para o lado e beijar meu pescoço. Estava esperando que ele dissesse alguma coisa, talvez falasse mais sobre sua mudança planejada ou se desculpasse por seu plano de foder e fugir.

Em vez disso, fechei os olhos e curti a sensação dos seus lábios no meu corpo de novo. Meu clitóris começou a latejar como se nossa transa tivesse instalado um botão mágico de reconhecimento dentro de mim que ligou no instante em que ele me tocou.

Podia sentir que seu pau estava totalmente ereto através de sua boxer. Ele estava roçando-o em minha bunda.

— Pensei que tivéssemos dito apenas uma vez — murmurei.

— Preciso de você de novo. Por favor. Só mais uma vez — ele disse no meu pescoço ao puxar meu cabelo.

Fechei os olhos, cedendo.

Ainda atrás de mim, ele ergueu a camiseta e, logo, senti seus dedos entrarem na minha boceta.

— Você está muito molhada. Ou isso é meu gozo ainda dentro de você? Gostosa pra caralho, Bridget.

Ele tirou os dedos de mim e, então, colocou-os na entrada da minha bunda. Usando meu próprio tesão como lubrificante, ele enfiou lentamente, entrando e saindo bem devagar.

A sensação era diferente de tudo que eu já tinha sentido.

— Não é isso que falou que queria? Meu dedo em sua bunda...

Arfando, respondi:

— É.

— Na verdade, acho que o que queria era meu pau dentro do seu outro orifício enquanto eu enfiava o dedo na sua bunda — ele falou bruscamente:

Pude ouvi-lo abaixando a boxer. Em segundos, senti a cabeça quente do seu pênis na minha abertura. Ele entrou em mim com um movimento rápido. Totalmente dentro, começou a me foder em sincronia com o movimento do seu dedo na minha bunda.

Me debrucei no balcão, segurando a pedra de granito bem forte conforme ele me pegava no estilo cachorrinho no meio da minha cozinha. Vendo um pouco do seu rosto no reflexo da janela acima da pia, percebi que ele estava tão perdido no desejo quanto eu.

Nós dois gozamos rápido e forte. Quando ele gozou, segurou meu corpo, me mantendo no lugar enquanto martelava dentro de mim, de novo me preenchendo com seu calor.

Quando parou de se mover, sussurrou:

— Estou viciado em você. Desculpe.

Não sabia se ele estava se desculpando por me querer ou por sua iminente deserção. De qualquer forma, eu estava ferrada.

CAPÍTULO 21

Simon

Macarrão nu agora era minha comida preferida. Depois de foder Bridget na cozinha, resolvi fazer um rápido jantar. Ela tinha tentado colocar as roupas de volta, mas a persuadi a cozinhar comigo nua. Cozinhar nu levava a comer nu, e eu estava começando a pensar que deveríamos simplesmente ficar nus para sempre. Nu com Bridget era incrível pra caralho.

Estávamos sentados no chão da sala com os pratos vazios na mesinha de centro. Passei dois dedos no restante do molho do seu prato e usei para pintar um de seus mamilos antes de me abaixar para lamber.

— Humm. Este molho é fantástico.

Ela deu risada.

— Você é meio maluco, Simon.

— Vamos, admita. Acabou de olhar o molho no meu prato e pensou em pintar meu pau, não foi?

Minha garota linda e nua corou.

— Já ultrapassamos nosso acordo. Não sei se uma festa de pintura seria um bom jeito de garantir que mantenhamos os termos.

Fodam-se os termos.

— Sobre isso... Concordamos em transar só uma vez, certo?

— Bom, claramente, esses termos foram modificados, mas, sim, foi o que concordamos.

Assenti.

— Que bom. Então não tem outro acordo.

Bridget semicerrou os olhos.

— Aonde está querendo chegar? Posso ver as engenhocas girando dentro dessa sua cabeça coberta por um esfregão.

— Bem, concordamos quanto ao sexo, certo?

— Sim...

— Gostaria de destacar que foi *seu* antigo presidente que declarou que relações sexuais se referiam apenas ao ato propriamente dito.

Bridget engasgou com o vinho que estava bebendo.

— Quer usar o Presidente Clinton como precedente para poder o que... ainda me tocar?

Assenti.

— Entre outras coisas, sim.

— Que tipo de outras coisas?

— Bem, gostaria de evitar fazer uma lista definitiva que possa ser usada contra mim na forma de um segundo acordo. Mas acredito que sexo oral, boquete, dedada, sexo anal, carícias intensas, mãos, roçar no travesseiro e estimulação mútua com visualização estão todos excluídos do nosso acordo.

— Entendi as primeiras. — Seu rosto ficava lindo quando enrugado. — Mas o que, em nome do Senhor, é roçar no travesseiro e estimulação mútua com visualização?

— *Ah*. Que bom que perguntou. — Me estiquei e segurei seus seios. Já mencionei que adoro macarrão nu? Apertando aquelas beldades juntas, olhei para ela e balancei as sobrancelhas. — Vou colocar meu pau entre esses lindos travesseiros... por isso o roçar.

Os olhos de Bridget saltaram, então entendi como um sinal para continuar falando.

— E estimulação mútua com visualização? Vai abrir bem as pernas e me mostrar sua linda boceta enquanto se masturba com seu vibrador. Estarei batendo uma ao mesmo tempo. Por isso, a parte mútua. — Dei uma piscadinha.

Bridget queria ficar intimidada — queria mesmo. Mas seus olhos arregalados se dilataram e seus mamilos enrijeceram, me dizendo que ela gostava bastante da minha boca suja mesmo que pensasse que não era para gostar.

— Simon... não podemos fazer nada disso.

— E por que não?

— Deixe-me te perguntar uma coisa séria por um minuto?

— Eu estava falando sério, mas tudo bem.

— Ainda planeja se mudar?

Meu coração afundou. Nunca quis realmente me mudar, para começar.

— Quer que eu me mude?

Vi a tristeza em sua expressão.

— Acha que conseguimos morar juntos e manter nossas mãos longe um do outro?

Sinceridade nunca foi a melhor política. Eu tinha aprendido isso na terceira série quando Alison Eggert me perguntou se ela parecia gorda no vestido que estava usando. Aparentemente, *sim* foi inaceitável mesmo que as listras a fizessem parecer meio corpulenta. Ela nunca mais falou comigo. Fiz minha melhor cara séria e respondi para Bridget com uma mentira.

— Acho sim.

Bridget uniu as sobrancelhas.

— Acha? *Mesmo*?

— Se é isso que precisa de mim, sim.

Ela suspirou.

— Deus, Simon, porque temos que estar em momentos tão diferentes da vida e querer coisas tão diferentes dela quando, obviamente, nos curtimos tanto?

Detestava que ela estivesse certa.

— Não sei, Bridget. Mas parece meio cruel, não acha? Você não fazia sexo há dois anos, e eu não queria estar com uma mulher *depois do sexo* em... sei lá... quase minha vida adulta inteira. Não tem um jeito de vivermos o momento e aproveitar o que temos só por mais um tempo?

Ela olhou entre meus olhos.

— Para onde estava planejando se mudar?

— Ia ficar com Calliope e Nigel por algumas semanas enquanto encontrava um novo apartamento.

— Bom, o que acha de fazer isso mesmo? Vá ficar com Calliope por uma ou duas semanas. Mas ainda não arranje um lugar novo. Vamos manter distância entre nós e ver se conseguimos ser adultos quanto a isso. Talvez nossa libido diminua e possamos continuar habitando o mesmo lugar depois de um tempinho.

Odiava pensar em deixá-la, mesmo que ela tivesse razão sobre isso ter que acontecer.

— Se é isso que quer, ok, vou ficar com Calliope por um tempo. Mas gostaria de perguntar duas coisas para você primeiro.

— O quê?

— Primeiro. Gostaria de alterar nosso acordo original para um *dia* de sexo, vinte e quatro horas completas, em vez de uma vez. Porque quero você na minha cama esta noite, e planejo te foder mais muitas vezes.

Ela engoliu em seco.

— Ok. Podemos fazer isso. Qual é a outra condição?

— Quero que concorde com minha definição de relações sexuais. Porque, se acontecer de me implorar para eu te fazer gozar, quero ser claro quanto aos métodos que poderei usar.

Bridget deu risada.

— Fechado. Mas deve saber que nunca implorei para ninguém me fazer gozar na vida inteira. Então, não importa o quanto você seja bonito, bem-dotado e sedutor, duvido que isso irá acontecer, Simon.

Sorri de orelha a orelha, adorando ouvir que ela nunca tinha implorado para um homem. Mas ainda mais porque mal podia esperar para ser o primeiro.

Meu bom humor tinha desabado na primeira noite em que dormi na casa de Calliope. Queria muito voltar para casa com Bridget.

Voltar para *casa* com Bridget.

Que porra?

Não era minha casa. Minha casa era na Inglaterra.

Frustrado, soquei o travesseiro algumas vezes para afofá-lo e deitei, encarando o teto no escuro.

Na maior parte, eu vivia uma vida bem simples. Não precisava de carros chiques nem dinheiro. Trabalhava duro, ainda assim, não precisava ser o chefe. Porém, de vez em quando, algo vinha e acendia um fogo na minha bunda. Meus desejos eram limitados, mas, quando se instalavam, me consumiam.

Não tinha o que fazer, eu desejava Bridget Valentine.

Não deveria.

Nós não deveríamos.

Mas ela era viciante.

Às quatro e meia da manhã, eu ainda não tinha dormido nada, então resolvi ir ao hospital cedo. Talvez a mudança de ambiente ajudasse, e eu poderia dormir um pouco no lounge dos residentes.

Fiquei surpreso em encontrar Calliope na cozinha diante da cafeteira.

— Faz mais rápido se ficar olhando?

Calliope pulou de susto e virou-se com a mão no peito.

— Você me assustou pra caralho, Simon.

— Desculpe. Pensei que tivesse me ouvido entrar.

— São quatro e meia da manhã, e não tomei meu café. Minha audição ainda está dormente.

— Por que está de pé tão cedo?

— É esta hora que acordo todo dia. Dou aula particular de yoga ao nascer do sol às seis da manhã, na Gooseberry Beach.

— Caramba. Não sabia disso.

— Por que você está acordado? Pensei que seu plantão só começasse às oito hoje.

Passei os dedos no cabelo.

— Não consegui dormir.

Calliope assentiu. A cafeteria apitou indicando que tinha terminado, e ela pegou duas canecas do armário acima da sua cabeça.

— Ainda gosta do café do mesmo jeito?

— Gosto. Não mudo coisas boas.

Calliope nos serviu café e, juntos, nos sentamos à mesa da cozinha.

— A cama do quarto de hóspedes não é confortável?

— Não, é boa.

Ela bebeu de sua caneca e me observou por cima dela.

— Você está horrível, Simon. Como se alguém tivesse acabado de atropelar seu cachorro. Quando vai simplesmente aceitar?

— Aceitar?

— Que tem sentimentos por Bridget, e que vocês pertencem um ao outro.

Nem tentaria mentir quanto à primeira parte.

— Tenho sentimentos por ela mesmo. Mas não pertencemos um ao outro... queremos coisas muito diferentes. Esse é o problema.

— O que ela quer que você não quer?

— Uma família, para começar.

— Por que é tão determinado a não querer uma família? Ainda é tão jovem. Seria um pai incrível. Não deveria riscar essa possibilidade.

— Olhe quem está falando. Não vejo sua casa cheia de pestinhas correndo. Me conte, Calliope, por quê? Porque tenho quase certeza de que nossos motivos não são tão diferentes.

Calliope desviou o olhar por um minuto e, então, seus olhos encontraram os meus.

— Nigel e eu estamos tentando há dois anos. Tive três abortos espontâneos.

— *Caralho*. Eu não sabia. Desculpe.

— Não tem por que se desculpar. Não te contei para se sentir mal. Contei para provar um argumento. — Ela esticou o braço e pegou minha mão. — Eu também estava lá, Simon. Me sinto tão responsável quanto você. Éramos crianças idiotas quando nós três saímos juntos para aquele lago. Penso em Blake o tempo todo. Mas não fico me punindo não tendo filhos.

— Não é o que estou fazendo.

— É mesmo? Então o que está fazendo?

— Não sei nada sobre crianças.

— Novidade, amigo, ninguém sabe quando começa. Você as deixa cair algumas vezes, tira a cabeça deles de entre os balaústres da escada e se assusta quando o cocô sai cor-de-rosa igual ao giz de cera que eles esconderam e comeram quando você não estava olhando. Mas depois acostuma.

— Bridget tem filho. Ela sabe o que está fazendo.

Calliope me analisou por um instante.

— Deixe-me te perguntar uma coisa. O que Brendan quer mais do que qualquer coisa?

Dei de ombros.

— Uma bicicleta nova. Preta com chamas. — *Será que fazem uma do meu tamanho?*

— E ele é alérgico a alguma coisa?

— Látex. O que quer dizer?

— Só continue. E a professora dele? Qual é o nome dela?

— Srta. Santoro. Fofa, mas nem chega perto de Bridget.

— Matéria favorita?

— Ciências.

— E você foi ao dia de campo com ele algumas semanas atrás em que ele sorriu o dia todo e depois mais dois dias depois?

— Fui.

— Parece que você sabe o que está fazendo com o filho de Bridget também, Simon. Então, qual é a outra desculpa que tem?

— Bem, tem o pequeno detalhe de que minha casa é na Inglaterra.

Calliope balançou a cabeça.

— O que tem lá para você? Uma casa não é um monte de tijolos. Uma casa é seu lugar feliz. — Ela olhou a hora no relógio. — Preciso ir. Mas pense nisso. Se eu te dissesse para fechar os olhos agora e imaginar estar em qualquer lugar que pudesse no mundo, o que veria?

Esperei até minha amiga sair para sentar de novo à mesa da cozinha e fechar os olhos por alguns minutos. Queria enxergar uma cabana de frente para o mar no Oceano Índico ou o topo das lindas montanhas da Snowdonia no País de Gales como meu lugar feliz. No entanto, quando fechei os olhos, a única coisa que consegui ver foi Bridget. Ela era meu lugar feliz.

Porra. Eu estava ainda mais ferrado do que pensava.

CAPÍTULO 22

Simon

Acordei suando frio e com a mão dentro da calça.

Minha sorte era que não tinha mais ninguém no lounge dos residentes. Finalmente dormira um pouco, só para ter o sonho mais intenso que já tivera na vida enquanto estava no trabalho. Aquilo era sério. Me sentei e pisquei algumas vezes. A vivacidade dele não tinha sido entorpecida por minha consciência.

Bridget e eu estávamos no armário de suprimentos do hospital. Tudo estava em preto e branco — nossas roupas, nossa pele, os suprimentos — tudo, exceto a boca dela. Seus lábios estavam tingidos de vermelho — lindos, carnudos, brilhantes e vermelhos. E aqueles lábios estavam envolvidos firmemente no meu pau.

Eu tinha acordado com uma ereção e a mão no meu pau. Poderia ter sido constrangedor. Verificando a hora no meu celular, vi que ainda tinha meia hora até o plantão começar, então resolvi tomar banho — um banho gelado. Quando terminei e não corria mais risco de ser preso por atentado ao pudor devido à aparência do meu pau forçando minha calça, ainda tinha alguns minutos, então resolvi pegar um café.

No caminho de volta, um pôster de uma mulher pendurado na janela da CVS chamou minha atenção, e entrei. Quando vi, tinha oito tons diferentes de vermelho testados na minha mão.

— Tem um tom exato que está procurando? — A atendente sorriu carinhosamente.

— Na verdade, gosto do da vitrine. A morena com lábios vermelhos, mas parece que não encontro o tom certo.

Ela passou o dedo em um expositor de plástico cheio de, no mínimo, cem tons diferentes e bateu a unha em um.

— Aqui está. É novo. Chama-se Drama. A amostra ainda não está aqui, por isso não conseguiu encontrar, mas posso abrir este para você testar.

— Obrigado.

Ela olhou para mim.

— Vai ficar bem ousado mesmo com sua pele clara e olhos azuis.

O quê?

— Ãhhh... não é para mim.

— Oh. Ok. — Ela me olhou como se eu estivesse mentindo e continuou a abrir a caixinha.

— Não mesmo. Não é.

— Não importa se é. Todos nós precisamos de coisas na vida que nos façam sentir lindos.

No que minha vida tinha se transformado? Toda essa situação poderia ter sido cômica se eu não estivesse tão irritado por não encontrar a cor, e não dava a mínima se alguém pensasse que eu usava batom ou não. Com a caixinha aberta, a atendente girou a base do tubo e o mais vermelho dos vermelhos apareceu no produto. Tinha um brilho molhado que era quase exatamente o do meu sonho. Infelizmente, meu corpo também o reconheceu. *Merda.*

— Vou levar. Obrigado. — Peguei-o das suas mãos e comecei a ir até o caixa antes de ficar ainda mais constrangido.

— Espere! — ela gritou atrás de mim enquanto corria pelo corredor. — Não quer um fechado?

— Não. Pode ser esse.

O pronto-socorro ficou cheio quase a manhã toda. Então, para minha sorte, meu sonho tinha sido colocado em banho-maria. Até Bridget chegar para seu plantão.

Tínhamos roubado olhares um do outro do outro lado do hospital, mas só quando terminei de suturar o joelho de uma mulher que tinha caído foi que Bridget passou ao meu lado na sala enorme.

— Enfermeira Valentine? — gritei quando ela passou.

— Sim?

Cortei a linha da sutura e amarrei o último ponto.

— Pode fazer a bandagem da srta. Axelrod? Preciso falar com o dr. Wong antes de ele subir para as rondas em alguns minutos.

— Posso. Claro.

Olhei para a paciente.

— Está em boas mãos. Deixaria a Enfermeira Valentine *cuidar de mim* a qualquer hora.

Bridget tentou esconder o sorrisinho, mas eu vi. A caminho da sala de tratamento, me virei.

— Quando terminar, estamos quase sem suturas 3-0 e 4-0, assim como bandagens e fita... se puder reabastecer o estoque.

Bridget franziu o cenho.

— Sério? Acabei de reabastecer tudo desta sala há dois dias.

Dei de ombros.

— Devem ter aumentado os cortes e feridas.

— Ok. Claro.

Deixando Bridget terminar com a paciente, fui rapidamente para o armário de suprimentos a fim de esvaziar meus bolsos de toda a merda que pegara das gavetas. Depois, fui à sala de tratamento vazia onde podia ficar de olho no armário de suprimentos e esperei Bridget entrar.

— O que está fazendo, Simon? — Bridget estava se esticando para a prateleira de cima procurando suprimentos quando entrei e tranquei a porta. Andei para ficar logo atrás dela, efetivamente bloqueando-a entre a prateleira e meu corpo. Então a prendi segurando ambos os lados da estante em volta dela.

— Como foi sua noite ontem? — perguntei para suas costas.

— Boa.

— Dormiu bem? — Subi e desci o dedo por seu braço exposto. Sua respiração acelerou e ela ficou arrepiada.

— O que está fazendo, Simon? Estamos no trabalho.

— Não vai me perguntar como dormi?

— Vai se afastar e me dar espaço para eu poder virar?

Obedeci, dando-lhe, talvez, quinze centímetros. No entanto, minhas mãos não se soltaram da estante, então, quando ela se virou, ficou confinada por meu corpo rodeando-a dos três lados.

— Dormi mal demais. Que bom que perguntou. — Claro que *ela não tinha perguntado.*

— Sinto muito por ter dormido mal, Simon.

— Consegui dormir por uma hora esta manhã.

— Que bom.

— Mas você também estragou isso.

Ela afastou a cabeça.

— Eu estraguei sua soneca?

Assenti devagar.

— Como, exatamente, estraguei sua soneca?

— Você estava no meu sonho e usava algo muito especial.

Ela engoliu em seco.

— O que eu estava usando?

Enfiei a mão no bolso.

— Isto.

Ela ficou confusa. Eu estava segurando um batom de mulher sem a caixinha.

— De quem é este batom?

— Fui à loja e comprei esta manhã quando acordei. Abri para garantir que fosse a cor exata de que você precisava.

Sua respiração ficou mais pesada.

— Comprou o batom que eu estava usando no seu sonho?

— Já sonhou em preto e branco?

Ela balançou a cabeça.

— Tudo em meu sonho era preto e branco... — Passei o polegar em seus lábios. — ... exceto por isto.

Sua boca se abriu, e eu sabia que, se baixasse a cabeça e a beijasse, ela não me impediria. Meus olhos foram para seus seios. Os mamilos de Bridget estavam inchados e pontudos debaixo da camisa conforme seu peito subia e descia em respirações profundas. *Deus, ela é incrível pra caralho.*

Abri a palma da sua mão e coloquei o batom nela.

— Mal posso esperar para te ver usar isto para mim.

De alguma forma, consegui me conter o suficiente para me afastar. Por mais que eu a quisesse, por mais que me doesse me distanciar dela, não seria ali, no armário de suprimentos, no trabalho. Porque, quando eu começasse a tocá-la de novo, até parece que conseguiria parar. Além disso, precisava ser Bridget a iniciar as coisas para ela não se conter comigo.

Minha garota parecia atordoada demais para se concentrar em alguma coisa, então peguei os suprimentos necessários na sala de tratamento.

— Vou cuidar do reabastecimento da sala três.

Quando fui para a porta, sua voz rouca me fez parar e não abri-la.

— Simon?

— Sim, amor?

— O que estávamos fazendo em seu sonho que eu estava usando este batom vermelho?

Sorri largamente, empolgado por ela ter perguntado.

— Seus lindos lábios vermelhos estavam no meu pau.

166 AMANTE BRITÂNICO

CAPÍTULO 23

Bridget

De alguma forma, Simon e eu acabamos trabalhando em plantões opostos nos dias seguintes.

A pausa foi boa e ruim. Por mais que eu sentisse falta da empolgação ao vê-lo, quando ele não estava trabalhando, eu não precisava me preocupar com qualquer distração.

Estava no meio de outro plantão sem Simon — ou foi o que pensei —, quando ouvi sua voz atrás de mim.

— Pensou que teria sorte de ficar outro dia sem mim, hein?

— O que está fazendo aqui?

— Bom, isto é um pronto-socorro. E sou médico, então...

— Eu sei, mas não era para você estar neste plantão.

— Troquei com o dr. Boyd. Ele tinha um compromisso.

— Seeei.

— E estava com saudade de você. Então, aproveitei a oportunidade, mesmo que seja apenas para trabalhar perto de você. É o único jeito de eu te ver esses dias.

— *Parece* que faz um tempo. Como estão as coisas na Calliope?

— Ela está bem cansada das minhas gracinhas de manhã. Interrompo sua hora de silêncio. Ela precisa de bastante café para conseguir lidar comigo, aparentemente. Acho que está pronta para se livrar de mim. Felizmente, acho que encontrei um lugar.

— Encontrou?

— É. Um pequeno apartamento na Wayland Square sem contrato.

Fingi estar feliz por ele.

— Isso é ótimo.

Parte de mim estava meio que esperando que ele não conseguisse encontrar nada, que resolvesse voltar para a minha casa. Era idiota, mas, mesmo assim, eu tinha esperança.

A mudança para um novo lugar parecia o primeiro passo para sua partida definitiva de minha vida.

— É, vai servir — ele disse. — É pequeno, mas será temporário.

Temporário. Verdade. Porque você vai embora. Coloque isso na cabeça, Bridget.

Simon estava encarando meus lábios, depois seus olhos viajaram para os meus seios. Mudei de assunto.

— Brendan me contou que você tem falado com ele.

— É, conversamos por mensagem. Não quero que ele sinta que não posso estar lá para ele só porque me mudei. Disse a ele que é só me ligar ou mandar mensagem quando precisar conversar.

— É muito legal da sua parte. Sei que ele gosta da sua amizade.

Sei agora que é tudo que será — uma amizade. É o melhor.

— Ele é um garoto especial. Gostaria de sempre manter contato com ele.

Eu não gostava muito dessa ideia. Haveria uma época em que Simon estaria de volta à Inglaterra, seguindo em frente com sua vida. Se iria manter contato com Brendan, eu não sabia se iria querer saber de certas coisas, como se ele seguiu em frente ou acabou se casando um dia. Não sabia se eu era forte o bastante para aguentar isso. Só de pensar nisso me causou uma dor no peito. Mas acho que eu precisava respeitar meu filho e seu desejo de permanecer próximo de Simon. Não sabia se realmente teria voz no assunto.

Não consegui tirar os pensamentos de Simon seguindo em frente da cabeça a manhã toda. Embora ele estivesse trabalhando, não tínhamos cruzado muito nossos caminhos. Apesar disso, sua presença causava um peso na minha mente.

Durante uma pausa para o banheiro, abri a bolsa e vi o batom vermelho que ele tinha comprado para mim. Nunca o havia passado, porém, por algum motivo, resolvi abri-lo e passar.

Era extremamente... vermelho. Acho que essa era a intenção.

Era incrível como muitos dos meus colegas de trabalho comentaram sobre meus lábios. Uma coisinha, como um toque de cor, definitivamente, chamava bastante atenção. Infelizmente, não era a atenção deles que eu queria. Estava morrendo de vontade de ver a reação de Simon. O fato de eu estar desejando sua atenção no momento era, com certeza, meio problemático.

Finalmente, fui chamada na sala em que ele examinava um paciente, que estivera tomando um bom tempo de sua tarde.

Simon se virou para olhar para mim.

— Enfermeira Valentine, poderia... — ele hesitou, depois sorriu quando viu meus lábios. Piscou algumas vezes, então continuou: — Poderia preparar um soro para o sr. Norton? Vou mantê-lo aqui por um tempo.

Lambi os lábios.

— Claro, dr. Hogue.

Simon saiu da sala de repente, e não o vi por um tempo depois disso.

Cerca de meia hora depois, me encolhi quando senti sua mão na minha lombar enquanto ele caminhava para acompanhar meus passos.

— Vai fazer seu intervalo, Bridget?

— Só daqui a uma hora.

— Quanto tempo você terá?

— Trinta minutos.

— Me encontre perto do elevador em uma hora.

Ele passou por mim tão rápido que não tive tempo para responder.

Quando chegou a hora do intervalo, me vi esperando sozinha perto do elevador. Bem quando ia desistir, Simon veio correndo pelo corredor. Seu cabelo estava bagunçado. Ele não falou nada ao apertar o botão.

Entramos juntos no elevador cheio. Enquanto ele olhava para mim, continuou sem falar nada. As portas se abriram e nós subimos até o terceiro andar.

— Aonde vamos? — perguntei, finalmente.

Sem me responder diretamente, ele disse:

— Me siga.

Então me levou por um corredor lateral.

Havia um banheiro-família com apenas uma porta. Ele olhou em volta e, quando não havia ninguém à vista, me puxou para dentro e trancou a porta.

Meu coração estava batendo rapidamente.

Ele colocou os braços em volta de mim, me travando.

— Por que passou esse batom no trabalho?

— Não comprou para eu usar?

— Não aqui. Sabia que o uniforme não esconde minha ereção?

— Eu...

— Acha engraçado eu ter precisado correr para o banheiro no minuto em que entrou com esses lábios? — Ele se inclinou, e pude sentir sua respiração.

Havia apenas uma resposta.

— Acho.

— Você o passou por um motivo, e apenas um. Que foi me deixar louco. Estou certo?

— Talvez.

— Gosta de saber que exerce esse tipo de poder sexual sobre mim, Bridget? Olhe para baixo.

A ereção de Simon estava praticamente na vertical, e havia uma mancha enorme molhada que tinha vazado pelo tecido fino do uniforme.

Ele apontou para baixo.

— Acha que consigo voltar a trabalhar assim?

— Não, na verdade não acho que consiga. — Dei risada.

Os braços de Simon estavam tremendo enquanto continuavam me travando contra a parede. Eu estava levando isso tranquilamente, mas estava claro que eu o tinha excitado.

Ele começou a beijar meu pescoço, e pude sentir minha calcinha ficando mais molhada a cada segundo.

Sabia qual era sua fantasia. Entretanto, também sabia que ele não iria me pedir, porque, por natureza, ele gostava de dar, não receber. Por mais boca suja que fosse, não conseguia imaginá-lo me pedindo para ficar de joelhos e chupar seu pau. Embora fosse exatamente isso que ele queria.

Para ser sincera comigo mesma, foi o motivo real pelo qual passei esse batom. Queria viver esse seu sonho desde que ele me contou. Eu o queria em minha boca para prová-lo. Só queria enlouquecê-lo um pouco primeiro. E parecia que era hora de eu acabar com sua angústia.

Fiquei de joelhos e puxei sua calça lentamente para baixo. Sua respiração ficou ofegante conforme envolvi as mãos em seu pau latejante. Uma gota de pré-gozo caiu, e a peguei com a boca. Simon gemeu quando lambi o resto que estava na cabeça.

Olhei para ele, e vi que estava em outro planeta, os olhos revirados enquanto enfiava os dedos no meu cabelo. Esperei que olhasse para mim de novo para engoli-lo até o fundo da garganta, chupando-o ao massagear a pele escorregadia e sedosa do seu pau grosso.

— Porra, isso. Assim mesmo, Bridget. Sempre quis sentir essa boca linda no meu pau. Você não faz ideia... de como isso... é bom...

Ele continuou flexionando o abdome para não gozar. Comecei a chupar mais forte e movimentar mais rápido a mão.

Seu corpo começou a tremer.

— Vou gozar. É melhor você...

Ignorando seu alerta, senti jatos de gozo quente explodirem dele e entrarem na minha boca. Engoli tudo, algo que nunca tinha feito — nem com Ben.

O abdome de Simon estava relaxando e flexionando enquanto ele continuava ofegante. Seu cabelo estava todo zoado, e parecia que todo o seu fôlego tinha desaparecido.

— Nossa, você é boa, baby. — Ele ainda parecia zonzo. — Isso foi...

Me levantei.

— É melhor irmos.

— Acha que vou te deixar sair assim? Ainda temos dez minutos. Não vou desperdiçar.

Ele ergueu a calça, depois ficou de joelhos.

— O que está fazendo?

— Terminando meu almoço — ele disse, deslizando minha calça para baixo.

— Não precisa mesmo diss... — Arfei.

Minhas palavras simplesmente sumiram com a sensação da sua boca no meu clitóris. Simon rosnou, e pude senti-lo vibrar em mim. Sua língua quente circulou meus lábios. Provavelmente, eu estava puxando muito forte seu cabelo, mas não conseguia parar.

Simon enterrou todo o rosto entre minhas pernas. Foi o sexo oral mais intenso da minha vida.

— Minha boceta — ele sussurrou enquanto me lambia.

Apertou minha bunda para me guiar em sua boca.

— Isso. Monte no meu rosto — ele rosnou.

A língua de Simon estava dentro de mim quando gozei rápido demais. Foi com certeza o orgasmo mais longo da minha vida.

Quando ele se levantou, falou:

— Por favor, me diga que vou poder fazer isso de novo. Não pode ser a última vez.

— Não quebramos regras suficientes por um dia?

— Tecnicamente, não as regras de Clinton. Ainda estamos em conformidade. — Ele acariciou minha bochecha, depois me puxou de novo e me beijou profundamente.

Fiquei surpresa em como passou muito pouco do meu batom para seus lábios... ou seu pau. Era mate e duradouro, aparentemente.

Simon e eu retornamos em segurança para o andar de emergência. Ninguém fazia a mínima ideia de que estávamos juntos, que dirá do que estávamos fazendo no terceiro andar.

Mais tarde, Simon e eu fomos atender o mesmo paciente. Eu o flagrei me encarando quando pensou que eu não estava olhando. Nossos olhos se encontraram, e apenas sorrimos um para o outro por um instante. Estava claro que nós dois ainda estávamos pensando em coisas sexuais.

Meu plantão acabou antes do dele. Estava quase indo embora, mas resolvi me despedir primeiro.

Simon estava olhando o prontuário de alguém quando cheguei por trás.

— Estou indo, Simon.

Ele franziu o cenho.

— Queria sair daqui com você.

Tinha uma coisa que eu estivera aguardando para lhe questionar.

— Estive querendo te perguntar... — eu disse. — Daqui a dois fins de semana, é aniversário de Brendan. Vou dar uma festinha para ele em casa. Acho que ele adoraria se você fosse.

Simon fechou os olhos temporariamente, depois perguntou:

— É o fim de semana do dia vinte e cinco?

— É.

Sua expressão entristeceu.

— Merda. Adoraria ir, mas comprei passagens para o Reino Unido. Vou ficar uma semana lá.

Meu coração afundou.

— Ah. Para ver seus pais?

— É. — Ele pareceu hesitante. — E... também tenho uma entrevista para uma vaga de interno fixo em um hospital particular em Leeds.

Apenas fiquei ali de queixo caído. Sabia que isso aconteceria. Ele sempre deixara bem claro que voltaria para a Inglaterra quando sua residência acabasse, mas uma parte de mim realmente torcia para ele mudar de ideia. Aparentemente, essa parte de mim estava apenas delirando.

— Uau, vai mesmo acontecer, hein?

— Bom, não tem nada concreto. É só uma entrevista.

— Mas, se passar, vai aceitar, certo?

— Ainda não pensei nisso.

Não sabia se estava apenas me sentindo bem emotiva por causa do que fizemos naquele dia ou se era a emoção acumulada de meses de preocupação com esse acontecimento, porém meus olhos começaram a lacrimejar.

Porra.

Pare com isso.

Tentei me afastar de repente para ele não perceber, contudo, ele me seguiu.

— Bridget, caralho. Não vá.

— Não se esqueça de onde estamos, Simon. É inapropriado. Volte ao trabalho.

— Foda-se o inapropriado. Não quero que vá para casa chateada.

Corri à frente dele e entrei em um elevador cujas portas se fecharam antes de ele conseguir me impedir.

CAPÍTULO 24

Simon

Meus pais e eu iríamos jantar no pub da esquina da casa deles em Calverley, em Leeds, uma silenciosa vila estilo subúrbio não muito longe da cidade.

Era ótimo vê-los, mas voltar para casa foi bem diferente do que eu esperava.

Sempre foi tão nublado aqui?

Eu não tinha partido dos EUA de bem com Bridget. Ela começara a me evitar mais do que nunca depois de descobrir sobre a entrevista. E, desta vez, eu a deixei. Evitei-a de volta. Porque simplesmente não era justo insistir com ela mais se eu iria aceitar o emprego. Suas lágrimas eram prova de que eu tinha levado as coisas muito longe.

Para tornar a situação ainda mais difícil, a entrevista tinha sido espetacular. Depois de um dia inteiro conhecendo o hospital, os sócios do setor médico concordaram, por unanimidade, em me oferecer o cargo, no qual eu iniciaria dois meses depois da minha residência em Providence acabar oficialmente. Até ofereceram para pagar minhas despesas de mudança.

Portanto, meus pais estavam considerando este um jantar de comemoração, porque presumiram que eu fosse aceitar o emprego. Para qualquer um olhando de fora, a decisão era óbvia. Eu não tinha contado a ninguém da minha família sobre Bridget. Mantinha minha vida particular oculta; meus pais nem sabiam que eu tinha morado com ela.

Minha mãe deu uma mordida em sua batata frita.

— Então, quando voltar, será ótimo para a vovó. Ela sente muito sua falta. Não sei quanto tempo ela tem — minha mãe disse.

— Planejo visitá-la esta semana antes de partir.

— Quando podemos esperar que volte de vez? — meu pai perguntou.

— Bem, não aceitei o emprego formalmente ainda. Eles me deram até a próxima semana.

Minha mãe pareceu surpresa.

— Mas claro que vai aceitar, não é?

Não consegui dar a confirmação que minha mãe queria. Não esperava que eles me oferecessem o cargo na hora com um ultimato. Ainda estava abismado, na verdade. Pensei que teria muitas semanas para tomar a decisão. Mas eles queriam um compromisso imediato.

Minha mãe insistiu.

— Simon... tem alguma coisa que não está nos contando?

Não queria passar a hora seguinte mentindo para os meus pais, inventando desculpas para minha hesitação, quando só havia um motivo para não estar pulando de felicidade para aceitar meu suposto emprego dos sonhos.

Incerto de como começar, eu disse:

— Tem alguém nos Estados Unidos... hum...

— Você *conheceu* alguém? — Ela olhou para o meu pai, depois de volta para mim. — Não mencionou nada.

— Bem, ela é... alguém que conheço há um tempo, na verdade.

Meu pai sorriu.

— Ela também é da área médica?

— É enfermeira.

— Entendi.

Minha mãe se inclinou.

— É sério?

— Bem, tecnicamente, acho que não estamos juntos. Mas... nos aproximamos.

— Ela consideraria se mudar para o outro lado do oceano?

Minha mãe julgava bastante. Hesitei em contar a ela a história toda, porque sabia que sairia pela tangente quanto a Bridget ter bagagem, não sendo boa o suficiente para seu precioso filho. Realmente não queria ouvir isso tudo.

Então respondi simplesmente:

— Ela não pode.

— Por que não?

Me preparei para sua reação.

— Ela tem um filho.

Minha mãe fez careta.

— Está saindo com alguém com filho? Ela é divorciada?

— Não. O marido morreu em um acidente de carro.

Meu pai assentiu.

— Sinto muito por isso.

Ela continuou com suas perguntas.

— Quantos anos essa mulher tem?

— Trinta e quatro.

— É cinco anos mais velha do que você?

— Quatro, basicamente. E nem é tanto.

— Você tem passado um tempo com esse menininho?

— Sim.

— Bem, é bom que esteja indo embora agora. Não iria querer que ele se apegasse mais a você.

As suposições da minha mãe estavam me deixando um pouco na defensiva.

— Ele é um ótimo garoto. Eu teria sorte se ele se apegasse a mim, na verdade.

— Oh, Simon. Ouça o que está dizendo. Pode ter praticamente qualquer mulher no mundo que quiser. Sua vida e sua família estão aqui em Leeds. Não pode ficar nos Estados Unidos com uma *mulher*, sem contar que criará o filho de outro homem. Não quer filhos seus um dia? Ela pode estar tentando te prender, sabe. Essa mulher tem quase trinta e cinco anos, mal...

— O nome dela é Bridget. Não "essa mulher". A porra do nome dela é Bridget. — Minha pulsação estava a um quilômetro por minuto.

Caralho. Não consigo me lembrar da última vez que xinguei na frente dos meus pais. Não era do meu feitio. Mas minha mãe estava me irritando de verdade.

— Desculpe, mãe. Perdão pelo palavrão.

Meu pai era mais fácil.

— Filho, claramente esta situação está complicando as coisas para você. Tenho certeza de que vai tomar a decisão certa e, se a opinião do seu velho pai importa, acho que a decisão certa é aceitar o emprego.

Na noite seguinte, encontrei alguns dos meus velhos amigos em um bar de Londres.

Fazia muito tempo que eu não saía para beber. As luzes claras, a música alta e a multidão estavam me deixando meio incomodado.

Fiquei rouco por falar alto demais. Embora estivesse gostando de rever amigos que não via há anos, estava achando bem difícil relaxar. Não conseguia acreditar que só tinha alguns dias para tomar uma decisão. Não era só a questão de um emprego. Sentia que toda a minha existência dependia disso, como se eu estivesse na maior encruzilhada da minha vida. Havia dois caminhos incrivelmente diferentes que eu poderia pegar, e a decisão que tomaria em alguns dias me influenciaria para sempre.

Era muita coisa para lidar. Me despedindo de repente dos meus amigos, saí do bar me sentindo perdido. Não queria voltar para a casa dos meus pais, não queria mais conversar com eles sobre isso, já que minha mãe, em particular, não entendia meu dilema.

Uma hora depois, estava no Aeroporto de Heathrow, reservando um voo curto para um lugar que nunca pensei que teria coragem de visitar de novo. De alguma forma, eu sabia que precisava estar lá para tomar essa decisão.

Os pais de Calliope não eram mais proprietários da casa do lago na Escócia em que ficamos quando aconteceu o acidente de Blake, então, escolhi uma pequena pousada próxima.

A lenda dizia que aquele lago tinha seu próprio monstro, parecido com o do Lago Ness. Tentava não pensar nisso. Já havia pensamentos bem ruins associados a ele.

Como chegara bem cedo, dormi um pouco na pousada antes de ir para o lago ainda de manhã, a fim de passar um tempo lá. O plano era voar de volta para Londres no início da noite.

Escolhi um lugar perto do lago em uma área que me lembrava do acidente acontecendo.

Sentado na beirada do píer, olhei para o céu.

— Provavelmente está se perguntando o que estou fazendo aqui agora. Sei que deveria ter vindo há muito tempo. Mas não tive a coragem de encará-lo, na verdade.

Respirando fundo, continuei.

— Enfim, desconfio que possa ver tudo que está acontecendo. Imagino, com frequência, o que iria pensar de mim e das minhas decisões na vida, se ficaria orgulhoso ou bravo porque estou vivendo a vida enquanto você não pode.

Me esforçando para lutar contra as lágrimas, eu disse:

— O negócio é o seguinte, Blake. Quando sinto felicidade, é sempre meio amarga, porque uma parte de mim sempre vai sentir que não merece. Deveria ter sido eu ou, no mínimo, eu deveria ter nos impedido de sair naquele barco. Se pudesse mudar um único evento, seria esse. Poderíamos ter feito qualquer outra coisa naquela noite, acendido uma fogueira... qualquer coisa. Daria minha vida para viver aquela noite de novo. Espero que saiba disso. Te amo muito.

Minhas lágrimas finalmente caíram. A última vez que chorei copiosamente assim foi no funeral dele.

— Tentei fazer o que pude para viver uma vida da qual você se orgulhasse, cuidando das pessoas, salvando-as. Não consegui te salvar, mas posso salvar outra pessoa em homenagem a você. É o melhor que consegui pensar.

Após minhas lágrimas secarem, fiquei sentado em silêncio por um tempo antes de continuar falando com ele.

— Tenho certeza de que viu Bridget. A que tem a melhor bunda. É... ela. Se você estivesse aqui, eu, com certeza, iria pedir seu conselho sobre o que fazer. A verdade é que sei que muita da minha hesitação quando se trata dela... me aproximar do seu filho, ironicamente, tem tudo a ver com você... meu medo de magoá-los, como magoei você. Falhei em te proteger e sinto muito. Sei que não tenho direito de pedir sua opinião, mas gosto de pensar em você como meu anjo da guarda. Então, se puder encontrar tempo para me dar sua opinião, seria ótimo. Se não, posso ir me foder. Tudo bem também. Contanto que você esteja bem, irmão... onde quer que esteja. Contando que esteja bem... é só o que importa.

Fiquei no mesmo lugar na beirada do píer a manhã inteira. Quanto mais eu ficava, mais confortável me sentia ali. O lago não era mais o lugar assustador e sombrio de que me lembrava. O sol estava até tentando aparecer através das nuvens.

Em certo momento, peguei meu celular para verificar se tinha alguma mensagem. Meus pais tinham mandado uma para ver como eu estava, já que dissera a eles aonde estava indo.

Não tinha notícias de Bridget, não que estivesse esperando.

Lembrei que o dia anterior foi o dia da festa de Brendan. Bridget não postava muito no Facebook, só quando havia um evento envolvendo o filho.

Verifiquei sua página para ver se tinha postado fotos.

Claro que havia um álbum inteiro com o nome *Aniversário de 9 anos de Brendan*.

Passando as fotos, não consegui evitar de sorrir. Havia fotos de Brendan correndo com armas de água gigantes com seus amigos. Bridget também alugou um escorregador inflável.

Parei em uma foto de Bridget e Brendan que quase tirou meu fôlego. Ela estava usando um vestido tomara que caia azul que destacava seus olhos. Seu cabelo caramelo estava mais liso do que o normal. Nunca tinha realmente percebido o quanto suas covinhas eram profundas. Ela e Brendan pareciam bem felizes.

Mantendo o foco na foto, tentei imaginar como seriam os anos seguintes tendo que olhar fotos como essas, como me sentiria ao vê-la inevitavelmente seguindo em frente. Eu não tinha dúvida de que ela sairia e alguém ficaria com ela rapidamente. Ela não fazia ideia do quanto realmente era atraente.

Como se sentiria, Simon?

Como seria realmente me afastar dela? Deles? *Para sempre.*

Não conseguia descrever em palavras como seria. Mas estava sentindo no meu corpo. A onda de adrenalina e pânico. A raiva dentro de mim que sempre aparecia quando eu pensava nela com outro homem.

E tinha Brendan. Ele merecia alguém que quisesse ser um pai para ele — não um grande e bobo amigo. *Um pai.* Eu não me sentia bem o suficiente para esse papel. Mas eu queria?

Parando um instante para olhar para o céu, tive calafrios porque havia um discreto arco-íris se formando. Nem tinha chovido.

Continuei a olhar as fotos da festa de Brendan, rindo sozinho ao pensar que, de alguma forma, iria encontrar a resposta para o meu dilema em uma decoração de Pokémon.

Bridget investira bastante mesmo. Tinha até montado lugares com os nomes de cada menino escrito em um pedaço de papel com um personagem diferente de Pokémon ao lado. Havia tirado uma foto separada, de perto, de cada um.

Só quando vi o último nome foi que percebi que, talvez, *estivesse* tendo minha resposta em uma festa de Pokémon, afinal.

BLAKE.

CAPÍTULO 25

Simon

Mal podia esperar para vê-la.

Direto do aeroporto, fui para a casa de Bridget. Ela sairia para pegar Brendan na escola em menos de meia hora, mas eu não podia esperar. O que me lembrava de que precisava ter mais empatia com os viciados que chegavam ao pronto-socorro. Sem nunca ter tido um vício na vida inteira, geralmente não tinha empatia quando eles chegavam procurando algo no que se apoiar até a próxima vez. *Mas com certeza eu podia tomar um Diazepam agora mesmo.* Eu tinha todos os sinais de vício: desejo e compulsão, perda de apetite, padrões de sono interrompidos, passava um tempo incomum planejando a próxima vez na cabeça e mentindo para mim mesmo dizendo que não precisava da minha droga. Quando cheguei à sua casa, minhas mãos até começaram a tremer. *Completamente viciado.*

Havia uma picape preta parada diante da casa. Esperava que ela não tivesse companhia. Apesar de ainda ter minha chave e querer aparecer de fininho para ela, bati e aguardei.

Ela atendeu com o sorriso mais lindo.

— Simon! O que está fazendo aqui? Pense que fosse ficar em Londres mais alguns dias!

Respondi puxando-a para o maior abraço. Embora meu coração ainda estivesse batendo forte demais, uma calma estranha me tomou enquanto a segurava. Imaginei que fosse bem parecido com um viciado que usava a primeira vez depois de muito tempo sem nada. Um suspiro físico percorreu meu corpo.

E, Deus, o cheiro dela era incrível, como lírios e orquídeas. Estranhamente, até aquele momento, eu não tinha certeza se sabia que aquele era o cheiro dessas flores. Respirei fundo e, então, a ergui e a girei. Ela deu risada e isso selou minha decisão. *Este.* Este é o sinal de que eu precisava.

— Deus, senti sua falta, Bridget.

— Percebi. Acho que devo ter quebrado uma costela... você me apertou muito forte.

— Oh. Merda. Desculpe. — Com relutância, coloquei-a de novo no chão.

— Tudo bem. Estou brincando. Mas o que está fazendo de volta tão cedo?

— Tenho umas coisas urgentes para fazer. — *Com você.*

Ainda estávamos parados na porta quando algo além do seu ombro chamou minha atenção — um homem tinha entrado na cozinha. Ele veio do corredor que levava ao quarto de Bridget. Minha pressão sanguínea aumentou. Apontei com o queixo.

— Quem é aquele?

Bridget se virou.

— Ah, é o Nolan.

— Ele acabou de vir do seu quarto?

— Sim. Eu o tranquei lá por dois dias. Está fazendo um trabalho para mim.

— Vamos entrar. — Envolvi os dedos na cintura de Bridget e a guiei para a cozinha.

Nolan provavelmente era alguns anos mais velho do que eu — da idade de Bridget, acho. Também era bem bonito — *para um canalha.*

— Nolan, este é Simon, meu... — ela hesitou — ... Simon era meu inquilino. Ele morou aqui na garagem convertida.

Os olhos de Nolan foram para a mão com que eu segurava possessivamente a cintura dela e, então, subiram para encontrar os meus. Ele estendeu a mão, o que me obrigou a soltar Bridget.

— Morou? Então você não aluga mais?

Ignorei sua pergunta e apertei sua mão em um cumprimento tão firme que chegava a ser uma agressão.

— Que tipo de trabalho está fazendo aqui?

Bridget respondeu:

— Explodiu um cano no banheiro enquanto eu estava no trabalho há uns dias. Inundou a parede do meu quarto. Nolan consertou os canos e agora está consertando a parede, que precisa ser substituída. Estava só terminando por hoje.

— Por que não me ligou?

— Humm. Porque você estava em Londres, Simon.

— Bom, estou de volta. Então posso cuidar do que quer que falte fazer.

Bridget me encarou por um bom tempo. Ela sabia exatamente o que eu estava tentando dizer não-tão-educadamente. Depois de nossa troca de olhares sem falar nada, ela se virou para Nolan com um sorriso largo.

— Então, amanhã de manhã?

O cretino sorriu. Olhou para mim e de volta para Bridget com um sorriso que eu queria socar da sua cara.

— Estou ansioso por isso.

Enquanto Bridget acompanhava o predador até a porta, fui verificar seu quarto. Toda a parede que separava o banheiro foi arrancada e uma nova estava sendo colocada. Havia poeira por todo lugar, e o balde de cimento nem estava fechado adequadamente.

— O que está fazendo, Simon? — Voltando ao quarto, Bridget cruzou os braços à frente do peito na porta.

— Fechando o balde para o cimento do cretino não secar e você não ficar cheirando produto químico a noite toda.

— Não foi isso que eu quis dizer. — Ela parecia irritada por algum motivo. — Não quis saber o que estava fazendo neste momento. Claramente, estou vendo que está fechando um balde que estava bem do jeito que estava. Quero saber o que está fazendo aparecendo aqui e agindo como um namorado ciumento.

— Viu o jeito que aquele otário estava te olhando?

— Aquele *otário* foi altamente recomendado por sua amiga, Calliope, e ele não estava me olhando de forma inadequada. Também vai me cobrar metade do preço que o outro cara queria.

Bufei.

— Isso é porque ele quer transar com você.

— E daí, Simon? Por que está preocupado, afinal? Sou adulta e sei cuidar de mim.

Não estava sendo o reencontro que eu tinha imaginado. Eu estava agindo como um canalha, mas era só porque a ideia de qualquer homem, que não fosse eu, cuidar de Bridget me deixava louco.

— Desculpe. Fui super protetor. Estava sendo um babaca.

— Estava mesmo. — Sua expressão suavizou. — Como foi sua viagem?

— Foi... boa. Exatamente do que eu precisava, na verdade.

— Então conseguiu o emprego?

— Sim. Consegui.

Bridget franziu o cenho e se virou para sair do quarto. Foi direto para o banheiro antes de eu conseguir impedi-la e falar mais. Esperei do lado de fora no corredor. Quando ela não saiu após alguns minutos, apoiei a cabeça na porta e bati gentilmente.

— Bridget?

— O que foi, Simon?

— Precisamos conversar.

Alguns minutos depois, ela abriu a porta, e pude ver que estivera chorando. Eu tinha estragado de verdade essa volta para casa. Tive visões de aparecer e ela vir para os meus braços. Faríamos amor louca e apaixonadamente, e eu lhe diria que estava apaixonado por ela. Em vez disso, seu rosto estava vermelho, os olhos, inchados, e eu agira como um idiota.

Fiquei parado diante da porta quando ela tentou sair do banheiro.

— Preciso buscar Brendan, Simon.

— Ok. Mas precisamos conversar. Posso te esperar?

— Vou levar Brendan para trocar o presente de aniversário depois de pegá-lo.

— O que você lhe deu?

— Uma bicicleta.

— Preta com chamas?

Bridget abriu um sorriso triste.

— Azul com uma faixa de corrida branca. Como sabia o que ele queria?

— Ele me mostrou uma foto. É uma bicicleta bem legal. Acha que fazem para otários de um e oitenta?

Isso provocou um sorriso de verdade. Coloquei dois dedos sob o queixo de Bridget e o ergui para ela olhar nos meus olhos.

— Desculpe por como agi. Não quis ser um idiota. Vamos começar de novo. Senti mesmo sua falta. Posso te levar para jantar depois?

— Prometi a Brendan que o levaria junto com um amigo ao Dave & Buster's depois da loja de bicicleta. Minha mãe lhe enviou um cartão-presente de aniversário.

— Posso ir também? Tenho um presente para ele, de qualquer forma.

Bridget pensou por um minuto.

— Claro. Ele adoraria. Por que não nos encontra lá às sete?

Calliope não estava quando cheguei em sua casa, mas estava na cozinha quando saí do banheiro depois do banho usando apenas uma toalha enrolada na cintura. Ela balançou a cabeça ao me ver.

— O que foi? Ainda nem falei nada!

— Seu abdome. Dou vinte aulas de yoga por semana e você faz o quê, se abaixa para amarrar os sapatos como exercício? Que raiva.

— Eu me exercito.

— Como eu, não. Homens têm muita facilidade.

Dei de ombros.

— Uma mulher sem um pouco de gordura corporal e curvas parece um homem, de qualquer forma.

Ela sorriu.

— O que está fazendo em casa? Confundi os dias ou era para você voltar na segunda?

— Voltei mais cedo.

— Está tudo bem?

Assenti.

— Tem uns minutos para conversar?

— Claro. Mas coloque uma roupa primeiro. Não quero suas bolas aparecendo e, sem querer, encostando nas cadeiras da minha cozinha.

— Ok. Mas agora acabou de me convidar para sentar nu na sua cadeira quando não estiver em casa. Gosto de arejar minhas bolas depois de um longo dia presas na calça.

Minha amiga apontou para o meu quarto e rugiu.

— *Vá!*

Calliope fez chá enquanto eu me vestia. Depois, me sentei à mesa com as bolas seguramente guardadas na calça e bebi enquanto olhava para minha amiga por cima da caneca.

— Consegui o emprego em Leeds.

— Isso é ótimo. Parabéns.

— Obrigado. Não vou aceitar.

— O quê? Por quê?

Coloquei meu chá na mesa e olhei diretamente em seus olhos.

— Não posso deixá-la.

Calliope sorriu de orelha a orelha.

— Já era hora. Pensei que teria que subir em uma cadeira e bater na sua cabeça com um pedaço de madeira para fazer entrar alguma noção nessa cabeça dura.

— Isso é meio extremo.

— Você tem a cabeça bem dura. Nem iria sentir.

— Obrigado.

— Já contou para Bridget?

— Não. Ainda não.

Sua expressão sorridente ficou cautelosa.

— Tem certeza disso, Simon? Bridget morreria se dissesse a ela que vai ficar e depois mudasse de ideia nos próximos seis meses.

— Eu... — Nunca tinha dito as palavras em voz alta. Respirei fundo e as deixei queimar. — Estou apaixonado por ela.

Calliope pulou da cadeira e praticamente saltou na minha ao me abraçar.

— Estou tão feliz por vocês dois.

Após ela se acalmar, contei sobre a viagem.

— Fui até o lago.

— Foi? Jesus, Simon. Você está cheio de surpresas hoje.

— Fazia muito tempo. Eu precisava ir lá.

— É. Acho que precisava. — Calliope esticou o braço e segurou minha mão em cima da mesa. — Você dedicou tanto da sua vida à memória dele. Mas está na hora. Não pode escrever uma nova história para si sem deixar novos personagens entrarem nela.

Ficamos sentados em silêncio por um minuto, e eu sabia que nós dois estávamos pensando em Blake.

— É melhor eu ir. Preciso encontrar Bridget em meia hora.

— Vai contar a ela esta noite?

— Planejo contar. Depois vou arrumar a parede dela.

Calliope enrugou o nariz.

— Nem quero saber o que isso significa.

— Significa que sou um idiota ciumento, mas o que é meu é meu. E chega de referências de trabalhadores manuais vindas de você.

CAPÍTULO 26

Bridget

— Isso é incrível pra caramba. — Os olhos do meu filho se iluminaram quando ele puxou o presente de Simon da caixa. O capacete preto mate com chamas combinava exatamente com a bicicleta que acabáramos de pegar. — Não tinha nada igual na loja de bicicleta.

— Comprei on-line. O site faz o que quiser sob encomenda. Enviei e-mail para eles com a foto da bicicleta, e fizeram para combinar. Tem seu nome dentro.

Brendan virou o capacete e apontou. Estava escrito *Pequeno B*. Enquanto meu filho achava a coisa mais legal do mundo, eu ficava triste ao pensar que toda hora que o visse seria um lembrete de Simon, principalmente depois de ele partir para seu novo emprego.

— Podemos jogar agora? — Os meninos tinham engolido a comida e estavam ansiosos para atacar as máquinas comedoras de dinheiro.

Peguei o cartão-presente que minha mãe enviou.

— Podem, mas não saiam daqui. Nem para ir ao banheiro, Brendan. Falo sério. Você também, Kenny. Se precisarem ir, me avisem que os acompanho. Fiquem apenas na sala grande. E não falem com estranhos.

Brendan revirou os olhos.

— Certo.

— Vão. — Mal tinha terminado de falar e os garotos saíram correndo. Olhei para Simon. — Também sou superprotetora?

— Parece uma pergunta com pegadinha.

— Como assim?

— Se eu responder que sim, que é superprotetora, vai discutir comigo que não é. Se eu responder que não, então estarei mentindo. É uma situação em que só perco.

— Então acha que sou superprotetora.

— Não falei isso.

— Mas só porque está tentando evitar discutir comigo?

Simon sorriu.

— O que acha de uma taça de vinho para você?

— Adoraria. Mas não posso. Estou dirigindo.

— Vou deixar meu carro no estacionamento e dirijo para casa em seu carro.

— Mas aí como vai para a casa de Calliope depois?

— Posso ficar no meu antigo quarto, e você pode me trazer para cá amanhã de manhã.

Apesar de ser tentador, já que a volta de Simon me deixava nervosa e uma taça de vinho com certeza ajudaria, não era uma boa ideia.

— Não. Mas obrigada pela oferta.

Simon assentiu, parecendo decepcionado.

Desde quando nos conhecemos, sempre me senti confortável perto dele. Contudo, agora, havia uma estranheza entre nós, e eu não sabia se era apenas eu ou nós dois que sentíamos. Eu hesitava conversar, porque, na minha cabeça, todos os caminhos levavam a Simon voltando para a Inglaterra. Mas isso era egoísmo meu. Precisava superar para podermos voltar ao normal, Bem, o normal que conseguíamos ser até ele ir embora.

— Então, me conte sobre o emprego na Inglaterra.

— É um hospital particular em Leeds. Seria um interno com horário comercial.

— Uau. — Fiz meu melhor para fingir empolgação, até abri um sorriso com dentes. — Deve estar ansioso por isso depois de todos os plantões malucos que fez.

— Seria legal ter horas fixas, sim.

Era difícil olhar para Simon, porque parecia que ele conseguia ver através das minhas mentiras. Tracei um oito imaginário no suor do meu copo de refrigerante.

— Isso é ótimo. Estou feliz por você, Simon.

Quando não olhei para cima, ele colocou dois dedos sob o meu queixo e, com gentileza, ergueu minha cabeça até nossos olhares se encontrarem.

— Não vou aceitar o emprego, Bridget.

— O quê? Por quê?

— Porque é a cinco mil quilômetros daqui.

Eu estava com medo de deixar a esperança brilhar, temendo me queimar.

— Não entendi.

— Estava esperando ter essa conversa em particular. Mas não vai me deixar me aproximar de você em um quarto silencioso. Então, acho que vai ser aqui mesmo.

Claro que Brendan e seu amigo escolheram esse momento para voltar correndo para a mesa.

— Olhem para tudo isso que ganhamos! — Os meninos estavam segurando um monte de bilhetes.

— Uau. Que ótimo, querido.

— Vamos deixar com vocês para não perdermos nenhum.

— Ok.

Os garotos enfiaram os bilhetes em copos plásticos e saíram correndo de novo. Voltei a atenção para Simon. Bem quando ele ia falar, a garçonete chegou.

— Querem mais alguma coisa?

Olhei para Simon, que estava rindo por causa de outra interrupção.

— Vamos querer uma taça de Cabernet e a conta, por favor.

— Vai beber vinho?

— Não. Você vai. Assim que ela voltar com a conta, você vai engolir aquela taça. Então vamos acabar com os meninos em um jogo de hóquei de dois, depois passaremos meia hora no centro de resgate de bilhetes para os dois escolherem porcarias de um dólar que custaram cinquenta para ganhar. Depois disso, vou levar vocês para casa para podermos conversar em particular quando Brendan dormir.

— Está me pedindo ou me informando?

— Informando. Mas, felizmente, você vai concordar com esse plano.

Semicerrei os olhos para Simon quando ele estacionou o carro.

— Você teve alguma coisa a ver com isso?

— Com o quê?

— O amigo de Brendan, *convenientemente*, o convidou para dormir lá, e agora vamos ter a casa só para nós. Vi você e Brendan sussurrando quando acabaram com minha raça e a de Kenny no hóquei.

Tínhamos deixado os garotos na casa de Kenny e estávamos indo para a minha casa. Depois da bomba que Simon jogou em mim de que não iria aceitar o emprego na Inglaterra, minha única taça de vinho se transformou em duas. Na verdade, funcionou para me soltar, e nós quatro nos divertimos jogando hóquei. Sem contar que Simon arregaçou as mangas, e toda vez que ele golpeava o *puck*, os músculos do seu antebraço flexionavam. Então, sim, vinho e hóquei ajudaram. Mas agora que iríamos ficar sozinhos na minha casa, eu estava nervosa. *Muito nervosa.*

— Não tive nada a ver com esse convite. Tudo está se encaixando exatamente como o Pokémon disse que iria.

— O quê?

— Nada.

Dentro da casa, meu nervosismo aumentou. Quando Simon destravou a porta e colocou a mão na minha cintura a fim de me colocar para dentro, quase morri de susto.

— Está assustada.

— Você encostou em um lugar que dá cócegas — menti.

— Vou ter que me lembrar disso.

Simon colocou as chaves no balcão da cozinha, e eu fui direto para a geladeira para mais soro antinervoso.

— Obrigada por nos trazer para casa. Quer uma taça de vinho agora?

— Claro.

Nos servi e convidei Simon para sentar na sala. Quando entramos, acendi a luz, mas Simon a apagou logo atrás de mim.

— O que está fazendo? — perguntei.

— É noite de lua cheia. A sala está bem iluminada porque suas cortinas estão abertas.

Ele tinha razão. A luz que entrava era linda. Dava um brilho suave que era tranquilizador e relaxante. Juntos, nos sentamos no sofá.

Fechei os olhos e tentei absorver tudo — o vinho, a lua, a hora tardia —, torcendo para encontrar minha calma. No entanto, quando abri os olhos de novo, Simon estava me encarando de um jeito bem intenso.

— O que foi? Está me deixando nervosa com o quanto está sério agora.

— Desculpe. — Ele levou o vinho aos lábios e bebeu a taça inteira em um longo gole.

— Está com sede? — Dei risada, nervosa.

Simon colocou sua taça na mesa, depois pegou a minha da minha mão e a colocou ao lado da dele.

— E se eu quisesse engolir a minha como você acabou de fazer com a sua?

— Pode fazer isso quando eu terminar. Caramba, vou beber outra e me juntar a você depois que falar o que preciso.

Simon se mexeu e se virou para me encarar. Pegou minhas duas mãos nas dele, e percebi que ele parecia tão nervoso quanto eu me sentia. Quando nossos olhares se encontraram, ele pigarreou e respirou fundo antes de começar.

— Não posso aceitar o emprego em Leeds ou em qualquer outro lugar porque não posso te deixar. Acho que, mesmo se tentasse, a gravidade me puxaria de volta. — Ele pausou e sua voz ficou mais suave. — Na primeira vez que te vi, senti isso e fiquei assustado. Quando me mudei para cá e percebi que era você de novo, pensei que fosse uma grande coincidência, e fiquei com medo de te conhecer. Quando te beijei, fiquei morrendo de medo, e queria me afastar. Mas, quando tentei, percebi que não conseguiria, e isso me assustou ainda mais. Então voltei para a Inglaterra e pensei em como seria minha vida sem você nela e, finalmente, percebi que estava com mais medo de te perder do que de te encontrar. Eu te amo, Bridget. Tanto que me assustou e me fez querer fugir para cinco mil quilômetros daqui. Mas não posso mais fugir porque preciso de você mais do que tenho medo de qualquer coisa que venha por te amar.

Meu coração estava martelando no peito tão forte que realmente me deixou meio preocupada com minha saúde. Uma gota de suor frio se formou no meu pescoço, minha testa e palmas das mãos. Os nervos de Simon deviam estar à flor da pele, esperando que eu respondesse. Ele apertou minhas mãos.

— Bridget... fale alguma coisa.

Engoli um nó de lágrimas na garganta e senti gosto de sal.

— Não sei o que dizer.

Seu sorriso foi nervoso.

— O que acha de *Simon, estou loucamente apaixonada por você também. Agora pegue esse seu equipamento grande e que sabe o que faz e o leve para minha garagem safada?*

Enruguei o nariz.

— Não? Não funcionou, hein? Ok. O que acha de *Simon, meu amor por você é mais brilhante do que todas as estrelas no céu. Agora vamos colocar um cream cheese no burrito grande.*

Dei risada.

— Você é muito nojento.

Simon esticou o braço para envolver minha bunda e me puxou para mais perto dele. Sua expressão ficou séria e sua voz, baixa.

— Ah, é? Mas me ama mesmo assim, certo?

Ben foi o único homem para quem eu tinha falado essas palavras. Eu sabia, por um tempo, que estava me apaixonando por Simon, mas, já que nunca acreditei de verdade que ele falaria essas palavras para mim, não me incomodei em surtar sobre como me sentiria falando-as em voz alta pela primeira vez. Agora era repentino, e eu estava em pânico.

Olhei-o como um cervo encara faróis de carro.

Simon respirou trêmulo.

— Fale comigo, Bridget. O que está passando por essa sua cabecinha?

— Estou com medo. — Finalmente consegui formar palavras.

— Somos dois. Estou aterrorizado.

— E se não der certo, Simon?

— E se der?

— E se você ficar triste aqui nos Estados Unidos e voltar para casa em alguns meses?

— E se eu ficar para sempre e formos felizes?

Olhei para baixo. Simon estava sendo muito sincero e arriscando bastante, e eu precisava fazer o mesmo. Uma lágrima escorreu pelo meu rosto.

— Nunca falei essas palavras para ninguém, exceto...

Simon fechou os olhos e assentiu.

— Exceto para seu marido.

Estiquei o braço e peguei a mão de Simon, colocando-a no meu coração.

— Está sentindo isso? Você o fez bater de novo. É seu. Não poderia ter mudado isso nem se resolvesse voltar para a Inglaterra.

Simon segurou minhas bochechas.

— As palavras não são importantes. Vai falar quando estiver pronta. — Ele se inclinou e deu um beijo suave nos meus lábios. — Eu te amo, Bridget Valentine. Só vou te falar duas vezes mais agora.

Nunca tinha pensado na diferença entre transar e fazer amor. Mas o que Simon e eu vivenciamos naquela noite foi definitivamente a segunda opção. Ele realmente fez amor comigo. Foi lindo e emocionante e, se eu tinha alguma dúvida de que as palavras que ele dissera para mim mais cedo não eram genuínas, agora eu tinha certeza. Não se podia fingir o que acabara de acontecer entre nós. Reviravolta. Reviravolta na *vida*.

Minha cabeça descansava em seu peito firme conforme ele acariciava meu cabelo úmido.

— Isso foi... — ele disse. — ... Não sei o que foi, mas nunca vivenciei nada igual.

— Eu sei. Foi mágico. Te faz quase nunca mais querer fazer porque não tem mais para onde ir.

De repente, me vi erguida no ar e jogada de costas. Simon pairou sobre mim.

— Não tem essa chance, mulher.

Dei risada.

— Você parece um homem das cavernas.

Simon acariciou minha bochecha.

— Como quer que isto aconteça, amor?

— Como assim?

— Devo alugar o apartamento que encontrei?

Deus, havia muito no que pensar.

— Não sei, Simon. Acho que preciso de um pouco de tempo para absorver isso tudo. Não tenho que me preocupar só comigo. Brendan já está apegado a você, e não sei se está pronto para te ver na minha cama.

Simon buscou meus olhos.

— Querida, onde estamos agora?

— Não sei bem o que está perguntando. Estamos na minha casa, claro.

— Sim, mas onde?

— Na garagem convertida. No seu quarto.

— Por que não estamos no seu quarto? Perguntei aonde você queria ir. Todas as suas coisas estão no seu quarto. Este quarto está praticamente vazio.

Abri a boca para responder que não era o que ele estava pensando, depois fechei.

O sorriso de Simon aqueceu meu coração, e ele beijou meus lábios.

— Está tudo bem. Brendan não é o único que precisa de tempo. Demore o tempo que precisar. Não vou mais a lugar nenhum, e vale a pena esperar você.

CAPÍTULO 27

Simon

A campainha tocou quando eu terminava de tomar banho. Bridget tinha acabado de sair para o mercado, e eu planejava consertar o pneu furado da bicicleta dela enquanto ela estava fora. Pensamos em surpreender Brendan e levá-lo a uma trilha de bicicleta que passava pela cidade mais tarde, quando ele chegasse em casa. Saindo do chuveiro, enrolei uma toalha na cintura e gritei:

— Um minuto! — Assim, conseguiria pôr uma calça antes de abrir a porta da frente. Mas, quando passei pela janela da cozinha, vi a caminhonete estacionada do lado de fora e pensei melhor quanto a colocar roupa.

— Nick... cara. Como vai? — Abri a porta e sorri largamente.

Nolan me olhou de cima a baixo.

— É Nolan. Pensei que não morasse mais aqui!

Me apoiei no topo da porta e fiz questão de flexionar os músculos.

— Ah. Isso foi um mal-entendido. Acabei de retornar de uma viagem à Inglaterra. Mas agora estou de volta. Então não vamos mais precisar dos seus serviços. Posso cuidar do quarto de Bridget. Desculpe te fazer vir aqui esta manhã. Teríamos ligado mais cedo, mas perdemos a hora depois de ficarmos acordados quase a noite toda. Sabe como é quando se volta de uma viagem, amigo.

— Ãhh... Bridget está em casa? — Ele tentou olhar atrás de mim, mas eu preenchia a maior parte da porta.

— Não.

— Então eu ligo para ela.

Considerando que ela tinha esquecido o celular na mesa da cozinha, pensei que fosse uma ótima ideia.

— É. Faça isso, sim.

Fechei a porta. Mudança de planos. Eu precisava arrumar a parede antes de consertar o pneu da bicicleta.

Bridget entrou soltando fogo no quarto onde eu estava trabalhando na parede.

— Que porra você fez, Simon?

Eu estava coberto de tinta.

— Olá para você também, amor.

— Você demitiu Nolan e nem me consultou. Acabei de ouvir a mensagem de voz dele. Não pode demitir alguém que não trabalha para você.

— Pensei que eu já tivesse deixado claro que tinha esta situação sob controle. Por que pagar alguém quando eu mesmo posso fazer?

— Não tinha o direito de tomar essa decisão. Eu tinha prometido o trabalho a ele.

— Não o quero no seu quarto. Você não sabe quem ele é, e não gosto do jeito que ele te olha.

— Isso não muda o fato de que não tinha o direito de tomar essa decisão por mim!

Pude sentir meu rosto queimando de raiva.

— Por que não me fala quais direitos eu *tenho*, então? *Quem* eu sou para você, Bridget? Seu namorado? Seu colega de casa? Seu amigo de foda? Que porra estamos fazendo? Voltei da Inglaterra para contar que te amo, que quero uma vida com você, e você nem me respondeu se tenho que encontrar um novo apartamento ou não. — Coloquei a mão em seu queixo, obrigando-a a olhar para mim. — Você me *quer* aqui?

Seus olhos estavam úmidos e sua respiração, acelerada. Esperava não tê-la assustado.

Enfim, ela respondeu.

— Sim. *Quero* você aqui. Só é... difícil de acreditar, ok?

Suavizei meu tom.

— O que é difícil?

— Que você vai ficar mesmo. Parece que... não acredito de verdade.

— Não deixei claros meus motivos para recusar o emprego?

— Deixou... Eu só... acho que não entendo *por que* escolheria esta vida em vez da outra.

Ela realmente acreditava que eu ficaria melhor sem ela?

— Se é difícil entender por que eu te amo, é porque não é realmente algo que eu consiga descrever com palavras. É um sentimento de simplesmente não conseguir viver sem você.

— Não sou só *eu* nesta situação...

— Acha que não sei disso? Acha que não sei como isto é uma responsabilidade incrível?

— Exatamente! Por que *escolheria* isto?

Ela parecia pensar que estava construindo um argumento no qual eu ainda não tinha pensado.

— Incrível não significa indesejado, Bridget. Entendo completamente e aceito a magnitude disto.

— Ele vai se apaixonar por você, Simon. Vai ser capaz de retribuir? Consegue realmente amar o filho de outra pessoa?

Falei a absoluta verdade a ela.

— Já amo.

Precisávamos de uma mudança de ambiente. As coisas estavam ficando intensas demais na casa. Convenci Bridget a seguir com nossos planos originais de ir para a trilha de bicicleta com Brendan, embora eu estivesse longe de terminar o trabalho da parede.

Tendo passado a manhã inteira trabalhando em seu quarto, não tive tempo de terminar de encher o pneu da bicicleta dela antes de sairmos. Então, optamos por caminhar enquanto Brendan ia em sua nova bicicleta. Ele estava bem à frente de nós enquanto andávamos.

Originalmente, imaginei que iríamos continuar nossa conversa de mais cedo em um ambiente menos estressante, mas nossa conversa na trilha abordou assuntos mais leves, como o festival que aconteceria na escola. Era bom, já que eu precisava ficar de olho em Brendan e não podia me distrair muito. O tempo estava agradável, o que significava que havia muitas pessoas andando de bicicleta e de patins. Eu precisava cuidar dele.

— Não vá muito longe, amigão — gritei.

Brendan diminuiu a velocidade imediatamente. Embora Bridget e eu estivéssemos conversando, eu não tirava os olhos dele nem por um segundo. Se visse um ciclista adulto pronto para ultrapassá-lo, gritava:

— Cuidado, Brendan! À sua esquerda!

Era interessante. Havia certos momentos em que Bridget era mais protetora, mas naquele dia eu estava definitivamente provando ser o mais preocupado. Devia ter a ver com o lago que tinha perto. Quando se tratava da segurança física de Brendan naquele ambiente, minha mente não parava de pensar em Blake, principalmente porque o lago era paralelo à trilha.

— Cuidado — eu disse, puxando Bridget na minha direção. — Ia pisar em cocô de ganso.

Por algum motivo estranho, nossa cidade teve um aumento do número de gansos nessa época do ano. Todos se reuniam em certas áreas, como a trilha do Ensino Médio, ou, principalmente, perto da trilha de bicicleta. Bridget olhou a sola dos seus sapatos para garantir que não tinha pisado em nenhum excremento.

Tudo estava indo bem até mais um quilômetro e meio. Foi quando um bando de gansos atravessou inesperadamente a frente da bicicleta de Brendan, fazendo-o frear tão forte que ele saiu voando.

Por um breve instante, meu mundo escureceu.

CAPÍTULO 28

Bridget

Simon correu muito mais rápido do que eu. Demorei alguns segundos para perceber por quê. Devia estar olhando para o lago no instante em que aconteceu.

Meu coração afundou até o estômago enquanto corria para alcançá-los.

Brendan estava deitado no chão, o braço bem arranhado e sangrando. Mas não estava chorando. Meu filho raramente chorava, e eu ficava grata por isso, porque vê-lo sentindo qualquer dor me matava.

Tremendo, *eu* estava chorando e observando, sem ajudar, Simon erguer meu garoto para a segurança dos seus braços, examinando com cuidado cada centímetro dele e fazendo várias perguntas.

— O que dói?

— Meu braço e meu joelho.

— Não bateu a cabeça, certo?

— Não.

Graças a Deus.

Obrigada, Deus.

— Brendan, precisa ter mais cuidado — eu disse.

Simon me corrigiu rapidamente.

— Não foi culpa dele. Ele não podia ter feito nada. Aqueles pássaros gigantes pularam na frente dele. Vi o que aconteceu. Totalmente inevitável.

— Consegue andar? — perguntei.

Simon o colocou no chão com cuidado. Apesar de ainda estar tremendo, Brendan movimentou as pernas e assentiu que conseguia andar. Simon, então, se ajoelhou e o puxou para um abraço forte. O mesmo alívio enorme que eu estava sentindo estava estampado na expressão de Simon. Peguei a bicicleta do chão e comecei a levá-la de volta.

Andando a dois passos atrás deles, vi Brendan dar a mão para Simon. Ele nem hesitou em fazê-lo, e Simon a pegou tão automaticamente que foi bem natural. Só fiquei olhando a mãozinha de Brendan dentro da enorme de Simon.

Quando isso tinha acontecido?

Eu sabia que Simon tinha se aproximado do meu filho, mas nunca realmente havia observado que — independente se eu estivesse tentando impedir ou não —, um apego de verdade já tinha se desenvolvido.

Pela primeira vez, entendi. A decisão de Simon de não aceitar o emprego em Leeds não se tratava apenas de *mim*. Ele queria estar aqui para Brendan também. Queria isto. Ele nos queria. Eu estivera tão preocupada com meus próprios medos que não tinha aberto os olhos para o que realmente estava *acontecendo* ao meu redor.

Encurtamos nossa tarde de passeio e fomos direto para casa depois de uma rápida parada para uma limonada; era bem no caminho de volta, de qualquer forma.

Quando chegamos, Simon tratou dos ferimentos de Brendan e confirmou que ele não precisava de pontos; iria ficar bem. Era bom ter um médico por perto em momentos assim. Provavelmente, eu duvidaria e poderia levá-lo ao pronto-socorro só para ter outra opinião e confirmar que ele não tinha nenhum ferimento escondido.

Quando Brendan estava de banho tomado, nós três ficamos conversando na cozinha.

Simon uniu as mãos.

— O que acham de eu ir até o mercado e comprar coisas para fazermos tacos esta noite? — Ele sabia que era a comida preferida de Brendan.

Meu filho se animou.

— Pode comprar Doritos?

— Se quiser, claro. — Simon sorriu.

A pergunta seguinte de Brendan mudou rapidamente o clima.

— Vai voltar para a casa da sua amiga depois do jantar?

Simon olhou para mim, buscando ajuda para a resposta. Era hora de acertar tudo. Na realidade, eu tinha tomado a decisão, só não tivera coragem de aceitá-la até aquela tarde.

Olhei para o meu filho.

— Não. Simon vai ficar aqui conosco, Brendan. — Olhei para Simon para garantir que minhas intenções ficassem claras. — Ele vai se mudar de volta permanentemente.

Meu filho olhou entre nós, depois direto para Simon.

— Até se mudar para a Inglaterra?

Simon demorou um pouco para organizar seus pensamentos.

— Bem, esse era o plano original, mas, na verdade, queria conversar com você sobre uma coisa. Queria saber o que acharia de eu ficar por aqui?

Sua pergunta pareceu demorar alguns segundos para Brendan entender, pois talvez nunca tenha considerado a possibilidade de Simon realmente ficar.

— Não vai nos deixar?

Nos deixar.

A forma como ele falou me fez perceber como ele se sentia de verdade.

Simon se ajoelhou à altura dele.

— Voltei para lá para visitar. Sabe disso... para ver meus pais. Estava com muita saudade deles. Mas o negócio é que... fiquei com mais saudade de vocês... de você e da sua mãe. E percebi que não queria mais me mudar. Quero ficar aqui com vocês. Porque vocês dois me deixam muito feliz.

Simon declarar isso para o meu filho significava mais do que ele me dizer que me amava. Era mais compromisso do que a maioria das propostas de casamento. Quando se olha uma criança nos olhos — particularmente uma que perdeu o pai — e diz que vai ficar, é porque vai ficar sério. Eu sabia que ele não faria nada para magoar Brendan. Nunca prometeria algo a ele que não pudesse cumprir.

Brendan ficou atordoado, como se nunca esperasse isso, como se nesse tempo todo estivesse sempre se preparando para Simon partir, preparando-se para outra perda. Seus olhos começaram a brilhar. Meu filho, que nunca chorava, estava lacrimejando. Não porque caiu e se machucou, mas porque amava Simon. Era simples assim. Estivera se impedindo de se permitir sentir esse amor porque tinha certeza de que o perderia.

Meio que parecia outra pessoa que eu conhecia.

Simon parecia pronto para chorar ao sorrir.

— Por favor, me diga que são lágrimas de felicidade...

Brendan assentiu e disse:

— De muita felicidade.

— Venha aqui. — Simon o puxou para um abraço.

Meu coração estava derretendo quando meu filho respirou fundo no ombro de Simon.

Se Brendan conseguia finalmente respirar, talvez eu também conseguisse.

Naquela noite, depois de eu colocar Brendan para dormir, Simon estava me esperando na sala. Tinha servido duas taças de vinho e as colocado na mesa. Estava com seus pés grandes na mesa de centro me aguardando.

Eu não sabia por que fiquei tão nervosa de repente. Provavelmente era porque sabia que era hora de desabafar todas as coisas que precisava dizer, mas não dissera.

Simon pôde sentir minha tensão. Abriu os braços, encorajando-me a me juntar a ele no sofá.

— Venha aqui.

Me sentei ao lado dele e me aconcheguei em seu peito.

Ele falou antes de eu ter chance.

— Gostaria de ficar no meu antigo quarto por tempo indeterminado. É muito cedo para ele.

Olhei para Simon.

— Concordo.

— Não sou o pai dele. Independente do que viu hoje, não é minha intenção substituir ninguém. É muita coisa para uma criança ver alguém se mudando para o quarto da mãe. Não me importo com o quanto ele me admira, seria estranho para ele no momento.

— Obrigada por compreender. — Havia tanta coisa que eu precisava falar.

Respirei fundo. — Te devo uma desculpa pelo meu comportamento quando você voltou da Inglaterra. Eu tinha entrado no modo autoproteção, e foi muito difícil me libertar do padrão. Estava realmente convencida de que você partiria da minha vida e de que eu precisava proteger meu coração. Mas, hoje, percebi que você não vai a lugar nenhum.

— Não vou, Bridget. E, por mais que me doa me desculpar por demitir Noel ou qualquer que seja o nome dele, também peço desculpa por passar dos limites e te deixar brava.

— Você não estava totalmente errado quanto a ele. Ele *tinha* tentado me convidar para sair.

Parecia que a veia do pescoço de Simon iria saltar.

— Caralho. Eu sabia. Vou quebrá-lo se ele aparecer aqui de novo.

Sorrindo um pouco, eu disse:

— Não dei corda nem por um segundo. Fiquei muito perturbada quando você foi embora. Não conseguia pensar em mais nada. E, então, você voltou, e parecia um sonho. Me disse tudo que eu sempre quis ouvir. E simplesmente pareceu bom demais para ser verdade. O medo me paralisou.

— Quer falar sobre medo? Sei que falei que as palavras não são importantes, mas acha que meu coração não parou de bater quando você não me disse que me amava também? Acha que não acordei no meio da noite e fiquei pensando se um dia iria me amar como o amou?

Ben.

Nunca pensei que Simon tivesse algum receio quanto a isso.

A vulnerabilidade em seus olhos naquele momento foi algo que eu nunca tinha visto nele.

Meus sentimentos mais verdadeiros eram bem difíceis de admitir. Eu nunca tinha pronunciado em voz alta até agora. Mas sua franqueza merecia reciprocidade.

— Deus não te dá apenas uma alma gêmea? Não é assim que é para ser? Mas, Simon, sinto coisas por você que *nunca* senti por ninguém. Sempre vou amar meu marido. Mas te amo muito. Você acorda no meio da noite e pensa se consigo te amar o quanto o amei? Bem, eu perdi meu sono me sentindo culpada por talvez te amar *mais*. E às vezes isso me deixa tão triste por ele que não sei como lidar.

AMANTE BRITÂNICO

CAPÍTULO 29

Simon

Eu era um babaca porque senti prazer ao ouvi-la dizer aquilo — tanto quanto também partia meu coração por seus sentimentos por mim lhe causarem esse tipo de tormento.

Ela sentira coisas por mim que não sentia por ele.

Isto não é uma competição, Simon.

O que mais importava era que ela finalmente disse as palavras que eu desejava — que esperava ouvir quando me despedi dos meus pais e da minha avó, falando para eles que provavelmente não voltaria logo.

Por mais que ela tivesse me dado o que eu precisava naquela noite, também percebi que a forma como ela admitira seu amor foi meio amarga. A sombra do seu falecido marido sempre estaria presente. Eu nunca deveria tê-la feito sentir que precisava nos comparar. Mas o amor cria insegurança, tornando as pessoas carentes e fracas.

Ainda assim, foi a primeira noite em que realmente senti que ela era minha. E isso estava me fazendo querer lhe mostrar exatamente o quanto ela era minha.

Acariciei seu cabelo.

— Vamos para o meu quarto.

O dia foi emocionalmente exaustivo. Eu precisava relaxar e não conseguia esperar nem mais um segundo para me enterrar nela. Soube, só de olhar em seus olhos, que ela também precisava disso. Sua pele estava corada e seus olhos, pesados, embora ela não tivesse bebido sequer uma gota de vinho.

Bridget se levantou, e eu pressionei gentilmente meu corpo em suas costas enquanto a levava ao meu apartamento.

— Vamos trancar a porta — eu disse rouco, com o pau dolorosamente duro.

— No caso de ele acordar.

Da última vez que fizemos amor, tínhamos feito apenas isso: *amor*. Apesar de ter sido intenso, naquela noite, eu não estava no clima de ser gentil. Depois que ela admitiu que o maldito encanador tinha tentado ficar com ela enquanto eu estava fora e que admitiu que me amava, meus sentimentos estavam à flor da pele. Eu só queria devastá-la e reivindicá-la para mim.

— Preciso te foder forte, mas sei que temos que ser silenciosos — confessei.

Sua respiração ficou mais rápida com minhas palavras.

— A cama vai fazer muito barulho. Me pegue no chão.

Porra, isso.

— Tire tudo, exceto sua calcinha, depois fique de quatro — instruí ao desabotoar a calça e tirá-la.

Eu sabia que Bridget adorava que eu fosse autoritário. Ela só tinha vivenciado sexo selvagem comigo — com mais ninguém. E isso me agradava imensamente.

Sua bunda linda estava apontada para cima, bem convidativa. Tive o prazer de fazer uma coisa com que sempre fantasiara quando rasguei sua calcinha com minhas próprias mãos, tirando-a em um movimento brusco.

Ela se encolheu, mas o sorriso que mostrou quando me olhou às suas costas me disse que adorou.

— Acabei de estragar seus dias da semana, amor. — Deslizei a mão em sua lombar. — Vou te foder muito gostoso para compensar.

Ela estava mais molhada do que eu podia me lembrar ter ficado quando entrei nela. Sabia que eu não ia durar muito, porque tê-la assim encharcada e naquele ângulo era demais.

— Você é incrível. Esta bunda linda é minha — sussurrei, estocando nela. — Me diga que você é minha.

— Sou sua. Só sua. — Suas unhas estavam cravando no tapete.

— Fale de novo.

— Sou sua. Caralho, Simon, você fica muito profundo em mim desse jeito. Me foda mais forte. Eu aguento.

Ela nem sempre falava obscenidades, porém, quando falava, me deixava com tesão.

Investida após investida, senti minhas bolas enrijecerem até não conseguir mais me segurar. Quando soube que ela iria gozar, me soltei. Embora quisesse gozar dentro dela, tirei, optando por decorar sua bunda linda com meu gozo. Estava marcando meu território, e foi uma visão da qual vou me lembrar por muito tempo.

Minha residência acabaria em breve e eu ainda não tinha um cargo permanente à vista em Rhode Island. Se Bridget e eu ficássemos oficialmente juntos agora, então realmente não fazia mais sentido esconder nosso relacionamento dos nossos colegas de trabalho do Memorial. Concordamos que, apesar de não anunciarmos nada, se alguém acabasse descobrindo, não iríamos negar.

No entanto, a forma como eles descobriram não foi como eu teria escolhido que acontecesse.

Bridget não percebeu que eu estava ouvindo enquanto se desenrolava uma conversa na enfermaria certa tarde. Escondido atrás de uma parede, ouvi várias mulheres falando sobre *mim* bem na frente da Bridget. Era esquisito e perturbador, para dizer o mínimo. Provavelmente isso já tinha acontecido sem eu saber, mas as coisas estavam bem diferentes agora.

Ouvi algumas enfermeiras especulando sobre minha destreza sexual, dentre outras coisas.

Como eu era gostoso.

Como elas não se importariam de ficar comigo.

Como não haveria mais um colírio para os olhos quando eu fosse embora.

Brianna, a enfermeira com quem eu tinha ficado por uma noite antes de Bridget e eu nos envolvermos, resolveu aproveitar a oportunidade para anunciar que ela *tinha*, na verdade, "provado".

— *Ele foi muito bom de cama. Mas sei que não queria nada sério, então respeitei.*

— *Só preciso saber... ele é grande?* — *alguém perguntou.*

— É exatamente como você pensa que ele é. *Talvez até mais.*

Bridget estava parada bem ali, e eu sabia que estava se magoando ao ter que ouvir aquela merda. Até parece que eu iria deixá-las desrespeitá-la, mesmo que não soubessem o que estavam fazendo. Sem contar que não era nada profissional.

Saí de trás da parede, assustando-as.

— Obrigado por seus elogios. Mas acho que isto precisa acabar agora mesmo. — Me virei para Brianna. — Sim, tivemos um encontro no início deste ano, mas agora sou comprometido. E duvido muito que minha *namorada* goste de ficar aqui ouvindo você falar sobre isso. Então, por favor, tenha respeito por *Bridget* e não fale de mim na frente dela.

Algumas ficaram pasmas. Não dei a mínima.

Brianna olhou para Bridget, depois para mim.

— Vocês estão juntos? Eu não fazia ideia. Pensei que você não entrasse em relacionamentos.

— Não entrava... até ela — eu disse.

Bridget escolheu permanecer em silêncio enquanto as mulheres simplesmente ficaram ali paradas, indignadas.

Brianna se desculpou pelo que falou, depois as outras enfermeiras se dispersaram rapidamente, como um bando de pombas.

Bridget ainda estava quieta. Eu sabia que a conversa toda a tinha chateado.

Coloquei a mão em seu ombro.

— Você está bem?

— Sinceramente? Estou enojada.

Não consegui evitar meu sorriso. Mas tinha praticamente certeza de que ela estava pronta para me dar um tapa.

— Acha isso engraçado, Simon?

— Nem um pouco. Não estou sorrindo porque está chateada. Estou sorrindo porque significa que me ama. Está enojada de ciúme porque me ama.

— Te amo mesmo. E, para ser honesta, elas têm muita coragem de falar de você assim aqui.

— Desculpe por ter ouvido tudo aquilo, principalmente a parte de Brianna.

— Você já me contou sobre essa vadia. Da última vez que saiu com ela, você levou seu galo lá pra casa para mim. Lembra?

— Sim, querida. Lembro.

Ela tentou disfarçar, mas eu sabia que ainda estava magoada.

— Enfim, não posso fingir que não sei que você tinha uma vida antes de nos conhecermos. Está tudo bem.

— Não. — Me aproximei, sentindo seu cheiro. — Não, eu não tinha uma vida de verdade. Só pensava que tinha. Minha vida não era nada até vocês aparecerem.

Queria muito beijá-la, mas me contive. Estávamos no trabalho, e ela não iria gostar. Eu planejava compensar pelo tempo perdido em casa mais tarde.

Eu vivia por suas visitas noturnas ao meu quarto.

De muitas formas, ficarmos escondidos era mais empolgante do que dormir na mesma cama. Ela sempre se certificava de voltar para o quarto para quando Brendan acordasse.

Bridget estava corando. Eu adorava que ainda conseguia fazer isso acontecer.

— Tenho que ir — ela disse antes de se afastar. Eu fiquei ali, orgulhosamente observando sua parte de trás rebolar.

Um telefonema interrompeu minha observação de bunda. Era alguém da administração do hospital. O Memorial e o hospital anterior em que eu trabalhava faziam parte do mesmo grupo. Precisavam que eu fosse ao meu antigo local de trabalho depois do plantão para falar sobre um processo no qual eu estava envolvido, de alguma maneira. Uma mulher estava processando o hospital por negligência, e meu nome estava no processo junto com uns dez outros. Sabia sobre o iminente depoimento há meses, mas devo ter me esquecido com toda a mudança de vida na qual estava focado.

Simplesmente ótimo.

Seria uma longa noite até conseguir ir para casa, para o meu amor.

CAPÍTULO 30

Simon

Eu não era fã de advogados. Principalmente do imbecil mal-educado de quem eu estava sentado à frente no momento.

— A hérnia enorme que essa mulher tem nas costas é devido aos seus seios grandes... não fizemos nada de errado. — Meu advogado pegou um arquivo de uma pilha alta em sua mesa, depois colocou o restante no topo do armário atrás dele. — Mas pelo menos temos um bom cenário do outro lado da mesa durante o depoimento.

Prefiro meu cenário na forma de uma certa enfermeira sexy no trabalho, muito obrigado.

— Nem entendi por que estou envolvido neste processo. Não era eu o médico responsável. Vi a mulher por, talvez, dois minutos, quando estava acabando meu plantão.

— Todo mundo é processado. É o jeito americano. Pode ir se acostumando. Não será a última vez que vai se sentar na minha sala, se vai fazer parte do sistema de saúde do Memorial. Ou vai voltar para casa? Você tem sotaque.

— Sou da Inglaterra.

— Pode querer voltar. Os Estados Unidos são a sociedade mais litigiosa do mundo.

Ótimo.

— Enfim, vamos começar. Só quero falar sobre seu envolvimento antes do depoimento de amanhã.

— Amanhã? Pensei que fosse só daqui a algumas semanas.

— Foi adiantado. O radiologista depôs, e você é o próximo. Também é o último réu, o que significa que o promotor vai questionar você pela manhã e, à tarde, vamos começar nosso questionamento à parte queixosa.

— Tenho plantão amanhã às nove da manhã.

— Minha secretária ligou mais cedo e conseguiu que te substituíssem das nove às cinco. Ficará comigo o dia todo.

— Ótimo — eu disse, sarcástico.

Ele abriu o arquivo e olhou uns rascunhos, depois pegou uma caneta.

— Então, por que não me atualiza sobre suas interações com a srta. Delmonico? Como foi seu primeiro encontro com a paciente?

— Tinha terminado um plantão de vinte e quatro horas e estava indo embora, quando um trauma duplo chegou, um acidente de carro. Parei na sala de tratamento seis e perguntei se precisavam de alguma ajuda antes de eu sair.

— Para quem perguntou?

— Para quem estava atendendo, o dr. Larson.

— Ok. E viu a paciente nessa hora?

— Vi. Não de perto... mas da porta.

— E o que observou?

— Ela tinha uma queimadura na lateral do rosto, o que presumi que fosse do airbag, e o dr. Larson estava retirando o colar cervical que os socorristas tinham colocado para o transporte. Me pediu para ligar para a radiologia e solicitar um raio-X do pescoço e da cabeça, e um soro. Era uma noite lotada; entre a temporada de gripe e o motorista que chegou junto com a mulher, todo mundo estava ocupado. Normalmente, uma enfermeira ligaria e pegaria o soro, mas sou residente e Larson é atendente, o que significa que ele manda e eu obedeço.

— Mais alguma coisa?

— Nada fora do comum. Pedi um raio-X para o pronto-socorro, pendurei o soro, escrevi no prontuário e fui embora.

O advogado rascunhou alguma coisa no arquivo e olhou para cima de novo.

— Quanto à queimadura no rosto dela, lembra qual lado do rosto estava queimado?

Fechei os olhos. Fazia alguns anos, mas consegui resgatar da minha memória.

— Lado esquerdo. Dr. Larson estava parado nesse lado e ela estava chorando.

Não vi de primeira, até ele retirar o colar e ela virar um pouco a cabeça.

— Temos uma teoria quanto à queimadura do rosto. Uma equipe médica consistindo em um grupo de ortopedistas, internos, cirurgiões e enfermeiras revisa todos os nossos registros médicos envolvendo qualquer processo. Eles concluem se os procedimentos padrões foram seguidos e se ocorreu alguma negligência. Durante a revisão dos registros médicos da srta. Delmonico, a equipe verificou uma inconsistência na queimadura e no ferimento no pescoço dela.

— Como assim?

— Ela sofreu uma lesão pelo efeito chicote causado pelo impacto do acidente e rompeu o ligamento direito do pescoço.

— E? Isso é comum.

— É. Mas, com o ângulo do impacto, a cabeça dela deveria ter sido jogada para trás para o lado direito e causado uma hiperextensão do ligamento do lado esquerdo. A queimadura seria do lado esquerdo do rosto se ela estivesse no banco do passageiro, como disse que estava.

— Então ela mentiu quanto onde estava sentada? Por que faria isso?

— Nosso palpite? Ela estava fazendo um boquete no motorista quando o acidente aconteceu.

Passei a mão no cabelo. O que me lembrou que teria que cortá-lo se quisesse que alguém me levasse a sério no julgamento.

— Que merda. Mas o que isso tem a ver comigo e com o processo? Ela está processando por falha no diagnóstico de uma hérnia na lombar, certo?

— Mostra um padrão de mentira. Ela diz que sente dor e sofre desde então. Hérnias são difíceis de comprovar. Às vezes, é mais fácil para nós conseguirmos que o júri não acredite nela em vez de provar que não fomos negligentes. Sem contar que o motorista era namorado dela... o namorado bem casado dela. É só escolher um júri de mulheres casadas, e será fácil.

A lei era um negócio sujo.

— Fizemos alguma coisa errada ou não?

— Não importa. Nem sempre se trata de certo ou errado.

— Sério? Pensei que fosse assim.

O advogado riu em silêncio.

— Trabalhe mais um tempo, e vai ver que esses ideais brilhantes vão adormecer.

Quando cheguei em casa, era tarde. O advogado tinha passado horas falando sobre as perguntas que poderiam ser feitas, embora eu pudesse ter resumido tudo que sabia em menos de dois minutos. Encontrei Bridget dormindo no sofá, com seu e-reader ainda nas mãos. Sua boca linda soltava um assobio baixinho a cada expiração. Sorri para mim mesmo pensando em como eu estava na palma da mão dessa mulher se pensava que seu ronco era fofo.

Sem querer acordá-la, mas sabendo que ela não dormiria bem no sofá, peguei-a no colo gentilmente e fui de fininho até o quarto com Bridget nos braços. Ela acordou quando a coloquei na cama.

— Ei — ela sussurrou. — Que horas são?

— Um pouco mais de nove.

— Devo ter dormido no meio da leitura do meu livro.

— É. Vou desligar seu e-reader. Tomarei banho ainda. Feche os olhos. Volte a dormir.

Ela sorriu.

— Obrigada.

Beijei sua testa.

— Boa noite, amor. Bons sonhos.

Eu estava na porta quando ela me chamou.

— Simon?

— Sim?

— Vai se deitar comigo um pouco depois que tomar banho?

Olhei para ela para confirmar exatamente o que ela estava perguntando.

— Aqui?

Ela assentiu.

— Tem certeza?

— Tenho.

— Certo. Volto já.

Eu sabia o que significava para Bridget me convidar para sua cama. Então, apesar de estar exausto por estar acordado há trinta horas, bati uma rapidinho para reduzir a chance de a minha ereção desrespeitar a primeira vez que ela me deixava ir para lá. Após o banho, tranquei a casa, dei uma olhada em Brendan e voltei para o quarto de Bridget. Ela estava de lado, então me deitei atrás dela e beijei seu ombro.

— Como foi a reunião com o advogado?

— Boa. Vou depor amanhã, então vou chegar ao hospital só à noite.

— Deve ser assustador ser processado.

— Te aviso como vai ser.

— O advogado acha que o hospital fez alguma coisa errada?

— Parece que ele não dá a mínima. Seu foco está em fazer a mulher parecer mentirosa.

— Que horrível.

— É. O cara é um merda. Acho que ele estava partindo da ideia de que desconfiam que a mulher estava agradando o cara enquanto ele dirigia.

— Agradando?

— Fazendo um boquete.

— Oh. Uau. Parece perigoso. Foi isso que causou o acidente?

— Não sei. Mas não tem nada a ver com os ferimentos dela e com nenhuma possível negligência. Ainda assim, os planos do advogado seguem essa linha.

Ela suspirou.

— Sinto muito por ter que passar por isso.

— Vou lidar com isso. — Coloquei seu cabelo para o outro lado e beijei seu pescoço. — Sabe o que me faz passar por tudo?

— O quê?

— Saber que vou voltar para casa para você.

— Você é bem fofo quando não fala obscenidades, dr. Hogue.

Apoiei o queixo em seu ombro e sussurrei em seu ouvido:

— Obrigado por me deixar deitar aqui com você. É muito importante.

— *Você* é muito importante.

Apertei sua cintura.

— Durma. Vou colocar meu alarme para uma hora em que não esteja aqui quando Brendan acordar.

— Ok.

— Boa noite, amor.

— Boa noite, Simon. Boa sorte amanhã.

— Fale seu nome completo para registro.

Era à tarde, e a vez do advogado do hospital questionar a mulher.

Eu tinha prestado depoimento de manhã, e foi bem tranquilo. Por mais que eu não gostasse de Arnold Schwartz, não houve uma pergunta para a qual ele não tivesse me preparado na noite anterior.

— Gina Marie Delmonico.

— Srta. Delmonico. Tudo bem se me referir à senhorita como Gina às vezes durante a sessão?

— Claro.

— Obrigado. Preciso cumprir algumas formalidades antes de começar. Pode, por favor, me dizer seu endereço atual, há quanto tempo mora lá e sua data de nascimento?

— East Elm, 910, Warwick, Rhode Island. Moro lá há uns seis anos. Minha data de nascimento é 10 de julho de 1985.

— Ótimo, obrigado. E é casada, Gina?

— Não.

— Era casada quando deu entrada no pronto-socorro em 12 de julho de 2015?

— Não, nunca fui casada.

— Obrigado mais uma vez. Tem filhos?

— Tenho. Uma filha, Olivia.

— E qual é a idade dela?

— Acabou de fazer três anos na semana passada.

— Ok. Obrigado. Vou começar fazendo perguntas sobre a noite em que deu entrada no pronto-socorro.

— Ok.

— Qual acontecimento a levou a visitar o pronto-socorro de Warwick na noite de 12 de julho de 2015?

A pequena sala em que estávamos não tinha nada para se olhar. Nas paredes neutras não havia nada pendurado e a mesa estava vazia, exceto pelos arquivos diante de cada advogado. Eu estivera observando Gina Marie Delmonico a manhã toda, e sua expressão não tinha mudado, até ela ter que responder àquela pergunta. A cor de sua pele sumiu, e seus olhos ficaram frios.

— Sofri um acidente de carro.

— E a senhorita era a passageira ou a motorista do veículo?

— Passageira.

— E quem estava dirigindo?

— Um colega de trabalho.

— E o motorista também foi levado ao Hospital Warwick por causa do acidente?

— Sim.

— E ele não sobreviveu?

— Não. Morreu no acidente.

Arnold deslizou uma caixa de lenços pela mesa.

— Sinto muito por sua perda.

— Obrigada.

— A senhorita e o motorista tinham um relacionamento além do profissional?

Gina se virou para seu advogado, cujos lábios formaram uma linha fina, e ele assentiu. Claramente tinham falado sobre o assunto que provavelmente seria trazido à tona. Me sentia mal por ela; qualquer que fosse o relacionamento deles era óbvio que a perda era difícil para ela mesmo depois de alguns anos. Parecia indecente fazê-la falar sobre isso quando era tão irrelevante para a questão da negligência.

Ela engoliu em seco e respondeu com voz baixa:

— Estávamos namorando, além de sermos colegas de trabalho.

— E esse colega de trabalho, seu namorado, era casado?

Ela olhou para baixo.

— Sim.

— Ele estava separado da esposa na época do acidente?

— Não.

— E há quanto tempo vocês eram um casal?

— Não sei exatamente. Cerca de um ano, eu acho. Talvez um pouco menos.

— Então a senhorita teve um relacionamento com um homem casado por um período longo de tempo antes do acidente.

— Sim.

— E sabia que ele era casado durante esse relacionamento?

— Sim.

— Certo. E de onde estavam voltando na noite do acidente?

— Tínhamos acabado de jantar no restaurante Carmine's.

— E para onde estavam indo?

— Para a minha casa.

— Para deixar claro, a senhorita e seu namorado casado não estavam trabalhando no momento do acidente. Foi uma noite estritamente de natureza pessoal?

— Sim. — Uma lágrima caiu do olho de Gina. Ela usou as costas da mão para secá-la, em vez de pegar um dos lenços que Arnold tinha lhe dado. Eu não a culpava. Não pegaria nada do babaca também.

Aquela coisa toda estava errada e, independente se ela estivesse namorando um cara casado ou não, Gina merecia um pouco de privacidade. O mínimo que eu podia fazer era não ficar boquiaberto enquanto ela chorava. Cruzei as mãos em cima da mesa e encarei meus dedos unidos.

— Qual foi o local do acidente?

— Tínhamos acabado de pegar a Saída 15 na 95 e entrar na Jefferson Boulevard.

— E o que causou o acidente?

— Um carro tinha parado no acostamento e, de repente, começou a andar quando iríamos passar. Desviamos para não bater, entrando na faixa da esquerda, e batemos de lado em um carro que já estava nessa faixa. Nosso carro perdeu controle e capotou antes de começar a girar no sentido contrário.

— E essa é sua lembrança pessoal do acidente?

— Não. Não me lembro de nada. Foi isso que soube depois pela polícia e pelas testemunhas.

— Qual é a primeira coisa de que se lembra daquela noite?

— Me lembro de acordar e de o carro estar de cabeça para baixo. Um caminhão estava amassado no lado do passageiro, e as pessoas gritavam que tudo ficaria bem. — A mulher pausou e, então, sua voz falhou ao começar de novo. — Havia muito sangue. Muito sangue, e ele não acordava. Nada estava bem.

Mantive os olhos fixos nas minhas mãos, por respeito.

— Obrigado — Arnold disse. — Desculpe. Sei que deve ser difícil falar sobre isso.

A mulher fungou.

— É.

— Gostaria de uma pausa?

— Não. Tudo bem. Prefiro acabar logo.

— Ok. Então, *a causa* do acidente, como estava dizendo, foi um carro que fechou vocês. Mas não se lembra de ver o carro realmente fechando vocês?

— Correto.

— Então, para eu ser claro, não se lembra de ver o carro ou não conseguiu ver o carro de onde estava sentada?

— Não me lembro.

Tentei não prestar atenção no resto, sabendo aonde Arnold iria com esse questionamento e sem querer ter algo a ver com isso.

— Vamos falar sobre onde estava sentada durante o acidente? Estava sentada no banco da frente de passageiro?

— Estava.

— Estava usando cinto?

— Não.

— Sem cinto. Por quê?

— Tinha acabado de tirar por um minutinho.

— Estava na posição ereta no banco do passageiro, srta. Delmonico?

— Não entendi a pergunta. — Ela pareceu em pânico.

— Pela natureza do seu ferimento e do ângulo do impacto, parece que a senhorita não estava olhando para a frente como alguém presumiria como normal quando se está sentado no banco do passageiro de um veículo em movimento.

O advogado da mulher interrompeu.

— Isto é bem baixo, até para você, Arnie. Minha cliente perdeu alguém de quem gostava e foi ferida. Nada disso é relevante e você sabe disso.

— Isto é um depoimento. Guarde as objeções de relevância para o juiz, Frank.

O outro advogado resmungou algo que não consegui entender.

— Vou voltar à minha pergunta original — Arnold disse. — Estava na posição ereta no banco do passageiro antes do acidente, srta. Delmonico?

Houve um silêncio e uma resposta baixa.

— Não. Estava deitada.

— Estava deitada? Onde estava sua cabeça?

— No colo do motorista.

— Então, não seria possível saber se um carro fechou vocês ou não, mesmo que se lembrasse realmente do acidente?

— Não, acho que não.

— A calça do motorista estava aberta enquanto sua cabeça estava no colo dele?

— Não me lembro.

— Não se lembra?

— Você perguntou, ela respondeu — o advogado de Gina alertou. — Siga.

— Certo.

Naquele momento, eu estava tão irritado por nada disso ter a ver com o tipo de tratamento que ela recebeu que os nós das minhas mãos estavam ficando brancos por causa das mãos cruzadas. Onde estavam as perguntas relevantes para os cuidados médicos da mulher, pelo amor de Deus?

— Para registro, qual era o nome do motorista em cujo colo estava sua cabeça... com ou sem a calça dele aberta?

A mulher choramingou, me fazendo olhar para cima. Lágrimas escorriam por seu rosto vermelho, e ela estava fazendo o máximo para se controlar. Parecia perturbada e nossos olhos se encontraram quando ela falou.

— Ben. Benjamin Valentine.

CAPÍTULO 31

Simon

A fechadura da porta trancou. Exausto demais até para me virar e ver quem era, presumi que fosse um colega residente entrando para dormir um pouco. Até lábios beijarem minha nuca. Mesmo se eu não conhecesse o toque de Bridget, eu era como Pavlov quanto ao seu cheiro. Só que este cão ainda não estava pronto para encarar seu mestre.

Tomando o caminho covarde, fingi estar dormindo. Ela não tinha plantão naquela manhã, então pensei se tinham ligado para ela trabalhar porque alguém ficara doente. Por alguns minutos, escutei-a andar em silêncio pelo cômodo escuro e, então, beijou minha bochecha.

Esperei até a porta se abrir e fechar para me virar. Havia um pequeno criado-mudo ao lado da cama em que eu fingia estar dormindo. A letra de Bridget estava em um pedaço de papel dobrado — *Simon*. Ao lado dele, havia um saco marrom de papel. Peguei o recado primeiro.

Simon,

Vim depois de deixar Brendan na escola para te trazer umas coisas. Espero que tenha sido tudo bem ontem com os advogados. Estou ansiosa para te ver esta noite em casa. Deixei algo para te lembrar o que te espera depois do seu plantão.

Seu amor,

Bridget

Obs.: Sim, estou.

Sim, estou? Ela tinha dobrado o papel na metade e selado com um beijo de batom no vinco — ela estava usando *o* batom vermelho. *Caralho*. Minha cabeça e meu coração estavam doendo, mas, aparentemente, meu pau estava animado naquela manhã. Estava ficando duro com uma porra de recado enquanto estava destruído por dentro. Suspirei frustrado e peguei o saco de papel marrom.

No minuto em que o abri, o cheiro de pão fresco de banana entrou no meu nariz, apesar de estar envolvido em papel-alumínio. Tirei-o do saco para ver como era e vi que ainda estava quente. *Ela fez pão fresco para mim.* No saco, também havia suco de laranja, café e o que pensei inicialmente que fossem uns guardanapos. Mas, analisando melhor, percebi que não era isso que tinha no fundo do saco — era uma calcinha de Bridget. Eu a peguei. *Quarta-feira.* Como era o dia certo, o primeiro pensamento que passou pela minha cabeça foi *Ela está andando por aí sem calcinha?* Percebi que ela já tinha respondido minha pergunta. *Obs.: Sim, estou.* Ela me conhecia tão bem que respondia minhas perguntas antes mesmo de eu fazê-las. Como eu iria mentir para uma mulher que conseguia fazer isso? Ela veria que eu estava mentindo. Detestava pensar em mentir para ela mesmo que conseguisse me safar. Mas detestava, talvez mais, a ideia de magoá-la.

Após superar o choque inicial de descobrir que a mulher que me processava era amante do marido falecido da minha namorada, entrei em um período de negação. Tinha que ser coincidência. Poderia haver dois Ben Valentine que morreram em um acidente de carro há alguns anos. Era uma chance remota, mas eu não tinha mais nada em que me segurar. Quando o depoimento acabou, fiz algumas perguntas ao meu advogado em relação ao motorista do carro. Claro que o desprezível Arnie Schwartz ficou feliz em me contar toda sujeira que eles tinham encontrado da moça.

O hospital contratara um investigador para vigiar Gina Delmonico na tentativa de flagrá-la fazendo coisas que uma pessoa com hérnia de disco não deveria conseguir fazer. Também fizeram uma investigação completa do seu passado, inclusive seu relacionamento com o motorista. Meu coração afundou quando Arnie mencionou que a esposa do motorista também era funcionária do hospital — uma enfermeira, e os dois tinham um filho. Mas fiquei enojado pensando na última parte da nossa conversa.

— *Os registros de nascimento listam o pai da filha de Gina como desconhecido. Duvido que a criança vá saber, um dia, que provavelmente tem um irmão* — ele disse.

— *Um irmão?* — Fiquei confuso ou, talvez, fosse ignorância intencional.

— *A esposa tem um filho, a namorada tem uma filha... há chances de terem o mesmo DNA. Espero que os dois não se conheçam sem saber na faculdade e se peguem.*

Eu não conseguia encará-la. Também não conseguia partir o coração de Bridget contando-lhe que o homem com quem ela era casada não era quem ela pensava. Estaria abrindo velhas feridas que nunca poderiam se curar. Mas como eu poderia *não* contar a ela? Talvez Brendan tivesse uma irmã.

Minha cabeça estava girando tão rápido depois do depoimento que precisei de um tempo para refletir. Pensando bem, não foi a melhor ideia passar esse tempo refletindo em um pub. Nada ficou mais claro com meu cérebro marinado em álcool. Eu estava tão ruim agora quanto estava mais cedo à noite. Por isso que o alarme tocou quase às quatro da manhã, enquanto eu tentava entrar na sala pela janela. Em meu estado embriagado, não consegui me lembrar da senha.

Nigel foi até a porta da frente com um taco e me viu metade dentro da casa, metade fora na janela.

— Que porra é essa, Simon? Eu podia esmagado sua cabeça.

Perdi o equilíbrio e fui de cara ao passar pela janela, mas, de alguma forma, consegui cair de bunda no chão.

— Ainda bem que você não trancou a janela.

Nigel foi até o teclado e inseriu a senha.

— É. Poderíamos ter impedido um intruso. Não iríamos querer isso, não é?

Me atrapalhei tentando levantar quando Calliope entrou na sala para se juntar a nós. Ela fechou mais o robe e semicerrou os olhos.

— Que porra é essa, Simon?

— Foi exatamente isso que sua outra metade disse. — Por algum motivo, achei hilário e comecei a rir.

— Está *bêbado*? — Calliope perguntou.

— *Você* está? — respondi, ainda rindo.

Nigel suspirou.

— Vou fazer um café. Vocês dois divirtam-se.

Consegui ir até o sofá e me joguei nele.

— O que está acontecendo, Simon? O que está fazendo aqui no meio da noite entrando pela nossa janela?

— Vocês trocaram a senha do alarme?

— Não trocamos a senha, Simon.

— Bem, então deve estar quebrado.

— Claro, está quebrado. Mas por que não está com Bridget? Vocês dois brigaram ou algo assim?

— Não. Está tudo ótimo.

— Se é assim, então por que está aqui?

— Ah. — Ergui o dedo indicador. — Porque incesto é ruim. Eles podem ter um bebê com duas cabeças. Fiz Medicina. Sei dessas coisas.

— *De que porra* está falando?

De repente, sentindo que a sala estava girando e um peso gigante estava esmagando meu peito, apoiei a nuca no sofá e fechei os olhos.

— Eu a amo, você sabe.

— De quem estamos falando? Bridget ou o bebê de duas cabeças?

— Amaria pra caralho o bebê de duas cabeças se fosse de Bridget.

— Ok, Simon. São quatro da manhã e você não está falando coisa com coisa. Por que não vamos para a cozinha tomar um café? O que quer que esteja acontecendo, vamos dar um jeito.

Na manhã seguinte, Bridget já estava vestida com seu uniforme vinho, preparando-se para trabalhar, quando cheguei. Tinha enviado mensagem para ela na noite anterior antes de ir para a casa de Calliope, explicando que estava cansado demais para dirigir. Felizmente, a casa de Calliope ficava a apenas oitocentos metros do pub.

Levando Bridget a acreditar que era simplesmente o depoimento que tinha me estressado, eu sabia que ela poderia estar confusa quanto ao porquê resolvi afogar as mágoas em um bar em vez de voltar para casa e aliviar meu estresse dentro dela. Não era do meu feitio, com certeza.

Coloquei a mão em sua bochecha e beijei sua testa.

— Brendan está na escola?

— Está. Acabei de voltar de lá. — Bridget parecia estranhamente solidária quando eu esperava que estivesse mais irritada comigo por não voltar para casa. — Como está se sentindo? Quer um café?

— Mal. Quase me desmanchei no sofá deles. Nada de café, obrigado.

— Se desmanchou?

— Vomitei. Fui burro de beber tanto.

— Bem, você estava estressado. Todos merecemos uma fuga de vez em quando. Contanto que não faça isso o tempo todo.

— Acredite em mim, não pretendo, meu amor. Estou bem arrasado por ficar longe de você por uma noite. Obrigado por ser tão compreensiva.

Seus lábios quentes cobriram minha boca rançosa.

— Fiquei com saudade.

Sabendo o que viria, meu coração estava se partindo quando sussurrei:

— Também fiquei com saudade.

Desejei voltar aos dias anteriores a esta confusão.

Ela franziu o cenho.

— Queria ter mais tempo para ficar com você esta manhã, mas já estou atrasada para o trabalho. Só fiquei mais um pouco para te dar oi. Está de folga hoje, não é?

— Estou. Só tenho que ir à noite. Vamos perder o plantão um do outro por uma hora, acho.

— Então pode aproveitar para descansar, e se hidrate.

— Farei isso.

Deus, eu odiava essa fachada.

Quando ela saiu, minha mente estava acelerada. Calliope tinha me alertado que eu poderia me meter em encrenca por contatar Gina Delmonico diretamente, pois eu fazia parte do seu processo. Tinha assistido a bastantes reprises de *Law & Order* para pensar que ela tinha razão, porém, precisava conversar com ela em particular antes de contar alguma coisa a Bridget. Assim, eu poderia começar essa conversa inevitável munido de informações.

Por mais que fizesse sentido, eu estava aterrorizado por ligar para a mulher. Só queria que tudo isso fosse um pesadelo.

Perambulando pela casa quieta sem rumo, parei no quarto de Brendan. Havia uma foto emoldurada do seu pai em cima da cômoda. Era um porta-retratos de beisebol.

Levantei-o e falei com ele.

— Que porra estava pensando... se engraçando com aquela mulher quando tinha Bridget? Se já não estivesse morto, eu te mataria, sabia disso?

Aquela situação estava me deixando completamente louco; agora eu estava falando com um cara morto e ameaçando sua vida.

— Certo, talvez não tenha falado sério, porque você é pai do Brendan. Mas com certeza iria te torturar, talvez fazer você me ver foder gostoso sua esposa bem na sua frente. Apesar de que, talvez, você esteja nos vendo de onde está. Se está, então já testemunhou. Você merece.

Olhei para o teto antes de falar com a foto de novo.

— Valeu por me deixar para arrumar sua confusão, meu chapa. É melhor torcer para essa garotinha não ser sua. Faça alguma coisa... fale com umas pessoas aí em cima e conserte isso.

CAPÍTULO 32

Simon

Gina concordou em me encontrar em uma cafeteria ao leste de Providence. Balançando os joelhos e rodeado por alunos da Brown University e seus MacBooks, eu bebia meu café e aguardava ansiosamente sua chegada. A única coisa agradável naquilo era o cheiro de canela vindo da prateleira de assados.

Eu não tinha falado para Gina o motivo exato de querer conversar com ela. Só que tinha uma informação na qual ela poderia estar interessada, fazendo parecer que me encontrar beneficiaria seu caso contra o hospital. Temia que ela não fosse se soubesse o motivo verdadeiro pelo qual precisava confrontá-la.

Quando ela apareceu, acenei da minha cadeira no meio do café lotado. Ela ergueu o dedo indicador, depois apontou para o balcão a fim de sinalizar que iria pedir algo antes de se juntar a mim.

Cinco minutos depois, Gina colocou seu café na mesa e se sentou à minha frente.

— Por que queria me ver, dr. Hogue?

Precisando ir direto ao assunto, respondi logo.

— Minha namorada é Bridget Valentine... a esposa de Ben.

Gina congelou ao beber o café. Sua expressão foi de medo. Lentamente, ela assentiu, mas não falou nada quando continuei.

— Fui arrastado para o depoimento porque estava de plantão no pronto-socorro na noite do seu acidente. Não conhecia Bridget na época. Só estamos juntos há alguns meses. O fato de o motorista acabar sendo Ben foi uma surpresa bem desagradável.

Ela respirou fundo.

— Posso imaginar.

Gina estava nervosa, olhando em volta e inquieta na cadeira.

— Olha, não estou aqui para te julgar. Mas não posso esconder essa informação de Bridget. Tenho que contar a ela o que descobri. Contudo, antes de falar qualquer coisa, preciso me certificar de que não estou deturpando os fatos. Isso vai magoá-la, independente de como eu apresentar.

Ela estava usando um batom vermelho, parecido com a cor que eu amava em Bridget. Em Gina, só parecia vulgar e feio.

— O que quer saber? — ela perguntou.

Pensei em começar de leve em vez de pular para a parte mais importante. Precisava que ela se sentisse confortável para se abrir para mim e não sentir a necessidade de esconder qualquer coisa.

No tom menos agressivo que conseguia, eu disse:

— Você mencionou que teve um caso com Ben por cerca de um ano...

— Sim. Nunca quis magoar ninguém. Eu também tinha namorado na época. Mas Ben e eu... simplesmente nos conectamos. Começou como um flerte inocente no trabalho, apenas e-mails e mensagens de textos. E acabamos na mesma viagem de negócios uma vez e, bem, você sabe.

— Infelizmente, sei, sim. — Meu sangue estava fervendo. — Ele chegou a... falar no porquê estava traindo?

Ela deu de ombros.

— Ele amava a esposa. Nunca tive dúvida disso. Nunca falava coisas negativas sobre ela. Mas estavam juntos há muito tempo, e acho que faltava empolgação em certas áreas do relacionamento deles.

— Ele disse exatamente isso?

— Bem, ele me contava que não se sentia confortável explorando... certas coisas com ela sexualmente. Não achava certo porque era a mãe do seu filho.

Como se não fosse a desculpa mais esfarrapada que já ouvi.

Cerrando os dentes a fim de esconder minha raiva, eu disse:

— Certo. Ele fazia amor com ela e te *fodia*.

— Se quiser colocar dessa forma... sim.

— Chegou a falar em deixar Bridget?

— Não. Eu sabia que ele nunca faria isso por causa do filho, e nunca lhe pedi para fazê-lo. Mas, para ser sincera, não conversávamos muito sobre sua vida em casa quando ficávamos juntos. Não era o objetivo do nosso caso. Aproveitávamos a liberdade do nosso relacionamento. Nas poucas vezes que ele se abriu, mencionou que, apesar de amar a esposa, as coisas entre ele e Bridget eram tensas às vezes. Ele achava que Bridget não era mais feliz. Ben estava comigo para fugir, e eu estava fugindo de um relacionamento ruim na época. Não queríamos magoar ninguém. Nunca quisemos que alguém descobrisse sobre nós, e certamente nunca pretendemos nos mostrar assim.

Ele queria fugir da vida em casa.

Olhei para o teto e continuei, silenciosamente, minha conversa com ele.

Bridget não estava feliz? Vá se foder, Ben. Talvez, se tivesse dado à sua esposa a mesma energia que deu para sua vadia... as coisas teriam sido diferentes.

Continuei:

— Então, sua filosofia é... as pessoas não se magoam se não souberem?

— Basicamente, sim. Quero dizer, não estávamos realmente pensando nos outros. Era egoísta, mas não conseguimos evitar nossa conexão. Uma vez que passa dos limites, não tem mais jeito. Não consegue voltar atrás nem se quiser realmente.

Eu precisava chegar ao X da questão antes de ficar furioso com ela e virar a mesa.

— Você tem uma filha...

— Sim.

— Acho que pode adivinhar o que vou perguntar em seguida.

— Olivia não é de Ben — ela insistiu.

Semicerrando os olhos céticos, perguntei:

— Quantos anos ela tem mesmo?

— Três.

— Tecnicamente, é possível, então. Como pode ter certeza de que não é de Ben?

— Tenho noventa por cento de certeza.

Arregalei os olhos.

— Noventa por cento. Não cem...

— Como falei, é quase impossível.

Me inclinei.

— Como é impossível se você estava transando regularmente com ele?

— Ben era rigoroso quanto a usar camisinha. Não queria correr o mínimo risco de me engravidar.

— E este outro homem com quem esteve... fez sexo desprotegido com ele?

— Sim. Namoramos por bastante tempo. Estávamos juntos há quase dez anos quando conheci Ben. Brian e eu não estamos mais juntos.

Verifiquei meu celular e percebi que precisava ir trabalhar.

— Olhe, Gina, não vou insistir no assunto nem fazer nada para influenciar Bridget de uma forma ou de outra, mas, se ela acabar querendo um teste de DNA, você estaria disposta a fazer o teste em Olivia para ver se é irmã de Brendan?

— Sim. Se vai acabar com isso. Meu ex, Brian, sabe sobre meu caso com Ben. Acabei contando para ele depois de terminarmos. Mas ele assumiu a responsabilidade por Olivia. Acredita ser o pai.

— Certo... bem, obrigado por sua disposição em cooperar se chegar a esse ponto. — Me levantei. — Tenho que ir agora.

Ela me fez parar.

— Antes de você ir... se é que vale alguma coisa, por favor, diga a Bridget que sinto muito. Acho que ela não vai querer ouvir isso. Mas é a verdade. Foi muito difícil não poder ir ao funeral de Ben. Além dos meus ferimentos que me impediram de ir, não consegui encará-la. Ben pode não ter se apaixonado por mim como amava a esposa, mas eu sabia que gostava de mim. Não era *apenas* sexo, sabe? Também éramos amigos. Nunca vou superar o que aconteceu com ele. Mas, com certeza, queria que tudo isso não tivesse vindo à tona. Nada de bom pode sair disso agora.

— Eu queria nunca ter descoberto, para ser sincero. Agora, vou arruinar a lembrança que ela tem dele. Mas não posso *não* contar a ela.

— Entendo. Está numa situação difícil.

— Obrigado por vir conversar comigo.

— Sem problema. — Ela sorriu e seus olhos pararam no meu tronco antes de voltarem para cima. — Bridget é uma mulher de sorte.

Saí andando, me recusando a falar algo sobre seu último comentário, que não pegou nada bem. Me fez sentir que ela faria tudo de novo se tivesse oportunidade. Uma vez traidor, sempre traidor. Era incrível como era fácil, para ela, justificar seus atos. *Eles tinham uma conexão, porra nenhuma.* Foda-se isso. Ele era casado com alguém que acreditava nele e que pensava que o casamento era sagrado.

Dirigindo para o hospital, eu não sabia como iria conseguir sobreviver ao meu longo plantão. Não teria a oportunidade de contar isso a Bridget até nossa folga em comum no fim de semana. Enquanto o tempo separados me permitiria organizar os pensamentos, não sabia se havia algum jeito de fazer isso sem despedaçar seu mundo.

AMANTE BRITÂNICO

CAPÍTULO 33

Bridget

Brendan não iria para a escola no dia seguinte porque era dia de profissões, então o deixei na casa da avó para dormir lá, e planejava pegá-lo no sábado à tarde.

Voltando da casa da mãe de Ben, me vi aterrorizada por voltar para uma casa vazia. Apesar de eu ter um monte de roupa para lavar e bastante serviço domésticos para ocupar meu tempo, estava realmente sentindo falta de Simon naquela noite. Odiava quando tínhamos plantões opostos. Ele trabalharia a noite toda.

Foi, no mínimo, uma semana bizarra, já que ele foi chamado inesperadamente para depor e, então, sua noite embriagado. Simon nunca perdeu o controle assim, e acho que era questão de tempo para o estresse tomar conta dele.

Para piorar, ele ainda não tinha conseguido um cargo fixo aqui, então, além de tudo, estava lidando com o desemprego. Teve umas conversas com o diretor do Memorial quanto a ele assumir permanentemente, mas ninguém ainda tinha lhe dado nenhuma garantia. Então, não o culpava por relaxar no bar na outra noite.

Tinha acabado de sair da rodovia quando meu celular tocou. Rapidamente olhando a tela, vi que era Ginnifer, uma das enfermeiras do hospital. Era a única colega de trabalho em quem eu realmente confiava desde que Simon anunciou nosso relacionamento.

Mas era estranho ela estar me ligando fora do trabalho. Me fez pensar se eu tinha deixado alguma coisa para trás.

— Ei, Ginny. E aí?

— Onde você está?

— Acabei de deixar Brendan em North Kingstown. Estou indo para casa abrir uma garrafa de vinho e lavar roupa. Noite animada. — Dei risada. — O que houve?

— Ok, você está dirigindo. Talvez seja melhor me ligar quando chegar em casa.

— Por quê? O que não pode me contar agora?

— Pode parar por um minuto?

Meu coração começou a martelar. Ela ainda estava no hospital, e Simon estava de plantão. Imediatamente, comecei a me preocupar.

— Aconteceu alguma coisa? Simon está bem?

— Está tudo bem. Não é nada disso.

— Ok.

Parando no estacionamento de uma escola de karatê bem na beirada da rua, coloquei a mão no peito e pude sentir meu coração martelando.

— Estacionei. Me conte o que está havendo.

— Eu estava fazendo compras no East Side hoje, antes de trabalhar à noite, e acabei passando por um café. Vi Simon com uma mulher lá.

Meu estômago afundou.

— O quê? Tem certeza de que era ele?

— Total. Fiquei na janela por um tempo para confirmar. Ele estava bem envolvido na conversa e não me viu lá parada.

— Então eles estavam apenas conversando?

— Ele não estava fazendo nada errado, na verdade, mas só queria me certificar de que você soubesse o que vi. Achei esquisito. Não necessariamente significa alguma coisa. Só não iria conseguir trabalhar sem te contar.

A náusea estava piorando.

— Viu Simon esta noite no pronto-socorro? — perguntei.

— Vi. Tratei de alguns pacientes com ele e, para ser sincera, ele parece... desligado. Bem deprimido, sem sua alegria de sempre.

— Como ela era... essa mulher?

— Tinha cabelo comprido e escuro... parecia italiana. Atraente. Óbvio que eu não estaria preocupada se ele estivesse almoçando com uma velha feia.

— O que mais pode me contar?

Sua voz pareceu abafada. Ou era meu cérebro?

— Ela estava usando um vestido azul-marinho e batom vermelho.

Batom vermelho.

Minha voz estava trêmula.

— Mais alguma coisa?

— Não. Foi isso. Como falei, estavam conversando. Ambos tomavam café. Para ser sincera, fico mal por estar te causando problema. Você parecia tão feliz da última vez que conversamos.

— Não ouse se sentir mal. Eu teria feito a mesma coisa. Vou conversar com ele e ver o que era.

Após desligarmos, não consegui me mexer. Era como se o choque tivesse me paralisado, me impedindo de saber sequer como ligar o carro.

Em meu coração, sentia que Simon nunca faria nada para me magoar. No entanto, quando ele falou comigo naquele dia, disse que passou a tarde dormindo, nada mais. Então, mesmo que essa mulher fosse apenas uma amiga ou conhecida da qual ele nunca tinha me contado, o fato era que ele tinha mentido para mim.

Fui para casa no automático; mal lembrava de como tinha chegado lá.

Será que mando mensagem para ele?

Honestamente, não sabia o que fazer. Decidindo beber vinho, comecei a beber rápido, o que era incomum. Fui para o porão e coloquei roupa para lavar, sem nem prestar atenção se tinha misturado roupas brancas com coloridas.

Então chegou uma mensagem, interrompendo a monotonia. Era de Simon.

Simon: Te amo muito.

Era bem aleatório ter chegado naquele momento, como se ele sentisse minha angústia. Lágrimas começaram a cair. E se Ginny estivesse errada, e eu acabasse acusando-o de algo que não fez? Valorizava a confiança que ele e eu havíamos criado em nosso relacionamento. Só de questioná-lo sobre algo assim já iria prejudicar isso, independente do que realmente tivesse acontecido.

Meu cérebro ia a um quilômetro por minuto. Se ao menos pudesse olhar em seus olhos, talvez encontraria a resposta. Mas ele só acabaria o plantão às seis da manhã. Sentia que iria explodir se não falasse com ele logo.

Bridget: Pode me acordar quando chegar em casa de manhã? Preciso muito falar com você sobre uma coisa.

O celular tocou quase que imediatamente. Simon parecia preocupado.

— Está tudo bem?

— Estou bem, fisicamente. Mas tem uma coisa que preciso falar com você. É importante. Então, por favor, me acorde se eu não estiver acordada.

Por mais que tentasse esconder meu surto, ele soube pelo meu tom.

— O que está havendo, Bridget?

— Prefiro não falar pelo telefone.

Pude ouvir a preocupação em sua voz.

— Deixe-me ver se alguém pode me substituir. Fique onde está. Não vá a lugar nenhum, ok?

— Certo.

Cerca de meia hora depois, Simon me enviou outra mensagem.

Simon: Consegui que o dr. Lowry me cubra pelo resto da noite. Mas vou ter que substituí-lo amanhã. Acabei de entrar no carro. Estou indo. Chego em casa logo.

Abandonando a lavagem de roupa, voltei para cima e fiquei encolhida no sofá enquanto o aguardava. *Quinze minutos.* Ele não demoraria quinze minutos. Senti que teria que aproveitar cada um desses minutos de esperança, por mais assustadores que fossem. Porque, se ele tivesse mentido para mim, poderia não conseguir confiar totalmente nele de novo.

Quando a porta abriu, não me mexi. Parecia que Simon tinha, literalmente, saído correndo para casa. Sem fôlego e com o cabelo bagunçado, parecia mais exausto do que nunca.

— Precisa me contar o que está havendo.

Fui direto ao ponto.

— Estava com uma mulher hoje em um café no East Side?

Pareceu que minhas palavras lhe tiraram ainda mais o fôlego.

— Como soube disso?

— Então estava?

— Me responda. Como soube disso?

— Ginnifer viu vocês. — Eu estava começando a chorar. — Quem é ela?

— É quem está processando o hospital.

Minha pulsação ficou mais lenta. Não tinha passado pela minha cabeça que o encontro poderia ter algo a ver com o depoimento. Mas, mesmo assim, por que ele não tinha me contado, então? Ele dissera especificamente que descansou e nunca mencionou uma palavra sobre encontrar uma mulher.

Limpando o nariz com a manga, eu disse:

— Você mentiu para mim. Disse que ficou em casa a tarde toda.

Os olhos azuis de Simon escureceram de um jeito que eu nunca tinha visto. Senti que meu mundo inteiro estava se fechando quando ele se ajoelhou diante do sofá e colocou as mãos nos meus ombros.

Ele parecia olhar fundo em meus olhos ao falar:

— Primeiro de tudo, preciso te dizer que não tem nada acontecendo entre mim e a mulher do café. O nome dela é Gina Delmonico, e foi a primeira vez que falei diretamente com ela.

Meu peito ficou mais apertado.

— Gina... Gina Delmonico? A mulher com quem Ben trabalhava? A que estava no carro quando ele... quando ele morreu?

Simon assentiu.

— Isso.

— Estou confusa. Por que estava com ela? O que está havendo, Simon?

Ele respirou fundo e fechou os olhos por um instante antes de responder.

— O que vou te contar agora provavelmente é a coisa mais difícil que já tive que fazer na minha vida inteira. — Quando ele viu minha mão tremendo, disse: — Por favor, não fique assustada. Estamos bem. Estamos muito bem, meu amor. Te amo demais. Isso não tem nada a ver conosco, mas tem a ver com Ben.

— Ben? O que tem o Ben?

— Durante o depoimento, percebi que o acidente de carro de que estávamos falando era o acidente de *Ben*. Aparentemente, eu estava trabalhando no pronto-socorro do Warwick Hospital na mesma noite em que ele morreu. A mulher que está processando o hospital por seus ferimentos é Gina Delmonico, passageira de Ben. Nunca tínhamos falado do acidente em detalhes. Eu nem sabia que havia alguém no carro com ele.

— É. Gina era sua colega de trabalho. Ele a estava levando para casa na noite do acidente. Eles trabalharam até tarde, e o carro dela não funcionou. Sempre me senti mal por não enviar um cartão para ela ou ligar. É só que... fiquei em choque quando aconteceu. Sabia que ela tinha ido para o hospital, mas disseram que não foi nada sério. Nunca soube o que houve depois.

Simon franziu o cenho, mas não disse nada.

— Então por que mentiu para mim? Não queria mencionar que a mulher que está te processando é Gina porque... porque não queria me chatear falando do acidente?

Do jeito que Simon me olhou, eu soube que não era por isso.

Sua expressão se encheu de dor, e ele estava tendo dificuldade para falar.

— Simon — sussurrei. — O que está havendo?

— Sinto muito, amor. — Ele só ficava balançando a cabeça e olhando para baixo. Quando, finalmente, olhou nos meus olhos, prendi a respiração para me preparar. — Gina e Ben tinham um caso. Ela admitiu durante o depoimento.

Apesar de ainda estar sentada, a sala começou a girar e segurei em Simon para me equilibrar. Estava encarando-o; sua boca estava se movendo, o som, saindo, mas não conseguia ouvir as palavras que ele dizia. Parecia que eu estava debaixo d'água; tudo estava abafado. Ele parou e lágrimas se acumularam em seus olhos. Segurando minha cabeça com as mãos como se eu fosse frágil e ele tivesse medo de que eu quebrasse, sua voz apareceu.

— Ela tem uma filha, Bridget. Tem três anos. Gina acha que não é filha de Ben, mas não tem certeza. Aparentemente, também teve um namorado na época.

Ele pareceu assustado por um minuto. Deve ter sido porque fiquei pálida. A sala começou a girar cada vez mais rápido.

— Bridget? Respire, querida. Respire. *Merda!*

Acordei com um pano frio na cabeça e um olhar de médico extremamente nervoso segurando minha mão.

— Você me assustou pra caralho, amor.

— O que aconteceu? — Eu estava zonza e me sentia meio enjoada.

Simon foi de nervoso a completamente em pânico.

— Por favor, me diga que se lembra da conversa que acabamos de ter. Não posso passar por isso de novo.

Tudo voltou para mim.

Ben.

Gina.

Um caso.

Uma filha.

Por um instante, pensei que fosse precisar me levantar do sofá para que Simon pudesse se deitar.

— Não, não. Eu lembro. Acho que desmaiei.

— Desmaiou. E quase me matou de susto.

Estiquei o braço e toque o rosto de Simon.

— Desculpe.

— Não peça desculpa. Só me diga que está bem. Como se sente? Fisicamente, quero dizer.

Ele pegou meu pulso e começou a contar meus batimentos. Ainda não satisfeito, tocou minha testa para ver se estava com febre, ergueu minhas pálpebras para dar uma olhada melhor em meus olhos e, então, começou a me apalpar aleatoriamente.

— O que está fazendo?

— Verificando se está bem.

— Eu caí?

— Não. Estava sentada, e te peguei nos braços e te deitei no sofá.

— Então, o que está procurando?

Simon parou de apalpar minhas pernas e olhou para mim. Pareceu perceber, pela primeira vez, que estava agindo de forma meio doida, e balançou a cabeça.

— Não faço a mínima ideia.

Mesmo sentindo que meu mundo tinha acabado de desmoronar diante dos meus olhos, ele conseguiu me fazer sorrir.

— Estou bem. Sabe que tenho uma tendência de desmaiar.

— Tem certeza?

— Tenho. Juro. — Apesar de ainda estar tonta, me sentei para assegurar ao médico preocupado. Também precisava saber mais coisa. — Me conte tudo, Simon. Quero saber cada palavra que ela disse... o que conseguir lembrar.

CAPÍTULO 34

Simon

— Ah, meu Deus! — Bridget se levantou de repente da cama.

Eram mais de duas da manhã, e tínhamos acabado de nos deitar depois de conversar por horas. Eu havia lhe contado tudo que sabia. Foi terrível fazê-la passar por essa dor. Houve muito andar para lá e para cá e gritos, mas ela não tinha desmaiado de novo. *Pensei* que finalmente tivesse começado a dormir.

Me sentei.

— O que foi? Qual é o problema?

— Um boquete. Ela estava fazendo um *maldito boquete* nele!

Já que compartilhara o que o advogado havia me contado sobre o que a investigação do hospital tinha descoberto — antes de fazermos alguma ideia de que o receptor do dito boquete era Ben —, eu não tinha me incomodado em reiterar essa parte da história naquela noite. Esperava que ela não se lembrasse.

— Desculpe. Estava torcendo para você esquecer isso.

— Meu marido morreu por causa de um boquete. Talvez, se estivesse prestando atenção no trânsito, meu filho ainda tivesse pai.

Não sabia o que dizer ou como fazê-la se sentir melhor. Ela tinha transitado entre brava e chateada a noite toda.

— Venha aqui.

Puxei-a para a cama de novo e massageei seus ombros, tentando acalmá-la. Ela ficou quieta por uns minutos, e pensei que talvez estivesse dormindo.

— Simon? — Sua voz foi um sussurro.

— Sim, amor?

— Eu não era suficiente?

Encarei o teto e xinguei o desgraçado. *Se você já não estivesse morto...* Ben e eu teríamos uma longa conversa em breve, mas, no momento, Bridget era mais importante. Ela precisava da minha segurança. Gentilmente, eu a virei para ela deitar de costas.

— Você não é *suficiente*, Bridget. Suficiente é o mínimo que precisa para satisfazer algo. Isso nem começa a descrever o que você é... você é *tudo*. Não é a porra do mínimo... é o máximo. O que ele fez não foi culpa sua. Traição não se trata da pessoa traída. Trata-se do traidor... as inseguranças *dele*. Pense nisso. Você já colou na prova na escola? Todo mundo já. Por quê? Porque teve medo de ir mal na prova... medo de não ser inteligente o suficiente ou não ter estudado muito para conseguir uma boa nota. Isso se trata *dele*, não de você. — Hesitei antes de continuar, mas achei que ela precisava ouvir. — Sei que o amava, e ele é pai de Brendan, mas ele não te merecia. As pessoas não merecem o que não respeitam. Ele não te merecia, Bridget.

Lágrimas escorreram por seu rosto.

— Como pode ter tanta certeza?

— Porque tenho, amor. Fui inseguro para ter um relacionamento minha vida inteira... conhecer você mudou isso. Você me fez uma pessoa melhor, mais segura do que nunca, não o oposto. Amor te deixa mais forte, não mais fraco.

Na manhã seguinte, Bridget dormiu até tarde. Dei uns telefonemas e tinha acabado de fazer bacon e ovos quando ela entrou na cozinha. Seu rosto estava inchado de uma noite chorando, mas ainda era a mulher mais linda que eu já tinha visto. Normalmente, as mulheres se tornavam menos bonitas para mim conforme as conhecia. O que me atraía nelas inicialmente por fora adormecia quando conhecia a pessoa por dentro. Com Bridget, era exatamente o contrário.

— Bom dia, linda.

— Café.

Sorri.

— É pra já. Sente-se. Não comeu nada ontem à noite. Vai comer meus ovos mesmo que tenha que te dar na boca.

Bridget sentou-se à mesa da cozinha, e lhe dei seu café antes de colocar mais comida no prato do que ela conseguiria comer e me juntar a ela com meu próprio prato enorme.

— Tenho que estar no hospital em uma hora — eu disse.

— Ah. — Ela franziu o cenho. — É verdade. Desculpe. Fiz você vir para casa ontem à noite, e agora vai trabalhar em vez de tirar folga.

— Tudo bem. Só odeio te deixar sozinha hoje.

— Vou ficar bem. Preciso pegar Brendan na avó em breve, de qualquer forma.

Preferiria ter ido com calma, mas não tinha tempo no momento.

— Fiz umas ligações esta manhã.

— Fez?

— DDC é uma rede de laboratórios que faz teste de DNA caseiro. Você pega o kit, passa o cotonete na boca das pessoas que quer testar e devolve o kit no laboratório. Tem um em Providence, Cranston e Warwick. Pode pegar os resultados em três dias, pela internet. Não achei que fosse querer ir ao laboratório do trabalho para sua privacidade.

— Ah, sim. Tem razão. Não tinha pensado na logística.

— Pode passar o cotonete de ambas as crianças sem o DNA dos pais. O lugar que encontrei testa mais marcadores de DNA do que a média. Então, é confiável sem um pai para testar.

— Uau. Ok. Vou precisar passar o cotonete na boca de Brendan, então. Claro que faz sentido. Só não tinha pensado nisso ainda.

— Estava pensando que, talvez, você pudesse levar ao pronto-socorro enquanto estou trabalhando, e eu poderia verificar seus sinais vitais e passar o cotonete em sua boca. Fale para ele que é um exame.

— É, vai dar certo — ela disse. — Ele fica confortável no pronto-socorro, já que trabalho lá. Também já foi paciente quando machucou o braço jogando futebol, então não vai ser tão estranho.

— Ok, que bom.

Bridget só tinha dado duas garfadas. Bebi meu café e a observei empurrar a comida no prato.

— Sabe que não gosto de bunda ossuda, então é melhor comer mais do que isso.

Ela forçou um sorriso.

— Estou sem fome.

— Mais dois pedaços de bacon. Coloque proteína no seu corpo, pelo menos.

Ela fez beicinho, mas pegou o bacon.

Olhando a hora no celular, eu sabia que teria que entrar no chuveiro em breve. Pigarreei, detestando sequer mencionar o nome.

— Também enviei mensagem para Gina hoje de manhã. Vou ao DDC de Providence no almoço hoje pegar o kit. Ela concordou em me encontrar esta tarde durante a pausa do jantar, e vou colher amostra em sua filha.

Bridget assentiu, mas, então, ficou quieta por um tempo. Pensei que, talvez, ela tivesse mudado de ideia ou que eu tivesse passado do limite.

— Ontem à noite, você falou que queria fazer o teste o mais rápido possível. Ainda quer? Não tem pressa. Talvez seja melhor esperar um pouco antes de seguir em frente. É muita coisa para absorver de uma vez.

— Não. Preciso saber assim que possível.

Assenti, porém sabia que algo ainda a incomodava. Parecia que ela estava refletindo sobre algo em vez de falar.

— Te deixei chateada por enviar mensagem para ela e seguir com isso?

— Não. Nem um pouco. Agradeço por estar cuidando de tudo. Não estava ansiosa para lidar com nada disso. Mas...

— Qual é o problema?

— Que horas vai encontrá-la?

— Às cinco da tarde. Por quê?

— Eu mesma gostaria de fazer isso. Quero encontrar Gina para coletar a amostra e conhecer sua filha.

Achei uma péssima ideia.

— Não sei se é muito inteligente, Bridget.

— Talvez. Mas preciso fazer isso, Simon. Tenho que conversar com ela.

— Bridget...

— Estou falando sério, Simon. Tenho que fazer isso. Nunca vou encerrar esse assunto com Ben porque ele não está mais aqui.

Por mais que eu odiasse a ideia, entendia sua necessidade de respostas diretamente da fonte.

— Certo. Vou com você.

— Não. Tenho que fazer isso sozinha... de mulher para mulher.

— Gostaria muito de ir junto. Quero estar lá só no caso de você precisar de mim.

Bridget esticou o braço para o outro lado da mesa e cobriu minha mão com a dela.

— Você *está* aqui se eu precisar de você. Estava aqui ontem à noite, fez todas essas coisas esta manhã e vai estar lá para mim mesmo que não esteja fisicamente *comigo*. Mas isso é uma coisa que preciso fazer sozinha, Simon.

Olhei de um olho para outro e vi sua pura determinação me encarando de volta. Odiava a ideia de ela ir sozinha, mas pensei no que eu tive que fazer com Blake. Alguns fantasmas simplesmente precisam ser exorcizados. Contra minha vontade, finalmente assenti.

— Vou avisar a Gina que é você quem vai.

Bridget balançou a cabeça.

— Não. Não avise. Não quero que ela esteja preparada para mim. Não será diferente do que foi quando descobri sobre ela. Quero respostas sinceras, não algo planejado. É melhor que ela seja surpreendida.

CAPÍTULO 35

Bridget

Não conseguia fazer minhas mãos pararem de tremer.

Simon tinha combinado de encontrar Gina no McDonald's perto do hospital, que tinha um espaço kids. Estacionei perto das janelas grandes e olhei para dentro para meia dúzia de menininhas correndo. *Uma delas poderia ser filha do meu marido. Meia-irmã do meu filho.* A ideia me fez sentir que iria vomitar bem ali no carro. Precisei abaixar o vidro da janela para tomar um ar fresco, depois fechei os olhos por cinco minutos a fim de passar a vontade arrasadora de vomitar.

Felizmente, meus pés conseguiram se mover, mesmo que meu cérebro estivesse gritando para correr para o outro lado.

Abrindo a porta do restaurante para a área das crianças, olhei pelo espaço e procurei uma mulher que se encaixava na descrição que Simon me dera. À direita, havia uma morena sentada com uma mulher ruiva conversando — poderia ser ela. Mas imaginei que fosse vir sozinha. À esquerda, havia outra morena de costas para mim, porém estava sentada com gêmeos que pareciam ter uns três anos. Estava começando a respirar com mais tranquilidade, aliviada que talvez ela não aparecesse, quando vi uma mulher no canto perto de um brinquedo de bola com uma garotinha. Meu coração começou a acelerar conforme andei em sua direção. Ela era linda. Simon não tinha mencionado isso.

Pensei em virar e ir embora, mas, então, um menininho mais ou menos da idade de Brendan caminhava segurando a mão de uma menininha mais ou menos da idade da filha de Gina. Provavelmente, eles eram irmãos. Meu peito apertou, e eu sabia que tinha que continuar com isso. Precisava saber, para o bem do meu filho, mesmo que não fosse para minha própria sanidade.

Sem me dar outra oportunidade de recuar, fui até a mesa onde eles estavam sentados. A mulher olhou para cima para mim e, primeiro, sorriu.

Encarei-a até esse sorriso se transformar em preocupação. Ela envolveu o braço em sua filha de forma protetora.

— Posso ajudá-la?

Minha voz mal era um sussurro.

— Você é Gina Delmonico?

— Sim.

Quando meu olhar se desviou para sua filha, buscando sinais do meu marido, sinais do meu filho, ela deve ter entendido. Fechando os olhos rapidamente, ela assentiu.

— Sim, sou Gina. Você é Bridget, não é?

Congelei enquanto a mulher falava com sua filha.

— Quer ir brincar?

A menininha pulou, animada.

— Sim! Sim! Sim!

— Ok, querida. — Gina se levantou e olhou para mim. — Com licença por um instante. — Ela foi ajudar a filha a entrar no brinquedo e, depois, voltou. Gesticulando para a lateral da mesa em que estava sentada, disse: — Preciso conseguir ficar de olho nela enquanto está lá. Se importa se eu sentar deste lado?

Apenas continuei ali parada. Após ela se ajeitar, olhou para mim.

— Quer conversar comigo ou só quer colher amostra de Olivia?

— Olivia?

— Minha filha. Presumi que foi por isso que você veio, e não o dr. Hogue.

Piscando algumas vezes, finalmente consegui me mover e me sentar. Não sei o que esperara, talvez que eu gritasse com ela ou ela corresse de mim quando percebeu quem eu era, mas sentar para ter uma conversa civilizada não era uma delas.

Pelo menos, Gina teve a decência de parecer constrangida. Encarando a xícara de café na mesa diante de si, ela balançou a cabeça e expirou de forma trêmula.

— Sinto muito.

— Não vim para que peça desculpa. Vim porque preciso saber por quê. Por que ele quis você?

— Ele não me amava. Era... só um caso... só... sexo.

Ben e eu tínhamos uma vida sexual normal, ou pelo menos era o que eu achava. Sentindo que sua resposta não era suficiente para mim, Gina continuou:

— A única coisa que ele me contou sobre o casamento de vocês foi que estava tentando engravidar de novo. Me disse que tiveram dificuldade da primeira vez e... bem... mencionou que você tinha parado de fazer sexo espontâneo e que se tornara algo planejado. Acho que quando ovulava e tal. Ele não entrou em detalhes.

Ben e eu *havíamos* tido dificuldade para engravidar de Brendan, o que resultou em teste de fertilidade e meu diagnóstico de síndrome de ovário policístico. Há alguns anos, estávamos tentando engravidar de novo. Cerca de um ano antes de ele morrer, que coincidiu com o início do seu caso com aquela mulher. Durante essa época, nossa vida sexual estava meio que agendada a fim de tentar aumentar as chances de eu engravidar. Isso foi suficiente para fazer meu marido me trair?

Balancei a cabeça.

— Você sabia que ele era casado desde o início?

O rosto de Gina ficou vermelho, e ela pareceu nervosa ao responder.

— Sabia.

— Como pôde? Como se sentiria se fosse seu marido?

— Não tenho nenhuma desculpa além de dizer que eu não era uma boa pessoa antes do acidente. E não foi apenas o que eu tinha feito a você. Quando meu pai ficou doente, não o visitei muito. Quando estava concorrendo a uma promoção no trabalho, espalhei boatos sobre o outro candidato ter problemas com bebida a fim de ganhar o cargo, e não ele. Colocava a mim, minhas vontades e necessidades, acima de tudo. Basicamente, era egoísta e não pensava no que estava causando na vida de outras pessoas.

— E agora? Está dizendo que mudou?

Ela olhou para baixo.

— Sim. Pelo menos, estou trabalhando nisso.

Olhei para fora pela janela por uns instantes. Estranhamente, não queria gritar nem berrar mais. Só queria colocar essa coisa toda para trás.

— Ela se parece com ele?

Ela balançou a cabeça.

— Não parece, não. E sempre usamos camisinha. Ben era muito bom nisso.

Bufei.

— Que nobre da parte dele.

— Como falei ao seu namorado, realmente acho que ela não é de Ben. Mas não dá para ter cem por cento certeza porque... você sabe.

— Porque estava dormindo com meu marido na mesma época em que traía seu namorado?

— Sim.

— Gostaria de colher uma amostra dela agora. Talvez possamos fazer isso no banheiro. Vai demorar apenas um minuto.

— Sim, tudo bem.

Era bizarro entrar no banheiro com a amante do meu marido e coletar amostra da menininha. Gina simplesmente disse à filha para abrir a boca para a enfermeira boazinha verificar suas bochechas. A menininha inocente não era a mais sábia. Quando terminei, fiquei ansiosa para sair logo dali. Gina, por outro lado, pensou que tínhamos nos tornado amigas e que poderia falar sobre homens enquanto eu guardava o kit na bolsa.

— Então, está saindo com o dr. Hogue agora?

Olhei para ela no espelho enquanto lavava as mãos na pia.

Ela continuou:

— Ele parece um bom partido. Fiquei bem chateada quando ele percebeu quem eu era e as conexões que tínhamos.

Peguei um papel-toalha e tentei ignorá-la.

Mesmo assim, ela não entendeu a deixa.

— Além disso, ele é médico e tal.

Eu queria bater naquele seu sorrisinho tarado por homens. Mas não faria isso diante da sua filha. Terminando o que tinha ido fazer, me ajoelhei para a menininha. Peguei sua mão e apertei gentilmente.

— Foi muito bom te conhecer, Olivia.

Ela sorriu, e aproveitei a última oportunidade para analisar seus traços e procurar qualquer sinal de Ben. Não consegui encontrar nenhum.

Me levantando, coloquei a bolsa no ombro e me inclinei para Gina para que sua doce filha não conseguisse ouvir.

— Fique longe do dr. Hogue, sua destruidora de lares. Você não mudou nada.

CAPÍTULO 36

Bridget

Foram os três dias mais longos da minha vida.

Um dia depois de me encontrar com Gina, levei Brendan ao hospital no fim do plantão de Simon para uma coleta. Detestava mentir para o meu filho, porém não havia motivo para a lembrança do seu pai ser manchada. Apenas um dia e meio depois, eu saberia a verdade.

Estranhamente, no último dia, o objeto do meu pensamento obsessivo não era meu falecido marido traidor. Era algo que sua amante tinha falado que eu não conseguia esquecer. Ela me lembrara da dificuldade que eu tinha de engravidar. Não sabia se Simon queria filhos. No entanto, não seria justo, da minha parte, não avisá-lo que havia uma possibilidade de eu não conseguir lhe dar filhos. Se já tinha sido difícil há quase dez anos, agora eu estava envelhecendo.

Simon havia tomado um banho rápido depois do jantar e ido para seu quarto se trocar enquanto eu colocava Brendan para dormir. Encontrei-o na cozinha servindo duas taças de vinho.

— Você leu minha mente — eu disse.

— Imaginei que quisesse.

Ele colocou seu cabelo úmido do banho para trás, mas uma mecha comprida e loira caiu em seus olhos conforme me entregava uma taça. Olhei-a e levei o vinho aos meus lábios.

— Brendan tem horário marcado no barbeiro na semana que vem. Estou achando que é melhor eu levar você também.

— Vou cortar meu cabelo se você não gosta.

— Vai?

— Com certeza. — Ele deu de ombros. — Só tem que me mostrar um peito.

Engasguei engolindo o vinho.

— O quê?

— Você ouviu. Vou trocar um corte de cabelo por um showzinho.

— Vai cortar o cabelo se... eu mostrar um peito?

— Combinado? — Ele arqueou uma sobrancelha.

Estiquei o braço.

— Combinado, dr. Hogue. Talvez Brendan pare de reclamar se você cortar também.

Simon pegou minha mão e, então, me puxou rápido contra ele e sussurrou em meus lábios:

— Eu tinha um horário marcado para este sábado de manhã, mas agora vou ganhar um peito também.

— Você me enganou! — Dei risada.

— Querida, rasparia a cabeça só para conseguir esse sorriso por um minuto. — Ele passou o dedo indicador no meu lábio inferior. — Senti falta dele.

Respirei fundo.

— Eu sei. Desculpe. Por que não vamos sentar na sala? Tem uma coisa que queria conversar com você.

— Se esse é o código para você abrir a camisa e me deixar lamber um mamilo, estou dentro.

Empurrei-o brincando, depois peguei sua mão e o puxei até o sofá.

Simon entendeu que havia alguma coisa errada quando respirei fundo e esfreguei as mãos.

Ele colocou a mão no meu joelho.

— Está nervosa com o teste?

— Estou, mas não é sobre isso que quero conversar com você.

Sua expressão ficou séria.

— Certo.

Demorei quase um minuto para organizar meus pensamentos.

— Estou meio constrangida por falar nisso agora com você, e tenho certeza de que não quero te fazer surtar...

— A única coisa que está me fazendo surtar é não saber o que está te incomodando tanto que não seja o teste de DNA. Fale, o que quer que seja.

— Vou fazer trinta e cinco anos...

— Uma mãe gostosa pra caramba, sim. Sei qual é sua idade.

— O que quero dizer com isso é que... estou realmente chegando a um ponto em que terei cada vez mais dificuldade de engravidar a cada ano que passa. Estou preocupada em não conseguir te dar filhos, se for uma coisa que você quer.

— É nisso que está pensando?

— É. Bem, é uma coisa em que eu deveria ter pensado antes, mas só quando conversei com Gina foi que realmente me lembrei da dificuldade que Ben e eu tivemos para engravidar. Tenho síndrome do ovário policístico. Significa que meus hormônios são desequilibrados. Adicionando o fato da minha idade agora comparada àquela época...

— Uau! — ele interrompeu. — Isso tudo é coisa demais para você estar se preocupando acima de todo o resto.

— Eu sei. Não consigo evitar. É uma preocupação séria. Parece muito adiantado falar disso com você, mas sinto que precisa entender isso, caso queira um filho seu. Porque posso não ter muito tempo sobrando para te dar um... isto é, se eu *conseguir* te dar um.

Simon piscou várias vezes seguidas e pareceu estar absorvendo minhas palavras.

— Uau. Certo. Vou ser sincero. Por muitos anos, eu estava convencido de que não aguentaria a responsabilidade de um filho. Parte disso tinha a ver com meu nível de maturidade da época e uma parte ainda maior tinha a ver com os sentimentos de culpa em relação a Blake... medos de não conseguir criar, coisas assim.

Interrompendo-o, eu disse:

— Me sinto horrível por falar disso agora. Sei que é cedo demais para sequer pensar nisso.

— Por que se sente horrível? Sempre espero que me diga exatamente o que está pensando. Precisamos sempre ser sinceros um com o outro.

— Não espero que tome uma decisão agora nem nada. Mas quero que reflita sobre isso. Porque, se quer um filho, não sei se vai acontecer, e não temos a eternidade para tentar.

— Ok... Vou pensar. Espere um pouco.

— Alguns meses?

— Não, alguns segundos. — Ele fechou os olhos firmemente, então os abriu. — Ok, pensei.

— Pensou?

— E minha conclusão é que *não* preciso pensar nisso. Porque, no meu coração, sei que amaria ter um filho com você. Mas não se isso te causar estresse e ansiedade.

— Você quer?

— Sim. Porque te amo, e amaria viver isso com você. E claro que penso nisso, Bridget... com frequência, na verdade. Então, contanto que isso não a coloque em perigo, estou aberto para o que quiser. Vou deixar bem claro que não *preciso* de um filho do meu próprio sangue para me sentir completo. Então, se não acontecer, tudo bem também.

— Acho que fala isso agora, porque ainda é jovem. Mas vai se arrepender se não tiver. É um homem lindo. Não consigo imaginá-lo sem procriar.

— Deixe-me te perguntar uma coisa. *Você* quer outro filho? Isso é tão importante quanto o que eu quero. Porque não sou eu que o carregaria, sabe.

Não precisava pensar na resposta.

— Sim. Quero. Só nunca pensei que fosse ser possível para mim de novo.

Simon me puxou, acariciando meu cabelo enquanto eu descansava a cabeça em seu peito, e falou baixinho:

— Todo este ano pareceu ser destino para mim... a forma como nos conhecemos, como acabamos aqui, de todos os lugares do mundo. Por que não deixar isso para o destino também? Não vamos nos preocupar tanto para não nos estressarmos, mas pensar que, se acontecer, aconteceu.

— Bem, tomo pílula... então não vai acontecer se...

— Por que não as joga fora esta noite?

Olhei para ele.

— Está falando sério? Você... quer começar *agora*? Estaria pronto caso acontecesse?

— Esse bebê seria parte de mim e de você. Nem preciso pensar se iria *querer*. Estou preparado caso aconteça. Também estamos preparados para lidar com tudo caso *não* aconteça, eu acho.

— Sim. Já passei por isso, e pode ser bem devastador quando está esperando acontecer e não acontece.

— O que vamos fazer é o seguinte — ele disse. — Vamos transar muito e nos amar muito... como sempre fazemos. E vamos deixar isso para o destino, ok?

Sorri, muito aliviada por termos conversado sobre isso.

— Ok.

No dia seguinte, eu tinha acabado de chegar em casa depois de pegar Brendan na escola, e Simon estava na cozinha fazendo um jantar cedo para nós antes de seu plantão mais tarde naquela noite.

— Acha que os resultados podem ter saído? — ele perguntou.

— Vou para o meu quarto verificar.

Ele soltou seu pegador de macarrão.

— Quer que eu vá junto?

— Não. Vou ficar bem. Já volto.

Ao chegar ao quarto, abri o laptop, entrei no site da empresa de teste de DNA e inseri a senha. Para minha surpresa, o *status* tinha mudado de *Processando* para *Resultados* para *Disponíveis*. Eu sabia que, se clicasse, não teria jeito. Descobriria se meu filho tinha uma meia-irmã.

Era melhor esperar?

Será que eu estava pronta?

Sem pensar muito, cliquei e desci a página, lendo as palavras que iriam mudar totalmente o clima da minha noite.

Resultados: Brendan Valentine não é parente de Olivia Delmonico.

Olhei para o teto e gritei:

— Sim!

Ouvi Simon vir correndo da cozinha. Ele apareceu na porta em questão de segundos.

— Sim ruim ou sim bom?

— Sim bom. Deu negativo!

Ele me ergueu no ar e me girou.

— Estou tão aliviado.

Com a mão cobrindo meu coração, respirei de novo.

— Eu também.

Simon me beijou bastante, depois disse:

— Se Brendan tiver um irmão um dia, seremos *nós* que daremos a ele.

Uma semana depois, deve ter sido lua cheia. Brendan estivera com um péssimo humor o dia todo. Acabou com ele xingando Simon, que tinha apenas lhe pedido uma simples tarefa. Não era típico do meu filho ser tão desrespeitoso.

Eu estava lavando roupa no porão quando os ouvi conversando no andar de cima.

Simon estava gritando.

— Como assim? O que disse?

— Nada — Brendan respondeu.

— Não fale assim comigo. Entendeu? Precisa respeitar sua mãe e eu. Termine de guardar as garrafas e, depois, vá para seu quarto até eu falar para sair.

Brendan choramingou:

— Simon...

— Vá! — Simon repetiu. — Vou te chamar quando o jantar estiver pronto.

Subi correndo e encontrei Simon apoiado no balcão, parecendo chateado.

— Ouvi tudo. Você fez a coisa certa — garanti a ele.

— Se eu falasse com *meu* pai assim, pagaria bastante.

Meu pai. Não sabia se ele tinha percebido que a forma como dissera implicava que se considerava pai de Brendan. Não consegui parar de sorrir para ele.

Simon viu minha expressão.

— O que foi?

— Você fica fofo quando está bravo.

— Ah, é? Vou descontar em você depois. O que acha disso?

— Vou gostar. E acho que deveria se mudar para cá permanentemente.

— Hum... é... estou morando aqui já faz um tempo. Diria que é permanente.

— Quis dizer para o meu *quarto*.

Ele ergueu as sobrancelhas.

— É?

— É.

— Bem, tudo bem, então. Não vai me ouvir reclamar sobre isso.

E, simplesmente assim, em uma noite aleatória de lua cheia, Simon se tornou oficialmente o homem da casa.

CAPÍTULO 37

Simon

Dizem que, quando a vida te dá limões, é para fazer limonada. Eu não tinha muita certeza de como isso se aplicava à infertilidade, que, com frequência, parecia um processo vazio e ingrato no qual nem havia limões para se trabalhar.

A ironia era que todo o resto em nossa vida fora perfeito nos últimos meses. O hospital finalmente chegou a uma solução e me contratou para um cargo interno permanente na nova clínica deles na saída da cidade. O horário era bom, das sete da manhã às cinco da tarde, me permitindo passar ainda mais tempo com Bridget e Brendan do que antes.

Embora Bridget e eu tivéssemos jurado não deixar a coisa do bebê nos estressar, a cada mês que passava, parecia ser algo que queríamos cada vez mais. O aniversário de trinta e cinco anos de Bridget estava chegando. E ficou claro que deixar para o "destino" não estava dando certo. Se quiséssemos realmente um filho, iríamos precisar de ajuda.

Optamos por nos consultar com um médico de fertilidade que verificou a contagem do meu esperma para determinar que estava anormalmente alto. Enquanto isso era boa notícia por um lado, por outro, só colocava mais pressão em Bridget. E eu odiava isso. Tentamos medicamentos primeiro, e isso levou a injeções diárias. Não vou mentir, as injeções eram bem difíceis de assistir. Mas sabíamos que provavelmente era o único jeito de acontecer, e o médico dissera que esperar demais só diminuiria ainda mais nossas chances.

Queria pedir Bridget em casamento há um tempo, mas toda a nossa energia mental era gasta tentando engravidar. Planejar um grande pedido acabava ficando para depois. Apesar de termos conversado sobre o fato de que nenhum de nós sentia que um papel era necessário para definir nosso compromisso, ainda era algo que eu queria.

Nunca isso foi tão verdade do que em certa noite quando Bridget estava parada diante de mim no banheiro. Ela estava aplicando a injeção no abdome pelo que parecia a milésima vez, e simplesmente percebi o que ela estava disposta a fazer por mim. Não podia dizer que outra pessoa já tinha me demonstrado tanto amor através de ações na minha vida inteira. De repente, vi que não podia mais esperar. Queria me casar com ela — para ontem. Claro que não precisávamos de um papel para definir nosso relacionamento, mas eu *queria*.

Ela estava jogando fora a seringa em um pote de vidro quando cheguei por trás e dei um beijo em seu pescoço.

— Por que isso?

— Porque te amo — eu simplesmente disse. — Vou colocar Brendan para dormir. Só relaxe. Escolha o que quer assistir esta noite.

Nosso tempo de adulto depois de Brendan ir dormir sempre era meu momento preferido da noite após um longo dia. Não havia nada como me aconchegar com meu amor enquanto ela caía no sono em meus braços. Bridget sempre dormia antes de acabar o que quer que estivéssemos assistindo. Era por isso que, ultimamente, optamos por sexo antes de ligar a televisão. Mas, naquela noite, eu via que ela estava exausta demais para transar, por mais que eu quisesse.

Brendan estava jogando em seu tablet quando entrei em seu quarto.

— Ei, amigão. Hora de desligar o jogo e escovar os dentes. Depois de sair do banheiro, quero falar uma coisa com você, ok?

Quando Brendan entrou no banheiro, aproveitei para fazer algo que não fazia há um tempo: conversar com Ben.

Indo até a escrivaninha, ergui o porta-retratos.

— Não tenho muito tempo, então aqui vai. Sabe que estou bravo com você pelas diversas coisas que fez com ela, e nunca vou te perdoar. Mas a questão é que, com sua morte, eu ganhei muita coisa. Devo a você por esta vida, de uma forma estranha. Pode ter sido um marido de merda, mas, pelo que ouço, você foi um bom pai. Pode descansar em paz sabendo que vou cuidar bem do seu filho, não como amigo, mas como o pai que ele merece. E, se vale alguma coisa, vou continuar cuidando *muito* bem da sua esposa. Entenda como quiser.

Quando ouvi os passos de Brendan se aproximando, coloquei a foto de volta no lugar.

— Venha — eu disse. — Vou te colocar na cama e vamos conversar.

Depois de ele deitar na cama, me sentei na beirada do colchão.

— Você sabe como sua mãe e eu conversamos com você sobre ela e eu compartilharmos um quarto agora e tudo o mais...

— Sim. Você falou que a cama dela é mais confortável do que a do outro quarto.

— Certo. Isso faz parte. Mas trata-se mais de ficar mais confortável com *ela* perto de mim à noite, meio que como você gosta de dormir com seu coelho de pelúcia, Miffy.

Ele pareceu entender.

— É.

— Enfim... quero te perguntar uma coisa. E não quero que sinta que precisa responder se não tiver certeza.

— Ok.

— Normalmente, um homem faz essa pergunta para o pai de uma mulher, mas, já que seu avô não está mais por aqui e valorizo sua opinião mais do que a de qualquer um, gostaria de perguntar o que acha de eu pedir sua mãe em casamento.

Ele se endireitou, encostado na cabeceira para olhar melhor para mim.

— Isso nos tornaria uma família de verdade?

— Bem, sinto que já somos. Não acha?

— É. Mas às vezes sinto que é ruim pensar nisso.

— Por causa do seu pai?

— Não quero que ele fique triste por eu te amar.

Suas palavras me fizeram fechar os olhos. Não apenas ele nunca tinha dito que me amava, como também a outra parte foi difícil de ouvir.

— Também te amo, amigão. Te amo exatamente como um pai ama o filho. E acho que seu pai não está triste no Céu. Acho que está feliz por eu estar aqui cuidando de vocês. Sei que eu me sentiria assim se fosse ele.

— Eu quero que se case com minha mãe.

— Quer? Tenho sua permissão?

O sorriso levemente tímido em seu rosto era adorável.

— Tem.

— Obrigado por sua benção. Não queria pedir para ela sem isso.

— Quando vai pedir? Podemos fazer uma festa?

— Claro. Mas ainda não pensei nisso. Vou te avisar quando for pedir. Combinado?

— Combinado. — Ele me deu um tapinha de cumprimento e perguntou: — O que você seria para mim se casasse com minha mãe?

— Seria seu padrasto, tecnicamente. Mas, para mim, isso não é diferente de um pai.

— Do que eu te chamaria?

— Pode me chamar do que quiser... contanto que não seja um palavrão. — Dei risada. — Ainda pode me chamar de Simon ou me chame de papai, se quiser. Ou, talvez, queira reservar esse termo para seu pai, Ben, e me chamar de algo como... Meu velho. É do que chamo meu pai de vez em quando. Porque, na verdade, Brendan, espero que me veja como um pai adicional, não um substituto. Nunca poderia substituir seu pai.

Ele demorou alguns instantes para pensar na minha sugestão, depois disse:

— Meu velho. Gostei. Meu velho para meu pai aqui e papai para meu pai no Céu.

Bagunçando seu cabelo, eu sorri.

— Acho brilhante, filho.

CAPÍTULO 38

Simon

Precisei de mais de um mês para, finalmente, pensar no que iria fazer.

Quando nos conhecemos, Bridget mencionou que nunca fora no WaterFire em Providence. Meu plano era levá-la em uma gôndola e pedi-la durante o trajeto. Então, no dia seguinte, iríamos para Newport para um passeio de família com Brendan a fim de comemorar o noivado e fazer a festa que ele queria.

Era a noite de sexta, do pedido. Tanto Bridget quanto eu tínhamos o fim de semana inteiro de folga. Ela estava se vestindo enquanto eu perambulava pela sala, treinando o que iria lhe dizer mais tarde. Me surpreendeu como eu estava nervoso. Queria que fosse perfeito.

Meu celular tocou, interrompendo meus pensamentos.

— Alô?

— Simon, é sua mãe.

— Mãe? É tarde aí. Está tudo bem?

— Sim, filho. Está tudo ótimo. Seu pai e eu acabamos de pousar em Boston.

— O quê?

— Não fique tão animado.

— Estão aqui nos Estados Unidos?

— Seu pai está alugando um carro. Então, vamos dirigir até aí. Ainda está morando com aquela mulher? Acabei de colocar o endereço do seu cartão de Natal no GPS.

Merda. Isso não poderia estar acontecendo.

— É esse mesmo.

Respirei fundo. Desde minha última viagem para casa, meu relacionamento com meus pais tinha ficado tenso, particularmente com minha mãe. As poucas conversas que tivera com ela eram todas sobre como iria me arrepender da decisão de ficar longe da minha família para sempre. Meu pai ficava quieto o tempo todo, mas eu sabia que ele concordava com ela. Eu era filho único, e eles queriam que eu assumisse o legado da família em Leeds, cuidasse das propriedades deles. Minha mãe estava convencida de que Bridget não era a certa para mim pelo simples fato de que ela fora casada antes e tinha um filho. E, por mais que eu detestasse admitir, sabia que também era porque ela era americana. A única coisa que já escondi de Bridget foram minhas conversas com meus pais. Não consegui deixá-la ter esse fardo sem motivo. Teria partido seu coração. Mas o problema disso era que agora ela não estava nada preparada para qualquer tipo de confronto.

— Seu pai e eu pensamos que era hora de virmos verificar as coisas.

— Por que não me contaram que estavam vindo para eu me preparar?

— Sabíamos que você não iria querer. Seu pai tinha umas milhas que iriam expirar na semana que vem, então resolvemos usá-las. E aqui estamos. Te vemos em uma hora.

Droga. Seria um pesadelo.

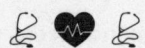

Bridget

Simon apareceu na porta enquanto eu colocava os brincos. Quando me virei para ele, vi, em sua expressão, que havia algo errado.

— Simon?

— Temo que houve uma mudança de planos para esta noite, amor.

— Como assim?

— Não acredito que vou dizer isto... mas meus pais estão vindo para cá.

— O quê? Estão aqui? Nos Estados Unidos?

— Pousaram em Boston e estão dirigindo para cá enquanto conversamos.

Meu sangue estava bombeando acelerado.

— Ah, meu Deus.

— Desculpe por termos que cancelar nosso jantar. Você não faz ideia do quanto sinto muito.

— Está brincando? Sempre podemos ir ao WaterFire. Não é todo dia que seus pais vêm para cá. Eu sempre quis conhecê-los. Só esperava um aviso mais antecipado.

— Bridget, tem uma coisa que você precisa...

— Tenho que correr para o Shaw's. — Não havia tempo para conversar. Eu tinha que fazer compras. — Não temos nada para oferecer a eles. Não posso deixar que seus pais venham aqui com a geladeira vazia.

Ele me seguiu na pressa.

— Por que não os levamos para jantar?

— Não posso fazer isso. São seus pais. Preciso recebê-los em nossa casa, cozinhar para eles.

— Bridget, temos que...

— Não há tempo! — Em pânico, peguei a bolsa e saí correndo do quarto. — Já volto.

No mercado, me deparei com todo tipo de problema imaginável. Não havia os ingredientes de que eu precisava, me fazendo ter que substituir. As filas estavam compridas.

Quando cheguei em casa, me senti atordoada ao entrar na cozinha e ver Simon parado ali com os pais dele.

Puta merda. Os pais dele!

A mãe de Simon era uma escultura loira, exatamente como eu a teria imaginado. Ele tinha me mostrado uma foto de família uma vez, mas que foi tirada há alguns anos. O cabelo do seu pai era branco, mas também parecia ter sido loiro quando jovem. Definitivamente, Simon se parecia com ele. Seus pais eram bem altos.

Sem fôlego, corri até eles.

— Sr. e sra. Hogue. É muito bom finalmente conhecê-los.

Assim que as palavras saíram da minha boca, o fundo do saco marrom de papel do mercado que eu estava segurando cedeu, derrubando a caixa de ovos no chão, mas o pior foi que espirrou nos pés da mãe de Simon.

Em pânico, fiquei de quatro literalmente e peguei as cascas quebradas dos ovos com as mãos.

— Sinto muito. Ah, meu Deus.

Simon veio até mim com um pano.

— Eu cuido disso, querida. Está tudo bem.

No meio do caos, olhei para a mãe dele de novo do chão e repeti:

— Sinto muito.

— Está tudo bem — ela disse, sem parecer estar gostando muito.

Quando me levantei, vi que o pai de Simon estava olhando diretamente para o meu peito. No processo de me inclinar para pegar os ovos, meu peito tinha saído do vestido preto que estava usando porque nossa noite romântica tinha sido cancelada.

— *Vista algo sexy* — *ele disse.*

Bem, isso foi um grande erro.

Erguendo o tecido por cima do seio para cobrir, não tive escolha a não ser ignorar o óbvio.

Tentando salvar esse primeiro encontro desastroso, sorri para tentar amenizar a situação.

— Claramente estou meio desconcertada. Pelo menos os ovos eram apenas para o café da manhã, e não para o jantar.

— Está tudo bem. Nós surpreendemos vocês — o pai dele disse.

Me virei para a mãe dele.

— Sinto muito mesmo, sra. Hogue.

— Não precisa se desculpar de novo. Por favor, me chame de Eleanor. Meu marido se chama Theo.

Simon olhou para cima do chão ao continuar limpando os ovos.

— Bridget insistiu em fazer um bom jantar para nós. Eu havia sugerido que saíssemos, mas, sinceramente, ela é uma cozinheira maravilhosa.

Após alguns minutos de conversa constrangedora, Simon finalmente terminou e lavou as mãos.

— Pai, quer uísque?

— Só se você for beber.

Simon e seu pai foram para o armário de bebidas na sala.

Pouco depois, Brendan saiu do nada, abraçando as pernas da mãe de Simon.

— Vovó!

Ela se assustou e quase tropeçou.

Imediatamente, Brendan percebeu seu erro. O pobrezinho ficou constrangido. Tinha se aproximado dela por trás, pensando que fosse a mãe de Ben, Ann, que chegaria a qualquer minuto para buscá-lo. Ambas as mulheres tinham cabelo loiro e curto, então era fácil ver por que Brendan se confundiu.

— Desculpe. Pensei que fosse minha avó. Ela vai vir me buscar e me levar para a casa dela.

Ela alisou sua saia.

— Está tudo bem.

Envolvendo o braço nele, eu disse:

— Brendan, esta é a mãe de Simon. Os pais dele vieram fazer uma surpresa para nós.

— Oh. — Ele ergueu a mão em um aceno. — Olá.

— Olá. — Ela sorriu.

Simon entrou de novo na cozinha com seu pai.

— Oi, amigão. Estou vendo que já conheceu minha mãe. Este é o meu pai.

Theo se abaixou, estendendo a mão para Brendan.

— É muito bom te conhecer, jovenzinho.

Theo e Eleanor conversaram um pouco com Brendan enquanto eu começava a preparar o frango com alecrim. Simon pareceu tenso ao beber todo o seu uísque.

Pouco depois, a mãe de Ben chegou para levar Brendan para sua casa. Após uma rápida apresentação, meu filho se despediu adoravelmente de todo mundo.

Os olhos de Eleanor ficaram grudados em Simon o tempo inteiro em que ele abraçava forte Brendan, despedindo-se. Simon também tinha sussurrado em seu ouvido, algo sobre uma mudança de planos. Pensei o que seria isso.

O alívio me percorreu quando Simon e seus pais foram para a sala, me deixando sozinha para terminar de preparar o jantar. Parecia a primeira vez que eu conseguia respirar desde que chegara do mercado.

Quando a comida estava pronta, todos nos sentamos à mesa de jantar que eu usava, principalmente, para organizar a papelada e as contas. Ainda bem que Simon tinha tirado toda a minha tralha da mesa, o que eu me esquecera completamente de fazer.

O jantar estava estranhamente quieto. De vez em quando, seus pais atualizavam Simon de coisas da cidade deles. Mas havia muito silêncio entre os barulhos dos talheres.

Em certo momento, a mãe dele se virou para mim.

— Bridget, está tudo delicioso.

— Obrigada. É receita da minha mãe.

Simon colocou a mão no meu joelho debaixo da mesa.

Quando o olhei, ele se inclinou e me deu um selinho nos lábios, o que certamente não passou despercebido por Eleanor.

Me levantei.

— Tenho que começar a preparar a sobremesa. Vai demorar um pouquinho.

— Precisa de ajuda? — Simon perguntou, parecendo quase ansioso para se juntar a mim.

— Não. Curta seus pais. Eu cuido disso.

Diferente da maioria das salas de jantar, a minha ficava do lado oposto da casa em relação à cozinha. Nunca entendi o motivo dessa separação, mas, naquele dia em particular, eu estava grata porque a mãe de Simon pensava que eu não estava ouvindo.

Tinha esquecido meu celular no peitoril da janela da sala de jantar, então voltei para pegá-lo e os escutei discutindo. Parei e me escondi atrás da parede para ouvir.

— Esse menininho vai ficar muito apegado a você, Simon. É perigoso.

— Já aconteceu, mãe. Eu o amo.

— Como pode amar o filho de outro homem?

— Eu o considero meu.

Houve uma longa pausa até Eleanor falar de novo.

— Bridget é adorável. Sinceramente. Na verdade, estou agradavelmente surpresa. Mas você precisa perceber que ela vai te prender nesta situação para sempre. Nunca vai sair, Simon. Nunca.

— Me prender? Eu adoraria ficar preso aqui. Não se pode prender alguém em um lugar que é o único lugar no mundo em que essa pessoa quer ficar.

Sua mãe continuou a discutir com ele enquanto seu pai ficava em silêncio.

— Não pode estar falando sério, filho. Nunca vai poder voltar para a Inglaterra. Vai ficar preso aqui pelo resto da vida, longe da sua família e das pessoas que te amam.

— As pessoas que me amam estão aqui.

Simon jogou o guardanapo na mesa. Parecia que ia se levantar, então corri na ponta dos pés para a cozinha.

Debruçada no balcão, desmoronei totalmente. Tão arrasada com a tristeza em relação a como seus pais realmente se sentiam, me derramei em lágrimas.

CAPÍTULO 39

Simon

Eu precisava de outra bebida, mas, mais do que isso, precisava ver como Bridget estava e sair de perto dos meus pais por uns minutos.

Bridget estava preparando as camadas de ingredientes de sua torta de chocolate com frutas quando vi seus ombros tremendo.

Correndo até ela, perguntei:

— Meu Deus, está chorando?

Lágrimas escorriam por suas bochechas.

— Por que nunca me contou o que seus pais achavam? Pensei que tivessem vindo me conhecer, não alertar você contra mim!

— Você os ouviu falando daqui?

— Eu tinha ido pegar meu celular para ver de novo a receita. Estava ouvindo atrás da parede. Ouvi tudo.

Isso me deixou arrasado.

Puxei-a para o meu peito.

— Sinto muito por ter ouvido aquela besteira. Não importa o que eles acham, principalmente agora. Te amo muito, Bridget, mais do que qualquer coisa neste mundo. Nunca quis te incomodar com essa tolice deles, porque não importa nada.

Ela recuou para me olhar nos olhos.

— Importa para mim. Quero que gostem de mim, que entendam o quanto te amo. Me julgaram antes mesmo de eu poder provar algo para eles.

— Não ouse se chatear agora. Vou consertar isto. Eles não podem vir na nossa casa e te desrespeitar assim, mesmo que pensem que você não está ouvindo. — Eu sabia o que precisava fazer. — Você confia em mim?

— Por quê? O que vai fazer, Simon?

— Vamos enfrentar isso agora mesmo. Vou fazer com que entendam de uma vez por todas. Segure minha mão. Vamos colocar um fim em qualquer dúvida que tenham.

Ela fez o que eu pedi e voltamos juntos para a sala de jantar.

Meus pais se viraram na cadeira para nos olhar. Meu coração estava acelerado enquanto me preparava para falar.

— Mãe e pai, com todo o respeito, preciso que entendam uma coisa com bastante clareza. Bridget está aqui agora porque não temos segredos nesta casa. Ela sabe de sua apreensão em relação a nós. Se vocês me amam, se um dia me amaram, vão parar de questionar minhas escolhas de vida. Pensam que sabem o que está acontecendo, pensam que conhecem Bridget, mas não sabem de nada. Claramente, não expliquei direito as coisas para vocês. O fato de temerem que ela vá me prender é irônico e terrivelmente doloroso. Querem saber por quê? Passei os últimos meses fazendo tudo que posso para conquistá-la. Não têm ideia do quanto quero, como vocês chamam, ser preso. Também não fazem ideia de como é ter que ver a pessoa que ama mais do que qualquer um neste mundo passar por algo tão doloroso quanto infertilidade, injetando remédios diariamente com drogas potencialmente nocivas. Por quê? Por mim. Tudo por mim. Porque ela sabe que quero um filho, não simplesmente com qualquer uma, mas apenas com ela. E esse é o único jeito de conseguir isso. Ela está passando pelo inferno por mim.

— Meu Deus — minha mãe murmurou.

Continuei, minha pressão sanguínea se elevando a cada segundo.

— E esse menino não é de outra pessoa. Brendan é meu filho. As coisas que vocês enxergam como complicações são bênçãos para mim. Querem saber o quanto falo sério? O que interromperam esta noite? Bridget e eu íamos sair. Eu ia pedi-la em casamento esta noite. Estivera esperando exatamente o momento certo para fazer isso.

Não pretendia exatamente falar disso. Simplesmente saiu durante a raiva.

Bridget olhou em choque para mim.

— Eu te amo — falei sem emitir som.

Meu pai terminou sua bebida enquanto minha mãe continuava me encarando em silêncio. Era hora de soltar a grande novidade.

— Mas sabe, mãe, mesmo meus grandes planos arruinados não podem estragar meu humor... nada pode. Porque, no início desta semana, recebi a notícia mais incrível da minha vida. Bridget está grávida... não apenas de um bebê... mas de dois. Teremos gêmeos. Então, essa mulher que você está desrespeitando na própria casa carrega *seus* netos dentro dela. E não tem nada que possa dizer ou fazer que vá mudar o fato de eu estar nas nuvens.

Minha mãe respirou fundo, fechando os olhos, depois os abriu com um olhar solidário.

— Eu não fazia ideia.

— Não, não contei a vocês nada disso porque as coisas já estavam bem difíceis com sua opinião acima de tudo.

Bridget se pronunciou pela primeira vez.

— Posso falar uma coisa?

— Claro — respondi.

Ela falou diretamente para minha mãe.

— Entendo por que tem dúvidas sobre mim. Não me conhece. Só sabe que o estou impedindo de ficar com você, que já fui casada e que tenho um filho. Eu costumava pensar que não era boa o suficiente para o seu filho também, para ser sincera. Tentei *não* me apaixonar por ele, pensando que ele ficaria melhor sem mim. Mas não se pode escolher o amor. O amor te escolhe. E não quero que ele tenha que escolher entre nós e vocês. Ninguém deveria precisar fazer esse tipo de escolha. E, mesmo que continue me odiando, nunca vou impedir que ele ou seus netos a visitem. Porque o amo demais para fazer isso.

— Nós não te odiamos. — Minha mãe suspirou antes de massagear as têmporas.

Coloquei o braço em volta de Bridget e me dirigi a eles.

— Acho que tivemos estresse suficiente por uma noite. Amo muito vocês dois, mãe e pai, mas acho que precisam ficar em um hotel esta noite.

— Não — Bridget insistiu.

Surpreso, me virei para ela.

— Não?

— Não. Eles vão ficar no seu antigo quarto. São seus pais. Não vão para um hotel. Eu insisto. — Ela me soltou e olhou para eles. — Se me dão licença, estou bem cansada e agora vocês sabem por quê. Acho que vou me recolher cedo. A torta que fiz está pronta, Simon. Quero que sirva para seus pais. Você nunca os vê. Aproveitem a sobremesa e este tempo juntos.

Então, ela simplesmente saiu.

Fui atrás dela, mas Bridget me garantiu que estava bem. Recusou-se a me deixar ficar junto no quarto e continuou insistindo para eu passar o resto da noite com minha mãe e meu pai.

Eles estavam vendo, em primeira mão, exatamente por que eu era apaixonado por essa mulher.

CAPÍTULO 40

Bridget

Dormi como um bebê. Apesar de as palavras de Eleanor na noite anterior terem me magoado, as de Simon tinham me curado. A forma como ele nos defendeu diante deles realmente me fez ver que nada nem ninguém poderia nos separar. Por mais difícil que fosse, eu teria que aceitar como eram as coisas com os pais dele.

Sabia que ele tinha ficado acordado até tarde com eles porque o ouvira entrar no quarto no meio da noite. Apesar de não gostarem de mim, fiquei realmente feliz por saber que Simon tinha passado um tempo com eles.

O sol agora brilhava através da janela do nosso quarto. Simon se agitou quando me ouviu levantar e colocou a mão na minha camisola, me puxando de volta para a cama firmemente.

Resistindo, eu disse:

— Preciso fazer café da manhã para eles.

— Não vai fazer nada. Trabalhou bastante cozinhando o jantar ontem à noite. Vamos levá-los em algum lugar.

— Eles precisam de café.

— Não bebem café. Bebem chá. E arrumei tudo para eles ontem à noite. — Ele deu um tapinha na cama, ao seu lado. — Deite um pouco comigo.

Me deitei e o encarei.

Simon colocou uma mecha de cabelo atrás da minha orelha.

— Estraguei tudo quando falei meus planos do pedido. Estava esperando a noite perfeita para poder organizar direitinho, mas a perfeição nem sempre acontece. Ontem à noite, o respeito que mostrou aos meus pais diante do desrespeito me fazer amá-la ainda mais. Para ser sincero, achei que isso não fosse possível. Eles enxergam agora. E, honestamente, para mim, não há hora mais perfeita de te pedir em casamento do que este instante.

Simon se esticou para o criado-mudo, pegando uma caixinha preta. Em vez de se ajoelhar, ele envolveu as pernas nas minhas e se deitou acima de mim.

— Bridget, sei que fizemos as coisas meio ao contrário. Moramos juntos antes de nos tornarmos amantes. Engravidei você antes do casamento. Mas eu não mudaria nada. A ordem pode não ter sido perfeita, mas você, nosso filho, nossos bebês... são perfeitos... tudo que eu nunca soube que queria.

Ele abriu a caixa, mostrando um anel com um diamante enorme no centro, rodeado por quatro pequenos.

— Este anel nos representa. Você é a grande pedra linda no meio. As duas pedras à esquerda representam Brendan e eu. As duas à direita são nossos bebês. Vai me dar a grande honra de ser minha esposa?

— Sim! — Pulei para abraçá-lo no pescoço e não consegui evitar dar risada. — Seus pais vão morrer com isso.

— Não vão, não. Eles sabem.

— Sabem?

— Falei para eles antes de dormir que planejava te pedir esta manhã. Fiz uma promessa para nosso filho ontem à noite, que, quando sua avó o deixasse aqui hoje, haveria um anel no dedo da sua mãe. Você não sabia, mas nossa viagem para Newport hoje era para ser uma comemoração em família por nosso noivado.

— Ainda vamos fazer essa viagem mesmo com seus pais aqui?

— Eles estão convidados. Se não quiserem, é problema deles.

Quando saímos com nossa alegria de noivado, Eleanor e Theo estavam sentados na cozinha, bebendo chá. Simon estava com os braços em volta de mim.

— Bom dia — cumprimentei.

— Bom dia, Bridget. — Seu pai sorriu.

Minha cabeça estava latejando, e eu nem podia beber café porque resolvera eliminar cafeína.

A mãe dele se levantou.

— Podemos conversar?

— Claro — respondi.

— Pai, vamos dar uma volta — Simon disse, depois desapareceu pela porta da frente com o pai.

Eleanor e eu estávamos oficialmente sozinhas. Esperava mesmo que ela não fosse dizer algo maldoso para mim, porque eu não estava no clima, principalmente sem café.

— Preciso me desculpar pelo meu comportamento ontem à noite. Depois que foi dormir, meu filho passou a noite inteira contando de novo a experiência dele aqui. Está óbvio que ele te ama incondicionalmente e que eu estava louca de pensar que poderia dissuadi-lo disso. Mas garanto a você que não desejo mais isso.

— Entendo por que se sentia daquele jeito. Não sei dizer se seria diferente se meu filho quisesse se mudar para a Inglaterra com alguém que tinha bagagem. Até você realmente conhecer a pessoa ou entender a situação, não valoriza. Todos nós queremos o melhor para nossos filhos.

— Bem, agora consigo ver que o melhor para o meu filho é o que o faz feliz. E você o faz feliz. Obrigada por nos receber em sua casa.

Ela sorriu, e realmente pareceu genuíno.

Ergui a mão, mostrando o anel.

— Você viu?

— Ele nos mostrou ontem à noite. Parabéns.

— Obrigada.

— Simon não sabe, mas eu tive dificuldade para engravidar dele. É por isso que é filho único.

— Eu não sabia disso.

— Então, sei como isso é difícil.

— Bom, espero que esses menininhos ou menininhas saiam exatamente iguais ao seu filho.

Ela baixou a cabeça em uma risada quase maliciosa.

— Ele era um terror. Se forem um pouquinho parecidos com Simon, boa sorte, querida.

EPÍLOGO

Simon

Sete meses depois

Era como se eu tivesse morrido e acordado no paraíso tingido de cor-de-rosa. Olhei em volta para as bexigas rosadas, as flores rosadas e as roupas rosadas pelo quarto. O quarto de hospital estava inteiro rosa.

Fora um dia exaustivo com pessoas entrando e saindo do quarto de Bridget. Primeiro minha mãe, que tinha voado para cá para o nascimento. Finalmente, ela havia voltado para nossa casa a fim de preparar umas refeições para quando retornássemos.

Depois, a mãe de Bridget chegou da Flórida junto com a mãe de Ben, Ann. Pareceu que ficaram ali uma eternidade. Bem quando saíram, Calliope e Nigel apareceram com um bicho de pelúcia enorme cor-de-rosa. Agora, sem nenhum visitante, Bridget finalmente podia dormir. Brendan estava no canto do quarto jogando em silêncio em seu tablet.

E o papai estava aproveitando o tempo sozinho com suas meninas, uma em cada braço, dormindo como as bebês que eram. Eleanor Blake à esquerda e Elizabeth Simone à direita, ambas homenageando as avós com os nomes.

Os olhos de Eleanor de repente se abriram quando ela começou a chorar. Já dava para ver a diferença da personalidade delas. Eleanor era mais como eu, não gostava de dormir, nunca queria perder nenhum acontecimento. Amava mamar nos peitos de Bridget. Elizabeth era mais parecida com a mãe, calma e ótima dorminhoca.

Eu já tinha provado ser um pai superprotetor. Elas nem tinham saído da barriga e eu quase tinha sido expulso do quarto por tentar guiar o médico durante o parto. Não conseguia imaginar como seria quando elas fossem adolescentes. Isso me lembrou de que precisaria de um suporte.

— Ei, Brendan. Em uns catorze anos, vou precisar muito da sua ajuda, ok? Se prepare. Vamos ter umas boas bundas de adolescentes meninos para chutar.

— Ok, meu velho — ele disse antes de voltar a atenção para o jogo.

A voz de Bridget estava meio sonolenta.

— Do que está falando?

— Te acordei, amor?

— Não. Sua miniatura, Eleanor, acordou. Ela quer comer?

Entreguei a gêmea que estivera descansando em meu braço esquerdo para a mãe.

Elizabeth continuava dormindo no meu braço direito. Eleanor se conectou ao seio esquerdo imediatamente. Bridget estivera amamentando bastante, o que a tinha promovido oficialmente para minha super-heroína.

— Quer alguma coisa? — perguntei.

— Um pouco de água.

Servi água para ela e a observei beber.

— Agora que está acordada e as visitas foram embora, posso finalmente te dar seus presentes.

— Já não me deu o bastante? — Ela sorriu.

— Bem, Calliope me contou de uma coisa que chama "presente de parto". Então estive planejando te dar. Tenho dois presentes, na verdade — eu disse, entregando-lhe o primeiro. — Este é para elas.

Bridget rasgou o papel e revelou macacões iguais.

Ela deu risada.

— Dias da semana.

— Para combinar com suas calcinhas. Agora elas podem combinar com a mãe.

— Sinceramente, são lindos, Simon.

— Ok, o próximo é para você. — Entreguei a ela uma caixa e a observei abri-la.

Ela ergueu o colar de ouro branco e analisou o pingente, que pareciam duas letras J de costas uma para a outra. Na ponta de cada uma, havia um pequeno diamante.

— Ah, meu Deus, é lindo. Que design lindo. Por que é tão familiar?

Abri a carteira e tirei o anzol que tinha extraído da bunda dela quando nos conhecemos.

— Porque é uma réplica exata disto.

— É o mesmo tipo de anzol que estava preso na minha bunda quando nos conhecemos!

— Não é o mesmo tipo. É o próprio.

— Você guardou?

— Bizarro, não é? Naquele dia, em vez de descartá-lo, guardei-o no meu jaleco como lembrança. Provavelmente foi a coisa menos higiênica que já fiz em toda a minha carreira médica, mas algo me disse para guardar, que era importante.

Ela olhou para o anzol na minha mão, depois para o pingente.

— Esta é a coisa mais esquisita e estranhamente romântica que já fizeram para mim.

Coloquei o anzol de volta na carteira, então ajustei o colar nela.

— É isto que vou usar no dia do nosso casamento — ela declarou.

Bridget e eu tínhamos marcado a data na Inglaterra para um ano a partir dali. Pensamos que as gêmeas já seriam grandes o suficiente para viajar nessa época. Eu mal podia esperar para mostrar a ela e Ben onde cresci.

— Tem uma coisa estranha sobre o anzol — eu disse. — É um anzol duplo com pontas *gêmeas*. Talvez seja uma premonição. — Me inclinei para sussurrar em seu ouvido e Brendan não conseguir ouvir: — Ainda mais estranho, aparentemente, porque, quando pesquisei no Google *anzol duplo*, descobri que também é um termo para um ato sexual em que dois dedos médios são inseridos na bunda de uma mulher e separados. Algo que podemos tentar quando estiver pronta.

— Own, e isso lembrou você de mim. O simbolismo aqui é enorme. — Ela deu risada. — Simplesmente não consigo acreditar que guardou essa coisa todo esse tempo.

— É a prova de que você me fisgou desde o comecinho, amor.

AGRADECIMENTOS

Primeiro e mais importante, obrigada a todos os blogueiros que falam sobre nossos livros com entusiasmo. Somos eternamente gratas por tudo que fazem. Seu trabalho árduo ajuda a dar empolgação e nos apresenta a leitores que, do contrário, poderiam nunca ouvir falar de nós.

À Julie. Obrigada por sua amizade, seu apoio diário e encorajamento. Estamos muito felizes por ter sido um ano melhor do que o anterior para você e mal podemos esperar por mais dos seus livros fenomenais saírem em breve!

À Elaine. Uma preparadora, editora, diagramadora e amiga incrível. Obrigada por sua atenção aos detalhes e por ajudar a deixar nossos projetos da melhor forma que podem ser.

À Luna. O que faríamos sem você? Obrigada por estar lá para nós todos os dias como amiga e muito mais e por nos abençoar com sua incrível criatividade.

À Dani. Obrigada por organizar este lançamento e por sempre estar a apenas um clique quando precisamos de você.

À Letitia. Talvez sua mágica de capa tenha sido melhor do que nunca com esta, transformando Simon no médico sexy que é.

À nossa agente, Kimberly Brower. Também temos muita sorte em chamá-la de amiga, além de agente. Estamos muito empolgadas para o que virá e somos muito gratas por estar conosco a cada passo da jornada.

Por último, mas não menos importante, aos nossos leitores. Continuamos escrevendo por causa da sua fome por nossas histórias. Amamos surpreendê-los e esperamos que tenham gostado deste livro tanto quanto nós gostamos de escrever. Obrigada, como sempre, por seu entusiasmo, amor e lealdade. Adoramos vocês!

Com muito amor,

Penelope e Vi

Editora Charme

Entre em nosso site e viaje no nosso mundo literário.
Lá você vai encontrar todos os nossos
títulos, autores, lançamentos e novidades.
Acesse www.editoracharme.com.br

Você pode adquirir os nossos livros na loja virtual:
loja.editoracharme.com.br

Além do site, você pode nos encontrar em nossas redes sociais.

https://www.facebook.com/editoracharme

https://twitter.com/editoracharme

http://instagram.com/editoracharme

@editoracharme